小溪边

季美君 ——

著

清华大学出版社

北 京

图书在版编目（CIP）数据

小溪边 / 季美君著. — 北京：清华大学出版社，2018
ISBN 978-7-302-49849-0

Ⅰ.①小… Ⅱ.①季… Ⅲ.①散文集－中国－当代 Ⅳ.①I267

中国版本图书馆 CIP 数据核字（2018）第 046950 号

责任编辑：刘　晶
封面设计：汉风唐韵
版式设计：方加青
责任校对：宋玉莲
责任印制：杨　艳

出版发行：清华大学出版社
　　　　　网　　　址：http://www.tup.com.cn，http://www.wqbook.com
　　　　　地　　　址：北京清华大学学研大厦 A 座　　　邮　　　编：100084
　　　　　社 总 机：010-62770175　　　　　　　　　邮　　　购：010-62786544
　　　　　投稿与读者服务：010-62776969，c-service@tup.tsinghua.edu.cn
　　　　　质 量 反 馈：010-62772015，zhiliang@tup.tsinghua.edu.cn
印 装 者：北京亿浓世纪彩色印刷有限公司
经　　　销：全国新华书店
开　　　本：170mm×240mm　　　印　　　张：22.5　字　　　数：320 千字
版　　　次：2018 年 6 月第 1 版　　　印　　　次：2018 年 6 月第 1 次印刷
定　　　价：89.00 元

产品编号：078985-01

献给我的父亲　母亲

前　言

　　小溪边，是我给自己从小长大的前丁村起的一个带点诗意的名字。

　　那时的小溪边只是一个七八十户人家聚居的小山村。两条南北走向的主弄堂将整个村子分成三部分。村民们习惯称之为上坎、爹道地和下坎。上坎主要由三个道地组成；中间的有两个道地：爹道地和前道地；下坎也只有两个道地：里道地和我家所在的道地。里道地只有四户人家，他们的生活条件似乎相对好一些，在小孩子的心目中，一直散发着某种神秘感，平时很少去玩，尽管它与我们上学的祠堂相邻。

　　一个个道地都是结构完整的四合院，走进大门口，就能感觉古朴的气息扑面而来。公用的堂前有的用光滑的石板铺地，天井的地面多为细石子铺成的扇形、花朵等图案，那是小孩子们踢毽子、跳绳、玩老鹰抓小鸡这些游戏时忘情互动的好去处。

　　一条从村东北穿村而过到西南口的石子小路，通向邻村，西南口方向往西延伸至湖酉村，那是季姓人家祖宗的所在地，我家和隔壁的大伯家都是从湖酉村迁徙过来的；东北口往东一里多就是叶宅村，那两村都是爹乡村。我家所在的道地就位于村子的东北口，这条主路就从我家朝南的门口通过。在以步行为主的年代，尤其是街头镇逢二、七集市那天，从早到晚，我家门前人来人往，可谓处在交通要道上。

　　我家门前有一棵柏子树，枝繁叶茂，雍容大气。小时候的我，天气炎热时，特喜欢坐在树脚下的大石头上吃早饭或晚饭，可以享受清爽的凉风。这棵柏子树，每年会爬满羊角豆，豆子成熟时，妈妈会让年长一些的哥哥背着一流篾匠爷爷编织的鱼笼爬上树去采摘。那鱼笼扁扁的，肚子大脖子细，小巧而精致，可以说是我们家的祖传宝贝之一。采摘羊角豆就像是一场充满刺激的表演，左右邻居的小孩们都围在树脚下观看，帮着指点哪枝树杈上还长着扁扁的一串串的羊角豆。

那年代，农村的小孩既没有什么正儿八经的玩具，也没什么专门的游乐场所。因而，一小块空地，尤其是祠堂前面的大操场就成了小孩们最钟情的玩乐场所。而所谓的"玩具"，也是自制的，不管是当场现做的还是事先准备好的——如在泥地上，用尖尖的小石头画出几条线当房子，再用大一点的石头当目标，单脚着地踢石子的"造屋"游戏；或者是跳绳、踢毽子，常常也玩得大汗淋漓，其乐无穷。而大人们，从早到晚，忙着农活或家务，无论春夏秋冬，似乎从来就没想过要看管小孩，都是让小孩们自己玩自己的。全村子的人都互相熟悉，只要他们能按时回家吃饭，就不必发愁。如果吃饭时，小孩还没回家，大人们就会扯着喉咙大声喊叫寻找自家的小孩。在那个小山村里，每家每户的生活似乎都大同小异。

村子四周就是农田。无论是稻田还是溪滩地，一年四季都种满适时的庄稼，如水稻、小麦、大豆、玉米、番薯、土豆等。这个小山村和四周的田地，就是我父母及他们的长辈和同时代人生活一辈子的地方。只是江南的农村，正如世界上最负盛名的中国问题观察家费正清所说的，"是无数世代折断腰背苦力劳动的见证——这一切都是由于太多的人，过分密集在太少的土地上，从而使人们为了维护生命，耗竭土地资源以及人的智慧和耐力。"

本书中的一篇篇小文章，就以秀丽和美的天台山为背景，记录小溪边人们的日常生活琐事、劳作场景以及在改革开放这一时代浪潮冲击下，身为社会最底层、最普通农民的种种遭遇——人生百态与生老病死。他们是整个社会的一分子，但似乎又与外面的世界毫不相干，从出生到离世，只是生活在自己熟悉的那个小圈子里。走了，也只是在亲人的心中留下一道裂缝而已。而我，只是想尽我所能为自己的父母及他们的同辈人的生活悲欢留下一点文字与图片上的痕迹。

唯愿如此……

小溪边——记住"乡愁"的一个典型

　　长年累月研究故乡文史,很少看文艺作品,冷不防被季美君的《小溪边》所吸引,乃至为它一掬感动之泪。

　　这是一本纪实作品,书中一篇篇短文确如作者所说的,"以秀丽和美的天台山为背景,记录前丁村人的日常生活琐事、劳作场景以及在改革开放这一时代浪潮冲击下,身为社会最底层、最普通农民的种种遭遇、人生百态与生老病死。"作品确实如此,没有追求华丽的辞藻和刻意编造曲折的情节来制造轰动效应,却能深深地打动人,唤起人们的深思。根本原因就在于这位农民的女儿写的是真实的人物、真实的故事、真实的自然和社会的画面与真实的感受。

　　作者挚爱那片祖辈生长的宜居村庄,人与人、人与自然和谐相处。动用了诸多笔墨,以平实的笔触,还原了一个个鲜活的人物连同他们平凡的活动场面。但也不乏局部的细致描摹。例如,人们一大早醒来,就能听到五六种鸟儿迥然不同的鸣叫,犹如不同乐器的演奏——我不由得赞叹她借助女性特有的细腻观察,让读者免费欣赏了一场鸟雀音乐会。她对这场特殊协奏曲的成功描摹不亚于专业作家。

　　作品人物众多,最突出的无疑是作者的父亲,一位粗通文墨却写得一手好字、曾经的车间主任,在国家困难时期毫无怨言地回到老家务农,承担起一个大家庭的重活脏活，也出售多余的农副产品。后来作者的哥、弟都在外经商，全靠父亲一个人种着全家二子二女大小六口人的田地，加上他特别在意庄稼要种得又大又好，就只能从年头忙到年尾，勤勉劳作直到拿不动锄头为止。他的人缘特好，连经常去砍柴、挑炭的大山里的人都信任他，拿家里最好的东西招待他，甚至将家底托付给他。他的妻子同样的敦厚、勤劳、善良、能干，与周围的人和睦相处，村里村外盛传着她那些可圈可点的逸事。靠着他们夫妻俩的勤奋节俭与琴瑟和鸣，居然度过困难，还成为小村里的殷实人家。

美君一家老小与亲戚、邻里也都亲如一家地和睦相处。母亲是当地人，主内，父亲则是从外村"入赘"到前丁村的，俗称"倒插门"，旧时是要被村人轻视的。但他不但没被人瞧不起，还担任了村干部，对邻居村民关心记挂。他担任生产队经济保管员时，无论亲疏远近都一视同仁。他尊老爱幼，尽管离开自己本家多年，但几乎每次赶集市时都会回去看看老母亲，逢年过节都会给姐姐哥哥弟弟家的小孩们带去礼物。正因为如此，邻里村人都将他当作自家人。当他在北京女儿家意外迷路走失数天时，远近认识的不认识的人都"总动员"起来没日没夜地帮助寻找。后来父亲卧病在床，哥哥和弟弟每人轮流半个月照顾，美君在假期也赶着回去。而在老父去世后，子女们的朋友、同学、学生甚至特地从京城、山东、浙江赶回来问候、送别。

凡此种种，让我们看到了一幅家庭乡邻与社会的"和合"图。

更难得的是美君父母不受重男轻女的传统思想束缚，毅然支持她上完高中、大学。工作几年后，美君又考到北京大学读研究生。虽然没有工资了，但工作时的一点积蓄加上学校按月发补助费，她生活并不成问题。可她爸总想着读书会缺钱用，每次回家都问她要不要钱，有一次还非要塞给她500元不可。想着父亲挣钱不容易，美君特意等到父亲下午回家才将钱递还。刹那间，父女俩都不禁泪眼相对，读之令人动容。后来美君重新工作，探亲离开时都会给父亲一些钱，他总是开心地说："全靠你！"此时，"我一生全靠您"的念想也涌上她的心头。

美君两口子都跟我读过三年高中语文，正如她的名字所昭示的，长得靓丽，性格中娴静活泼兼而有之。她尊敬老师，友爱同学，在这个文科高考状元班级里成绩也名列前茅，可谓品学兼优的才女。她在家里的表现更为突出，对待终年辛苦忙碌的父母，一如她父母对待自己的双亲，成为远近闻名的孝女。后来上大学读博士，住京城，出国留学，归国后成为最高检检察理论研究所研究员。学问多了，地位高了，她却并没有因此而看不起农村和务农的村民。她多次带父母外出旅游，为他们举办生日派对，无论上学、工作，一到假日，就尽量抽出时间侍候双亲，参加紧张而忙碌的"双抢"（夏收夏种），帮助打理家务。

她热爱故乡，熟悉那里的一草一木，可以说从孩提到成人，为春华秋实和一家生计献出了难以数计的汗水。勤劳敦厚的村风与父亲力求完美的基因，造就了她善良坚毅、奋发图强的性格与如今不斐的成就，她对故乡有一种发自心底和骨髓的爱。她给这块堪称她生命摇篮的土地的前丁村起了一个诗意的名字"小溪边"。她说：

喜欢小溪边的生活，最主要的是那个环境可以让人全身心地放松。每天清晨在鸟儿的歌唱声中醒来后，就可以呼吸到清新的空气，尤其是头晚刚下过雨的早晨，那空气中弥漫着泥土的清香，眼见的一切都是清清爽爽的：菜叶上的水珠晶莹剔透，特别是涨了水的小溪，更是欢快地奔腾着，让人的心也为之雀跃！邻居们每天来来往往，看到我在院子里待着，都会亲切地打个招呼问声好，并时常将自己刚从地里采摘来的白菜、南瓜等送给我们。那份乡情，也让淡漠的城里人汗颜。

这种情愫就是令人永志难忘的"乡愁"。而当她投身到与父母、乡亲一起从事田间劳作时，那份情愫更得到了升华：

小溪边的生活，我是从心底里喜欢，即便是农忙"双抢"时节，每天割稻插秧，忍受烈日爆皮，累得腰酸背疼，也能让人感觉到"立竿见影"

的收获，那份成就感远非其他工作能比！当你看到几天前刚种下的水稻日长夜高、满眼翠绿，那自豪感真的会油然而生！另外，还能时不时地听到村民们夸老爸的庄稼种得好，不但老爸的心里美滋滋的，我也跟着沾光呀！事实上，无论哪一行，要做到最好都是相当不容易的，除了勤快，还需要点天赋，正因为如此，从小我就非常佩服身为农民的爸爸。

近几年来，我几乎看完了央视四台播放的纪录片《记住乡愁》。读了美君的《小溪边》，真觉得这小溪边竟也成了"望得见山、看得见水、记得住乡愁"的一处典型。遂写下这篇读后感，聊以为序。

许尚枢

2017 年 12 月 6 日

许尚枢，1940 年生于天台。浙江师范大学中文系首届毕业生、中学高级教师。系天台山文化研究会副会长，天台县社科联副主席，中国宗教、楹联、谱牒学、徐霞客与中华诗词学会（研究会）会员，台州市藏书状元、"当代天台一百人"与首席天台山文化研究专家。著有《浙江古今人物大辞典》《天台山旅游文化丛书》《济公文化面面观》《天台山方外志要点校本》等，发表论文 150 余篇，多次获奖。

一支天台山的赞歌

——谈美君随笔集《小溪边》

　　季美君博士，是从浙东天台奋斗出去的一位专家学者，是从天台山飞出去的一只金凤凰。她有四个称呼：证据法学博士、高检理论所研究员、京城法律专家、法律英语同声翻译。她从一个小乡村，走到县城、省城，然后到北京，甚至多次走出国门做翻译、访问学者、博士后研究，足迹遍及南北半球。她虽然走得很远，但故乡依然是她魂牵梦绕的地方。这本书，就是她对天台山的怀念之作。

　　在常人看来，法律专家擅长逻辑思维，对于枯燥乏味的法律问题，会讲得口若悬河；辩论时，唇枪舌剑无懈可击。本以为擅长逻辑思维，形象思维就是其弱项，写起文学作品就会相去甚远。没想到美君却拿出了一本随笔集。浏览完这部书稿，我感到她的文章，就像天台山的仙草——铁皮石斛一般，充满灵气仙气，又如天台山的泉水那样清澈甘甜。纵观全书，我觉得，作者对故乡这片神奇土地的无比眷恋，是一支天台山的赞歌。

一幅美不胜收的天台山水画卷

　　这幅画，从作者少年生长的乡村开始，向东北方向推移，把浓墨重彩落在几处著名景点。她这样描写赤城山：山不高不矮、不陡不平，是天台山中唯一的丹霞地貌景观……每当旭日东升或夕阳西下时，云雾缭绕山腰，霞光笼罩，光彩夺目……故有"赤城栖霞"之称。登临山顶，极目远眺，错落有致的村庄，星罗棋布的农田，蜿蜒的始丰溪，四面环山的天台城全貌，以及横亘在城东的东横山，一览无余，令人心旷神怡。

对于"四万八千丈"的天台山，大诗人李白赞誉："凤阁龙楼不肯去，飞腾直欲天台去！"美君所写的："以迷离的寺庙、灵秀的群山、清澈的谷水、神奇的飞瀑等闻名于世，被列为中国十大名山之一，境内千峰竞秀、万壑争流"，可以看成是对李白诗句的绝妙注释。

她笔下小山村娄金岗的风景令人神往："站在平台上，就看到了寒山湖的全貌。最宽阔的湖面上，一座座淹没在湖水中的山峰，露出一个个长满树林的山头，就像一只只胖头鱼，列队整装待发参加一场海上游泳大赛……梅花绽放，清新的空气中飘着一股清香，极目远眺，还能看到寒山湖的一角，风景秀丽，环境幽静，实为养老的理想之地。"为此，她还赋诗一首：《娄金岗之行》

山弯路转上峰巅，风光无限在眼前。
故地重游续旧亲，天上仙境藏人间。

她用生花妙笔写故乡的雾凇奇观：平生第一次看到冬天里那一朵朵奇异的花朵，玲珑剔透，好像正散发出阵阵清香，无论高树还是矮草，都能依照原有的模样凝结出千姿百态的花儿，装扮出一个冰清玉洁的世界……穿行在山顶雾凇的森林中，仿佛走进了一个如梦似幻、如诗如画的仙境。——看，作者笔下的故乡多美！简直令人心醉！

一场迷人的江南乡村音乐会

作者钟情家乡恬静迷人的自然环境。她眼中的田野风光美不胜收：清晨，百鸟欢歌，野花争艳；夜晚，繁星闪烁，青蛙合奏。溪滩风光优美而宁静，是读书的好去处：坐在水边，耳旁伴着潺潺的流水声，浮躁的心就会安静下来，读书的效果也奇好。

即使放牛时也是乐趣无限：我将牛绳绕牛角几圈后挂在牛背上，自己选棵最漂亮的玉米，靠着它坐下。仰头瞧瞧密密绿绿的叶儿，阳光斑驳，映照在刚刚冒出泥土的小草身上。那宽大舒展的叶儿，仿佛舞女的长袖，阵风吹过，上下左右舞动，地上的影儿也随之婆娑起舞；偶尔成群的麻雀恰好路过，在玉米地上嬉戏跳跃觅食，远处传来竹咕咕那悠扬嘹亮的歌声……

尤其在《鸟儿的音乐会》中，她把群鸟的歌唱写得趣味无穷：

通常刚过早晨6点，鸟儿就开始歌唱了，从叫声上分辨，至少有五六种，声音最为清脆悦耳的是画眉，唱着"咿呀～～～～，呀呀～"，先长后短，好像在问："你醒了吗？醒了吧！"……突然，出现一阵"唧唧唧唧"急促的叫声，如"快快快"地催促着；接着，就听到了"呢呀——呢呀"的叫声，显然是另一只鸟儿来了，其声音悠扬动听，煞是让人喜爱。就这样，没过几分钟，鸟儿就越聚越多，声音丰富多彩、语调也千变万化……转而就出现了"呢呀、呢呀、呢呀"的窃窃私语声，好像是好朋友之间在说悄悄话……也许是聊到开心的话题了，就出现了"呛、呛、呛"的声音，好似人类的"哈、哈、哈"开怀大笑，同时夹杂着"叽叽叽叽"的声音，似在掩面而笑，声音小而柔和……它们充满激情地"演唱"着，直到7点多时，"竹咕咕、竹咕咕"嘹亮歌声的到来，这也到了该起床的时间了。

这段写故乡清晨群鸟啼唱的文字，令人不禁想起苏联大作家肖洛霍夫笔下对一群公鸡啼唱的传神描写。

一场天台山美食的盛宴

家乡的美食在她的作品中一一呈现亮相：

江南的美食，可谓应有尽有，丰富多彩：猪肉皮，加上豆泡、香菇，炖菜头，味道鲜美满屋飘香，营养特好；牛肉炖萝卜，美味可口，人见人爱。炒年糕，配上笋丝，加上小油菜、豆芽、胡萝卜丝、豆腐干、荸荠、精肉丝之类，绝对美味好吃。味道独特、百吃不厌的粽子，咸淡相宜，唇齿留香的咸鸭蛋黄精肉粽；咸蛋、咸肉做的糯米饭，色香味俱全，看着就食欲大增；还有独特的被称为"江南一绝"的饺饼筒。——作者对这些都情有独钟，可见对故乡爱得是多么的热烈深沉！

一曲对劳动和劳动人民的颂歌

书中有很多篇幅描写劳动场面。比如写割稻：半蹲在齐脚脖子深的水田里，烈日下，刚割一会儿就浑身汗水湿透、腰酸背疼……从早到晚，一天要劳作15个小时左右，而且常常是烤着烈日在水田里泡着，其中的艰辛可想而知！

艰苦的劳动能强健人的体魄，磨炼人的意志。苏联教育家苏霍姆林斯基说过："真正的人来自艰苦的地方，来自汗水浇灌过的土地。"

优秀品质对一个人的成才很重要。作者从父母身上汲取了勤劳、聪慧、做事追求完美等好品质。作者为何能从一个乡间小村，走到省城、京城，成为卓有成就的专家？读者或许可以从其中找到答案：劳动功不可没。她热爱劳动。艰苦的劳动，吃大苦流大汗——吃苦耐劳的韧劲和做事追求完美的品格，使她步步登高！

书中，还重点描写和讴歌了以父母为中心的家乡的劳动人民：勤劳能干、有文化、懂得科学种田的爸爸，心灵手巧、善于持家、做事追求完美的妈妈，烧菜能手嫂嫂……

美君的随笔很朴素、很清纯，不加粉饰，可以说是原汁原味，就像一个不施粉黛去尽铅华素面朝天的美人，有一种天然的风韵。

随笔需要真情实感，切忌无病呻吟。作者文章的感人，在于以情动人。她用满怀感情的笔触写父亲：我从小就真真切切地感受到爸爸那如山一样厚实的爱，且深信不疑：从他上山砍柴时摘回的野草莓中，从他赶集市买回的杨梅里，从他一次次递给我零花钱时的笑脸上……每次嘴里嚼着杨梅，我就会情不自禁地想起那个夏天父亲为我买杨梅的情景，似乎每一颗杨梅都蕴含着父亲那份深深的爱。女儿对父亲的挚爱跃然纸上。

写回家途中，听到父亲去世消息时的苦痛，动人心弦：

到了杭州机场，打开手机时，看到先生发来的微信：爸爸走了，你多保重！这八个字犹如晴天霹雳，顿时惊得我泪流满面，一直难以抑制。原本才2个小时的车程，今天却感觉走得离奇的慢，慢得这一路就像永远走不到尽头似的……阴雾沉沉、寒风刺骨，任凭眼泪流啊、流啊……流湿一张又一张面巾纸，就这么一路流到家门口。

写父亲火化时的文字，更是勾魂摄魄：

在炉门前看着爸爸在烈火中一点点升天。先是满身火焰，犹如森林大火烧着一大片高山上的密集树林，继而出现了一个人的清晰轮廓，对着我们的是爸爸的脑袋，能清清楚楚地看得见两个黑黑的眼窝和下巴。再继续燃烧，就出现了一座座汉白玉雕塑，中间的如数位舞蹈者手拉手横着飞舞，或如拱门，或如小山，那火焰时而是黄色的，时而变成蓝色，转而又呈红色。

对故乡平凡事物的一番哲理开掘

能从日常生活和平凡事物中，开掘出哲理，给人以启发和教益，这是本书又一个特色。作者能从蚌里剖出珍珠。书中许多地方，经过作者的提炼，闪耀着哲理的光芒。

作者从稻谷的大好收成，生发出感想：无论是哪一行，要做到顶尖水平，除了天赋，还要勤奋才成；从爸爸面对生活的磨砺与残酷，从不抱怨，那种勤劳、朴实以及对生活中的喜怒哀乐处之泰然的人生态度，从小耳濡目染的我便知"人生本是含辛茹苦"的含义；从爸爸培植的番薯藤样子漂亮、价格公道，成为集市上抢手货，她明白：无论做什么事儿要想有好结果，就必须事先多下功夫。

她还从养蚕悟出人生哲理：一群蚕一起作战时，那"窸窸窣窣"的声音，好几米远都能听见。由此，也让人明白了"蚕食"的含义与效果！我终于明白蚕是那么的睿智，用自身的蜕变升华抚育出下一代，这是何等的奇妙与伟大！人们常常以作茧自缚来嘲笑蚕，但谁知这是蚕自身的一次蜕变升华呢！

这样的例子比比皆是，可谓是满地珍珠。

随笔散文除了要有真情实感，还需要有意境，方能像苏州园林一样曲径通幽引人入胜；有高的境界，方能让读者得到思想上的洗礼和精神上的升华。《岳阳楼记》《滕王阁序》《黄冈竹楼记》《前赤壁赋》等名文，就是意境深邃、境界高远的典范。美君的随笔很有灵气，很清纯，富有真情实感。作为一个法律专家，能写出这样的随笔，是可喜的，是难能可贵的。

愿美君的随笔，如同天台山的石梁飞瀑一般奇异壮美！我相信，不久，集四个光荣称号于一身的美君博士，很可能会有第五个雅号：作家。作为大学毕业就取得英语文学学士、曾翻译过李昌钰二十多万字小说《完美谋杀》的她，我们完全有理由期待。

20世纪90年代，我在工作之余一度热衷于散文创作，也陆续有文章在国家级报刊发表。最近十多年，因致力于长篇小说创作，已很少写散文，对散文已经隔膜。美君嘱我给她书稿写点文字，我就谈点粗浅看法以抛砖引玉吧。

余云叶
2017年初冬写于街头古镇

余云叶，现为中国社会主义文艺学会创研室副主任，作家。曾在《工人日报》《人民日报》《大公报》等发表或出版文学作品约200万字。著有长篇小说数部：《黑鹭鸶，白天鹅》获《文艺报》文学作品评比长篇小说一等奖，并在美国《星岛日报》连载；《晚清第一相李鸿章》被专家学者和媒体称为精品力作；《大清第一廉吏于成龙》获全国原创作品大奖赛长篇小说奖，新浪网、凤凰网相继连载或选载，影响广泛。

目　录

人生如梦

稻谷飘香

田 野 风 光

　　前丁村，是个典型的江南小山村，位于天台盆地西部，山清水秀。我常称之为小溪边，主要是因为村东有条小溪环绕，村南有条大溪奔流。这两条溪，几乎承载着我整个童年的快乐时光。

　　这个村，当年只有七八十户人家，三十多年后的今日，也才发展到一百三十多户。村四周都是田野，一年四季，庄稼的色彩就成了随季节更换的风景。村东边，隔溪为邻村叶宅的大片水田，早、晚两季水稻，冬季为草籽。无论是稻浪起伏的绿海，抑或是开满花花草草的草籽田，一丘挨着一丘，错落有致，散发着原始的、泥土芬芳的田野，向来都是一幅幅美丽的田园风光。每次返回家乡时，我都喜欢背着相机到田间地头拍几张田野风光，也拍下偶遇的村民们劳作时的场景。

　　村子的西边与北边，也是辽阔的田野。以县城通往磐安的马路为界，北边的田，一直延伸至下辽山的山脚下，其中大半属于兴嘉山村，靠西北方向的，部分属方山村，西边的田，与湖酋村的相接。曾经的夏季，每天下午放学后，我都要去牵牛，年深月久，每条田坎上长什么草长势如何，我心里都一清二楚。田坎宽草长得繁茂的，过上十天半月，我和同村的伙伴儿就会牵着牛再去走走。村与村之间稻田的界线，对我来说，可谓如数家珍。印象最深的是湖酋村的那条机械路，从公路往南走上一千米左右，就有一口两亩田大的池塘，那半口塘里长满嫩嫩的水草，我就会让牛一步步走进池塘，吃那些水草。那牛十分乖巧，嘴巴一扫过去，就像镰刀割过一样整齐。吃完这些水草，牛肚子也解决大半了，再到机械路边上的水沟

金秋时节，前丁村周边的田野风光，翠绿的腰芦与金黄的水稻相间而长，色彩绚烂，美不胜收。

里啃上一会儿，就不必费心再去其他地方找草了。

在大片水稻田中，为灌溉方便，四处点缀着一口口大大小小的池塘。在这些池塘里，农民们会养鱼。春节前，用水车抽干水捕鱼过年。而湖酋人，除了在池塘里养鱼外，还种菱角。每年秋季菱角成熟时，随着水流被冲到缺口处，我们牵牛路过，若能用竹钩子勾到几个菱角，大家就心花怒放。

村子的南面是一片溪滩地，从东到西，大约八十亩。为行走劳作方便，有两条小路从村脚蜿蜒通向那条大溪。这两条小路将整个溪滩地分成三大块：上溪、中央溪和下溪。每一小块的地以横七竖八、长短不一的堤坝相隔。这些地大小不一、形状各异，但每块地都有自己约定俗成的名字，以前是按人口比例分给三个小队，单干后，就全分到每户人家。村民们聊天或生产队队长派活时，一说名字，大家就知道指的是哪块地。整个村的村民，一年到头，可以耕种的土地为大量的田、大片的溪滩地和山地。那山地，主要是下辽山的南北山坡，栽种小麦、大豆、玉米和番薯等，与溪滩地可种的庄稼基本相同。

从地形上来说，整个村位于两山之间，南北都是高高的、绵延不绝的大山，而东西是比较平缓的丘陵。站在村边，可以清晰地看见山上的岩石与树林。阳光明媚时，山尖上蓝天下朵朵白云相聚，形态各异，舒展而飘逸；雨过初晴时，那如絮的层层白云会沿着山坡徐徐上升到山顶，灵动而轻缓！清晨，百鸟欢歌，野花争艳；夜晚里，繁星闪烁，青蛙合奏。即便是连续几天细雨绵绵，只要不必为稻谷发霉、庄稼烂根而发愁，就可以闲坐在家里采棉花、纳鞋底、织毛衣……日子就会舒心而惬意！

当然，田野风光的美丽，农民们也许并不在意，他们更关心的无疑是庄稼收成的好差。他们每天起早摸黑劳作不停，将各种各样的蔬菜打理得绿油油、嫩葱葱，水稻种得齐腰高，稻穗沉甸甸地弯下腰，这本身就是一种美的培育与体验！

随记于 2016 年 12 月 30 日

溪滩·小路

村前的那条大溪，村民们称之为"溪滩"，是全村清洗大件衣服、被子的唯一场所。小时候，一到夏季，小孩们都喜欢跟着村里的大伯小叔们去抓鱼摸蟹。在里石门水库建成发电放水前，溪滩的水并不大，有时会断流。坝脚下的水潭，就是抓鱼捉螃蟹的好地方。小孩子们蹲在水里，轻轻地搬动稍大的石头，运气好时，就可看到小虾、螃蟹，它们一见天光，就会惊慌地四处爬行，当然没爬多远，就被手脚麻利的孩子们逮住了。但因量太少，一般凑不成一顿美食，只是抓着好玩而已。有一次，我小心翼翼地搬开一块大石头，意外地看到一条长一尺多的鳗鱼，它哧溜就钻进了边上石坝的岩缝里，这场景一直留在我的记忆中。

上学后，才知这溪滩，就是大名鼎鼎的始丰溪上游。始丰溪，发源于大磐山南麓，是天台县内最大的溪流，贯穿天台盆地，流经龙溪、街头等8个乡镇。河流落差686米，年平均流量为20.53立方米每秒。尤其是夏天，发电量大，放出的水量也大，溪滩的水就会齐腰深，如大江奔腾，去对面的下畈村看电影时，就不能蹚水而过，必须绕道下畈大桥才行。但平时天气稍热时，小伙伴们喜欢在溪滩里玩走过水比赛，大家来来回回地走个不停，看谁走得快。赤脚踩在沙石上，用脚趾紧紧抓着溪底的石头，能明显地感受到那沙子从脚底下快速流走的麻麻感。

在溪滩地上下两条小路中，我经常走的是下溪那条。从家里出发，走上两百米左右的石子路，就到了一日三餐或夏夜纳凉时村民云集的三岔路口。向左拐路过月塘，走到水井头向右拐，就能见到一条田与地相隔的小水沟，沿着水沟向东走百米，再向右拐，是一条长长直直的小路。小路左边为二队的一块地，先是狭窄的小头，后面越变越宽，直至东边与叶宅村的桑叶地交界，南至溪滩。小路右边过了一队的那爿地，就到了三队的两爿地，先是东西走向的一块，紧接着是南北走向的一块，南至溪滩。如果溪滩发大水，这爿地就会被淹没，那小路也会被冲垮，有时会在路边看见一个深深的水潭，就是发大水时遇到坚硬的路基岩石洪水打漩涡留下的。等洪水一过，几天内小路就会被修复。这条路，是村民做地里农活时天天要走的主路，同时也是前丁村去下畈村的近路，因而路边的荆棘会时常得到修剪，路面为石沙子，即便刚下过雨，走着既不滑脚，也不泥泞。

这条小路我走得多的主要原因是妈妈喜欢什么东西都拿到溪滩去清洗。她总说："溪滩水大，又没流经村庄，干净。洗东西，放心！"当然，相比自家后门的那条叫后门坑的小溪是要干净多了。后门坑流经兴嘉山村，村里的老百姓什么都在这条溪里洗，典型的镜头是一手菜篮子一手马桶，走回家中。妈妈的规矩是：洗菜，小量的就在水井头用井水清洗；若要压咸菜、做霉干菜时，量多的青菜就挑到溪滩去洗。洗衣服、洗被子等，那是非去溪滩不可的。

若是安排哪天去溪滩洗东西，通常一吃过早饭就出发，脏衣服、被子、菜这些都是用扁担钩挑到溪滩的。常常是一洗就整整一上午，多的时候会两个人结伴一起去。衣服，洗一件晾一件，直接晒在溪流边干干净净的石头上。回家午饭后稍作歇息，3点多，艳阳高照时，我们就出门去将衣服一件件折叠好挑回，那衣服会带着一股热烘烘的阳光香。

也许是从小养成的习惯，我也喜欢去溪滩洗这洗那，顺便可以玩玩水，而小路两边的风光随着庄稼的变换而四季不同。春天时，是一望无际长得齐腰高的麦田，可以一眼望到上溪，辽阔而大气，堤坝上零星站立着一棵棵柏子树，像哨兵一样守护着整个麦田；小麦套种的是大豆，而大豆套种的是玉米（老家话称腰芦）。初夏时，是齐膝的大豆和差不多高的纤细的玉米；秋季时，是如森林般密集的腰芦。冬天时，则是贴着地面的一行行绿色的麦芽与褐黄色泥土相间的田野。步行至大坝脚，爬上满是芦竹的堤坝，就看到了日夜欢快奔流着的溪滩。

春天，随着天气渐渐变暖，堤坝上的各种野草植物开始疯长，荆棘会长到半腰高。那柏子树也会慢慢长出一片片小叶子，开花结果，秋天时满树红叶娇艳，初冬时只剩下白花花的柏子。冬天，在收获玉米后，就挖掉玉米秆重新翻土播种小麦。当小麦长出地面三四寸高时，整个溪滩地，一片绿油油的，这时生产队会组织社员们射柏子。小孩子特别喜欢跟在大人后面捡柏子。这又是一个轮回。

村前的那条小水沟是我放牛时最爱去的，除冬季外，水沟里大部分时间都有水，沟两边长满嫩嫩的草儿。水沟从西流向东，直通叶宅村的桑叶地，小孩子们经常去那里搞桑葚。北边靠近祠堂的，分为一大一小两丘田，面积共2亩左右，都是一队的。靠近水井头的大田和东边的一丘小田，两丘田中间的田坎是经过操场去溪滩的必经之路。这两丘田的南面就是大片的地，中间隔着那条浅浅的水沟。每次牛站在水沟里吃草时，牛背就变得矮矮的，可以一步跨上去坐在牛背上享受一会儿。要下来时，也很容易，一边是平平的小路，另一边是田坎，没有任何危险。记忆中，我也只敢在这里，在小伙伴们的帮忙下，才试着骑过一次宽宽的牛背。

溪滩，还与我的求学生涯紧密相连。上小学时，溪滩是我平日里洗头洗衣服、抓鱼摸蟹的好去处；上中学时，流经街头区校南边前山脚下的南门溪，长满溪罗欢，是难得的一片风景优美之地，同学们喜欢中午去那里游玩；在县城上高中时，流经城关的始丰溪被称为南门溪滩，下午放学后或清晨，我经常带着几位要好的女同学一起去背英语、政治。也许是自己从小在溪边长大的缘故，坐在水边，耳旁伴着潺潺的流水声，浮躁的心就会安静下来，读书的效果也奇好。

1982年，我去城里上高中时，恰好村里已实行联产承包责任制，分田分地到户，我开始住校，不再放学后去牵牛。上溪的那条小路，原本就去得不多，只在大人们到那边干活时，我才会跟着去捡麦穗、扼腰芦、捉豆粒。但分地到户后，三队最上面临溪水的那一大块地就分给四户人家，从路边到里坎依次为元本公家、方梅叔家、学钗叔家和我家。我家地的西南角与

1995 年 10 月，爸爸和大孙子季浩峰在自家的桔园里。那桔园满眼翠绿，金黄的桔子挂满枝头，一派丰收景象。

湖酋村的田交界，正西边是二队的田。还有一块地是与大块地相连往北的地方，靠近路边。一开始，爸妈改种桑树，妈妈喜欢养蚕，收入要比种庄稼多得多。

几年后，在学钗叔的组织下，我家又将桑树挖掉改种桔子。学钗叔年轻时曾在县柑橘场待过几年，知晓栽培桔子的技术，爸爸跟着他学会如何栽种桔子。爸爸共在外爿的南半部分种了三行，每行18棵，北边宽大部分改造成水田种早晚稻，产量就更高，收入也就更多了。里爿全种成桔子，但两个地方的桔子品种有所不同，外爿的个子大皮厚晚熟，而里爿的皮薄早熟。每当桔子快要成熟时，为防被人偷摘，爸爸每天晚上住在一流木匠哥哥季立明帮忙搭起来的茅敞篷里。这茅敞篷就搭在里爿的西南角上，正好可以两爿地兼顾。爸爸将一张大床那么宽大的地方整理得干干净净舒舒服服的。吃过晚饭，喂过猪后，他就抱着被子去茅敞篷看守桔子。不少时候，他会带着刚上初中的弟弟季新明一起去。这片桔子地，他一守就是18年。每年，爸爸都会精心挑选最好的桔子藏在新屋的地窖里，等我放寒假回家过年时拿出来吃。那桔子冰冰的，但冰在嘴里，暖在心里！

这片溪滩地，多年前，因为土地整改，那些年产量不错的桔子树全被砍伐，相隔的条条堤坝也被推平，整片地在抛荒好多年后才重新分给村民耕种。分地的时候，妈妈恰好在京城我家待着，不知哪个环节出了问题，分给我家的是一片水潭，下面是石头，根本无法栽种农作物，而且还少分了大块地，将原本的901平方米错写成90.1平方米。原来同爿地的其他几户却分得还不错。

而今，一切早已面目全非、风景不再。只是，那个神秘世界里的一切，依旧活生生地烙印在我的脑海里。

随记于 2015 年 10 月 24 日

水　稻

在京城闯荡二十多年的我，时至今日，与朋友闲聊，说得投缘开心时，就会冷不丁脱口而出："哎哎哎，我是个老农民，对这个问题，我太有体会啦！"语气中还带着几分得意与自豪！在朋友半信半疑的眼神下，我通常会再提高声调补上一句："这是真的，当年我插秧种田的水平可高啦！"说实在的，这还真不是吹的。

那个当年，指的是我上高中后到京城读研前的十多年时间。那时我的父母正当壮年，才四十多岁，浑身有使不完的力气，每天从天亮马不停蹄地忙到天黑，他们从不知道什么叫疲累，也从没想过干活要偷懒。

我上高中前，村里实行的还是集体劳动的生产队制，小孩子们是没有资格赚工分的，自然不必跟着大人去田里地里干农活。工分是生产队分配粮食的唯一依据，依照传统做法：男性全劳力一天记10分，女性一天记6分。为多赚工分，爸妈就申请为生产队养牛，一头牛一天加4分。我曾养过一头大水牛和一头小母牛。上小学和读初中时，放学后，我的唯一任务是牵牛，冬季除外。年龄大一点的哥哥姐姐则负责割牛草，他们俩也基本没有参加过生产队的劳动。

自从起源于安徽省凤阳县小岗村的家庭联产承包责任制如一股强劲的台风猛刮过大江南北后，1981年，以种水稻为主的小溪边也开始实行家庭联产承包责任制。俗话说：土地是农民的命根子。有了属于自己的土地，哪怕只有三十年，那也是自家的财产。这一包干到户的做法一下子激发出村民们无限的劳动热情和高昂的积极性，他们一个个铆足了劲，使出浑身解数来经营自己的一亩三分田。

当时，我家有六口人，定量为3120，依此定量分到的田有三大丘、两小丘，共3亩9分8。三大丘分别为双塘上下两丘、参姆岙十七箩和小塘那丘，两小丘为溪滩小丘、高背丘。分的时候，那小塘一丘一亩多点，是分给哥哥的，参姆岙十七箩分给弟弟，身为儿子，他们俩的田包括了子孙田，面积比较大，都有一亩多。分给姐姐和我的各一小丘，还不到半亩，我的是溪滩那一小丘，姐姐的为高背丘，剩下的双塘上下两丘分给父母。这些田，从当时的情况看，都不是什么好田。小塘的泥土多青丝黄泥，参姆岙的是烂泥田，双塘的是杂交稻秧田，当年的产量高不了。两小丘也属贫瘠之地。多年后，有一次与妈妈聊天时，妈妈感慨道："好多时候，眼前的吃亏不一定就真的亏。现在，双塘的两丘田，靠近村边，可以当宅基地建房子，就成宝贝啦。"这是后话。

那时，一年要种两季水稻：早稻与晚稻，外加一季草籽越冬养田。爸爸既勤快又喜欢采用科学方法种田，经过数年的栽种养田，这些田渐渐就变成了肥沃的好田。他种的水稻向来是全村长得最好的，人见人夸！一季早稻就能收割24担（一担为两方箩，每一方箩重100斤左右）左右的稻谷。过了几年，我上了大学，户口迁走后就要多交余粮，好在爸爸种的稻谷收成好，仅溪滩那一小丘的一季早稻就够全家交给政府的余粮了。

刚开始单干那几年，哥哥一直在京城做木匠，长年住在大兴。每年正月元宵节过后出门，春节前一周左右回家过年。每年出门前都有不少人家到我家商量，希望哥哥能带着他们的年轻儿子做徒弟。那时的哥哥是家中的荣耀，但家里的农活，哥哥一直干得不多；弟弟才十来岁，正是贪玩得一日三餐找不到人回家吃饭的年龄，也指望不上。因而，每年的"双抢"，一开始就只有姐姐和我帮父母的忙。好在那时的父母，身强体壮，既吃苦耐劳又善于谋划安排，全家齐心协力，每年基本上能在立秋前将所有的晚稻种下。这期间，还要将山地和溪滩地里好几亩的大豆收回家，在太阳晒得最热的正午时打豆。全家人不分昼夜晴雨，月光下割稻种田的奋战场景，是我记忆中最为温馨的画面！

1987年夏天，在京城做木匠的哥哥，与一起做小生意的嫂子在颐和园拍的合影照。

一、割　稻

每当早稻成熟，放眼田野，金灿灿一片，那沉甸甸的稻穗深深地低头藏在青黄相间的稻叶下。梯田式的田野，一丘高过一丘，大小不一，尽情地舒展在马路两旁。路边的水沟里日夜流淌着从胡家岙水库放出的清水，临近水沟的稻田，每丘都有一个缺口可以进水。与马路平行的宽阔田坎是干农活时可以赤脚行走的主干道，这条主干道自然要比上丘与下丘之间的田坎要宽，也更结实。通常情况下，沿主干道生长的青草也更嫩更密，那是让牛走在水沟里两边吃草的好地方。水从高丘流向低丘，而放水是否方便则是衡量稻田好差的一个重要标准。

每年放暑假时，我都会算好时间回老家帮着父母干农活。在所有的农活中，我一直认为最苦最累的就是夏季时的"双抢"（老家的土话）。所谓"双抢"，就是抢收抢种，即收割早稻种下晚稻，必须在半个月内完成，通常时间为 7 月下旬到 8 月初立秋前，这也是地处江南的小溪边一年中艳阳高照、酷暑难耐的日子。要是家里的田多干活的人手少，那绝对是一场披星戴月的苦战！

我家妈妈呢，万事追求完美，总希望早稻多留几天让每一棵稻穗长得饱满，出米率高（若不够成熟，碾米时会碎角），这样一来，我家"双抢"的时间就更短更紧迫。那些年，家中的哥哥常年在京城做木匠帮不上忙，弟弟又小，主要的帮手就是姐姐和我。关键是那段时间每家每户都忙得热火朝天，实在找不到合适的人来帮忙。若是晚稻在立秋后种下，那很有可能在没成熟时就遭遇霜降而导致产量减半甚至颗粒无收。农民靠天吃饭，对一年中的二十四节气特别关注了解，那是几千年来的传统，可以说时令就是农民的法律，一旦违反了，老天爷会自然而然地让其承担严重的后果。

1985 年的夏季"双抢"，是我印象最为深刻的一次。那一年，已出嫁的姐姐季爱芬跟随姐夫高国正去余杭包工程赚钱去了，跟着爸妈干了那么多年农活的姐姐也该为自己的前途奋斗一下了，只是这样一来家中少了一个得力帮手，"双抢"的任务就格外繁重！我呢，在县城上了三年省重点高中，刚考完大学回家。无论走到哪儿，遇到邻居们的第一句话，就问："你回家啦，现在毕业了吗？"接着又问："大学考上了吗？"有的甚至直截了当地说："美君，你大学考上啦！"那口气是那么的确信无疑。事实上，刚考试回来还不知道成绩的我，到底能考上什么样的大学，自己心里也没底，通常就含含糊糊地应答或简单解释两句。只是从小到大，村民们都知道我读书好，不管最后能上什么样的大学，在他们眼中都是天大的喜事儿。那时，全村还只出过一位大学生呢！（他叫庞正中，早几年考上西南政法学院，现为京城一家著名律师事务所的高级合伙人。）

那年暑假，我一边在家忐忑不安地等待大学录取通知书，一边为家中的农活出谋划策，成为父母最主要的帮手，可以说天天忙得不亦乐乎。在父母的言传身教下，我拔秧种田的技艺进步飞速。

每年"双抢"开始前，父母都会根据各丘稻子成熟的先后顺序作一番统筹安排，哪丘先割，种什么样的晚稻都必须事先计划好。晚稻不像早稻，只有一个品种，而是要分杂交水稻、粳稻、糯稻等，不同品种的生长期也略有不同。那年，根据父母的计划，7月21日那天动手收割小塘那丘。这就意味着在大暑前绝对可以种完田，我们辛勤的汗水可以立马换来一片翠绿的丰硕成果，晚稻的丰收也是指日可待的。但我心里有一丝担忧：一亩多的田，就爸妈和我三人（在早饭后，妈妈通常要负责在操场翻晒稻谷兼做饭），一天能割完吗？自己能不能坚持到最后也是个未知数。

凌晨5点半左右，我们就出发开早工。依照爸妈的经验，割稻速度要想快，就要姿势做到位。爸爸说：两脚尽量平衡分开远，身子前倾弯腰半蹲着，从左到右或从右到左，稻秆恰好是一大把，人的重心随着要割的稻子在两脚之间作相应的移动，顺势转身将稻子码在身后，一转身够不着时，就换放另一堆，每一堆都必须排列整齐，这样打稻时拿起来方便也不会散架，打稻机也可直线前移而不必东弯西拐在水田里费劲挪动。我依样画葫芦学他们的样儿，半蹲在齐脚脖子深的水田里，刚割一会儿就汗水湿透、腰酸背疼。事实上，若不是看着爸妈年复一年都这么辛苦地干活，我早就当"逃兵"了。

出乎意料的是，8 点左右回家吃早饭前，我们就将稻子全部割倒码好了。早饭后，爸爸就开始负责将打稻机打下的稻谷一担担挑回操场，由妈妈负责翻晒，妈妈还要做中饭和晚饭，外加下午点心，多年后，我特喜欢老外的下午茶，可能起因于此。在挑走稻谷前，爸爸和我先将打稻机拉到一大堆码好的稻子边上，这样，我一个人时仍可以继续打稻。

说起来，干农活基本上是靠力气，但也需要动动脑子加上一定的技巧才能干得又快又好。割稻如此，打稻也不例外。割稻讲究姿势，打稻重在方式。双手紧捧一把稻子，用尽全身力气踩动打稻机，待转盘转得飞快时，先放垂下的稻头，慢慢地顺序渐进到稻头脚，再翻转两下拉回稻头，那稻谷就打得干干净净，同时又可避免动作重复而浪费时间和踩打稻机的力气。幸好，中途来了表妹君明帮忙，大家鼓足劲儿，一鼓作气齐心协力，在 8 点半天黑前就完成了这一天的任务。算一算，从早到晚，一天要劳作 15 个小时左右，而且是一直烤着烈日在水田里泡着，其中的艰辛可想而知！好在不必天天如此。但让人深感欣慰的是：辛苦后的收获也是立竿见影的！

说起来，每年"双抢"时，全家最发愁的是爹姆呑十七箩，因田偏路远，将稻谷从田里挑到马路，需走上一里多的田坎，再用手拉车拉回操场翻晒，就是一件累人的活，全家又只有爸爸一人能挑一满担水淋淋的稻谷。要是一天割不完，天黑前，还得扛回打稻机这一重物，那想想都是费劲事儿，而且非得请力气大的村民帮忙不可！另外，还要跟独门独户住在高圩地路廊的那户人家说好话，将打稻机寄存在他们家走廊上一个晚上。为了能在一天内将稻打完而免除来回扛打稻机的辛苦，收割十七箩时，通常情况下，我们会安排头天下午先尽可能地多割稻，第二天主要是打稻，这样才能勉强在日落方山顶前完成。

7 月 30 日那天下午，按计划就轮到收割十七箩了。因任务太重，爸爸把弟弟也叫上了。为了给枯燥的割稻来点趣味，爸妈、弟弟和我四人之间互相比赛，你追我赶，还给弟弟划出一小块，说那是台湾岛，割完了，台湾也就"解放"了，他就可以去玩了。就这样，结果提早超额完成。第二天打稻也提前完成，捆稻草也按计划未拖时间。真是难得的顺利！

事实上，若一切都能按事先计划好的进度割稻种田，在立秋前种完所有的田当然是不成问题的。但现实是，因天天白天黑夜连轴转，过了几天，每个人都感觉越来越疲累，甚至到了疲惫不堪的地步，越往后速度就越慢，尤其是像我这样平时忙着上学读书很少干体力活的人，连续十来天从早到晚的劳累，早就浑身酸痛、眼冒金星了。要是天黑了，还在水田里干活，那蚊子就像轰炸机，围在你周围"嗡嗡嗡"叫个不停、无孔不入，咬得你浑身起包，又痒又恼。这时，满肚子都是农村谚语的妈妈就会笑呵呵地用方言念道：早晨露水排排，宁可日昼头（中午的意思）少歇凉；日昼头暖排排，宁可暗介头（下午的意思）做几凑（多干点儿）；暗介头门虫（蚊子）哈吼（叫嚣得厉害），宁可天娘新（明天早上）做几凑（再干一会儿）。这首谚语生动而形象地道出了小溪边农民干农活时的心态，我一听就乐了，叫妈妈再念一遍，当场就记住，而且终生难忘。

说实在的，看着父母每天干活比自己还多还辛苦，而且年年如此——尤其是爸爸，从来都不抱怨生活的艰辛苦累，也从未见他偷过懒，他身上那股吃苦耐劳的韧劲向来让我佩服不已——我无论如何也得咬牙坚持着尽可能多为他们分担一点辛苦！当然，干农活显而易见的成就感以及对秋天硕果累累的憧憬，也让眼前的苦累变得不那么难以忍受了。

那天下午，打完稻回家，在苍茫夜色中，我手拿镰刀爬上高圩地山坡上的小路，一不小心竟然踩到了一条蛇，我左脚的第二个脚趾头被蛇咬了一口。我惊呼一声"啊唷"，走在身后的爸爸，急忙问："没事吧？没事吧？"他非常惊慌，显得手足无措，只是叫我快点赶回家，幸好我还能自己走路，脚趾头好像也没有马上红肿起来。

回到家，隔壁的阿姆过来一看，说："应该是无毒的水蛇咬的，不是毒蛇，要不脚早就肿得像馒头了。"阿姆的小女儿焦华，比我大两岁，头年晒稻草时曾被毒蛇咬过，很快整只脚全肿起来如蓬松的馒头，不能下地走路，后用土草药敷了好几个月才好。

小溪边的俗话说：被水蛇咬的人会有好运气。于是，我就指望着哪天会有好运降临。果不其然呢！才第三天，就有同学来通知我回学校去参加英语口语面试培训，原来我已如愿考上了自己喜欢的英语专业。

二、种 田

通常情况下，头天割完稻，将稻秆一把把捆好排在田坎上，第二天上午整理好水田，下午就开始插秧种田。人手齐动作快的，天黑前，这丘田就从金灿灿的水稻，转眼间摇身变成了绿油油的秧苗，差一角的，改天再补也就结束了。

我们家因缺人手，动作有时会慢一点，一丘一亩多的大田，从割稻到种完田，通常需要三天时间。爸爸又太讲究种田时的品相，必须高标准、严要求，他向来认为一丘田要有种田的样子才能插秧，即稻田的泥土必须全部翻新松动耙平，田里壁整洁不留任何杂草，田坎削得精光漂亮。因而，头天割完稻，来不及时，就第二天早晨开早工撩稻草。上午，爸爸跟牛翻土耙平时（犁、耙、操，是将一丘田重新翻作的三道程序，单干后，慢慢就省略了头尾，只剩下耙了），我就拿镰刀清理田里壁的杂草。中午，爸爸再抓紧时间削完田坎。半天劳作后，那水田就被修整得漂漂亮亮了。午餐后，稍稍休息一下，爸爸最喜欢去家边上关公庙的石板地上躺一会儿，那石板地凉意意的，下午三点左右再出工拔秧，太阳开始西斜田水不烫脚时才种田。要不然，嫩绿的秧苗就会被高温的田水烫死。

做什么事都一丝不苟追求完美的爸爸，种田就更讲究了，他要求：插的四棵秧苗成正方眼，横竖都是笔直的。一般人都认为只要竖行是直的，横的弯来弯去都在田里弯，有什么关系呢，还不一样割稻！为达到这一要求，爸爸教姐姐和我种田时，说："两脚分开跟肩膀一样宽，双脚后退成一直线，手伸出多长就种多宽的地方，不要尽力去勾。一勾，就容易种弯。"另外，他还讲究每棵秧苗之间的距离要在三十公分左右，这样日照充足，稻谷才会饱满，不烂脚。这也是他种的水稻总是全村最大的关键原因。当然，秧苗本身要健壮、抽芽多，这样转移到大田的水稻才能在几天内就恢复元气茁壮成长。通常情况下，刚种下的稻田，不出十天，那一丘丘水稻就会

年轻的爸爸在十七箩种田。头戴斗笠，背对方山顶，手捧秧苗的爸爸，有一种顶天立地的气势。他插的秧苗笔直，无疑是在践行他自己的那一套种田理念。

翠绿一片，长势旺盛、生机勃勃，爸爸就会叫我去看一看，我也会带着相机去转转，拍几张照片留念。说实在的，在短短的数天内，一丘田就发生了翻天覆地的变化，简直难以置信！

第一天收割完小塘后，因收工太晚太累了，爸爸就没有去上溪放水。第二天早晨（7月22日）过去一看，我们大吃一惊，田里的水早已干尽，若不马上放水，白天烈日一晒，泥土就会开裂漏水，那就蓄不住水了。爸爸马上行动，花了不少精力和时间才将水放够。经过一上午的辛苦，终于在吃中饭前将田整出样子来，但耽误了撩稻草的事儿。我们只好中午不休息赶紧撩稻草，才几个小时，我双臂上的皮肤就被晒得通红，第二天就脱皮了。原以为那天种不了田了，结果还是种了一半左右，爸爸和我就满以为第三天下午定能提早结束呢，结果却适得其反。主要原因是：我们有了十拿九稳的心理后，做事就开始放松慢吞吞了。清晨时，爸爸先去放水、扛风车扇稻谷。早饭后，他又去山地拔豆削草而没有去拔秧。其他人也跟着晃晃悠悠的。也许是他有意让家人休息一下？结果整个上午只拔了四十多个秧，下午只好边拔秧边种田，我又回家拿点心耽误了一点拔秧的时间，速度自然就慢多了。

说到拔秧，我最拿手的是拔杂交水稻的秧苗：右手先抓住一棵秧苗的根部，拔动后，就递给左手，右手顺势将根部的泥土捋掉，左右手配合默契动作飞快，左手抓满时，拿一根稻草一扎就好了。不知什么缘故，真正是老农民的爸妈，总没有我拔得快。但拔其他秧苗，如糯稻、粳稻、籼稻那种细小的秧苗时，最能干的做法是左右手同时开弓，一手转上半个球，两手一合并就扎成底部是球状的一个秧苗，我的水平就不如他们了。

这个"双抢"忙了三天后，我们就开始总结经验：第一天，原以为一亩多的稻，就我们三人是割不完的，结果大家一努力，加上下午时意外多了一个帮手，反而出乎意料地完成了；第二天却因头晚的一时疏忽没有及时放水，结果差点酿成水田开裂的大祸，幸好及时弥补；第三天原以为可以轻松种完的田，因从清早开始就忙其他事儿没有抓紧，放慢了干活的节奏，种田的计划就未能如愿完成。此后，我们就调整了原来的计划，在时间上卡得不那么死而稍留余地，同时合理分配仅有的劳动力。只有爸爸干得了的事儿，像放田水、挑稻谷、拉打稻机、种田时定标准的带头行等，就让他提前去做，我随后，而妈妈则主要以翻晒稻谷和做饭为主。劳累了一整天，一回家就有饭吃的感觉也很好，一家人组成一个小团队，有时就差一点快扛不住时，就说个笑话互相鼓励稍稍坚持一下，就达到了预定的目标。

就这样，十多天中，全家人鼓足干劲、起早摸黑、日夜兼程，总算基本忙完了六丘田割稻种田的活儿，人人都尽了自己最大的努力，但最后还是因人手太少，成了全村最后一户种完田的，这在随后的数十年中就成了常态。好在爸爸精心管理的秧苗抽芽多、品质好，转移到大田后，没过几天，就日长夜爹，很快追上了比我们早种几天的那些水稻，接着还赶超它们而成了全村领先的佼佼者。收割晚稻时，那稻穗无疑又是全村最大的，向来都是人见人夸的！

随记于 2015 年 3 月 2 日

大　豆

自从分产到户单干后，家里除了六丘水田，还有溪滩地和山地，那是种旱庄稼的，如番薯、土豆、大豆、小麦等。与"双抢"时的水稻同时成熟的是大豆。大豆多种在朝阳的山坡上，大夏天在烈日下拔豆，不但太辛苦，也容易使豆荚破裂豆粒撒地。因此，村民们习惯起大早去山地拔豆，既凉快又不掉豆粒。

7月18日那天凌晨，我刚从学校回家的第三天，4点左右，爸爸就叫家人起床去下辽山拔豆。由于太疲累了，我又多躺了几分钟。然后，在清冷的月光下，爸爸肩扛椿杠短柱，妈妈手拿捆豆秆的稻草绳，我跟在他们后面，快步奔走在田野的泥土路上，穿过一丘又一丘的稻田。水稻在温柔的晨曦中安静地沉睡着，金黄遍野、稻浪滚滚。一条弯弯曲曲的田间小路从前丁村延伸至邻村兴嘉山的稻田，横穿整个马路北面的田野，再爬上山坡，跨过渠道，就到了自家的山地。

那豆长得齐膝高，豆荚会扎手，有些讲究的村民会戴上棉丝手套干活。但爸妈向来认为干什么就要有像什么的样子，从来不讲究为保护手上的皮肤而戴手套或穿防水鞋以防双脚在水田里遭水蛭叮咬。我们家在下辽山的南面有两块地，相距不远（而今上面的一块已成为爸爸的长眠之地），拔完这块就换那块，今天是必须完成的。正当我们快要结束时，忽然，天空乌云密布，狂风骤起，雷声轰鸣，树叶战栗着，凄声厉叫，一场可怕的暴风雨即将来临。我们加快拔豆的速度，接着就快速奔跑，我使出了在学校跑800米时的劲儿，想尽可能在暴雨降临前赶回家，跑得精疲力竭、上气不接下气，但最终还是没能逃脱暴雨的魔爪，被淋成落汤鸡！

　　与拔豆相比，更辛苦的是打豆。那时家家户户都有好多根打豆棒（枷），妈妈用的东西都讲究专用，她那两根打豆棒是两根杉树枝做的，结实耐用，因使用多年光滑油亮，捏手处粗一点，渐渐变细，但不是太细，要不下手时就没有足够的力度，豆茧也不会开裂。大清早拔回的豆，一大把一大把依次并排摊在篾制作的"爹簟"上（竹篾编织的，通常长1丈8尺，宽1丈零5寸，是小溪边农民晒稻谷、小麦、大豆等的必备品，也是家用物品中的大件），厚薄要均匀，后一排长豆茧部分要压住前一排不长豆茧的豆秆，这样打豆时，一路压过去就不会浪费力气。

　　打豆最佳时间为正中午，晒了半天太阳的豆茧正欲爆裂时，打豆棒一触碰就噼里啪啦全裂开了。生产队时，正午时分，在操场上，全村能劳动的妇女排成十几米的长队，大家鼓足干劲，挥舞手中长短不一、粗细不同的打豆棒，噼里啪啦的声音整齐响起，豆灰满天，那真是一派壮观的场面！

　　多年来，我一直不明白爸爸为何那么喜欢用豆瓣酱下饭。奇怪的是，这几年，我自己也开始喜欢豆瓣酱的味道了，难道这也是遗传？年少时，一到夏天，妈妈就会自己酿制豆瓣酱。具体步骤，我当时没有细加观察，但印象很深的是摊放在小筐（竹十戾，音近"大"）上（半球形比米筛大一倍的篾器）的豆长满了黄绿色的霉菌，随后，她又加上生姜等调料煮一下，放在一个直径有50公分宽的土制棕色大圆缸里，一天接一天地晒着太阳。每天早晨，妈妈拿长长的竹筷子翻搅一遍，以便晒得均匀。因太重搬移不便，下雨时就拿一个干净的篾做的笠帽头盖上。晒上一个月左右，就可以吃了。

　　那时，爸妈每天在生产队出工挣工分，让姐姐和我在家做饭，常做的是煮粥撩（小溪边常见的做法，有粥有饭）。在大锅里放上满满的水，冷水下米，烧开后，待米软熟就先捞出来在撩漓（小小的，半圆形篾器，可沥干米汤）里放着，锅里的粥再煮一会儿，等粥翻滚好了，就盛出来，接着炒菜。最后又将米饭倒进锅里迁上一点清水（沿着锅边加点水），焖上几分钟，火候把握得恰到好处时，会结出与锅一样大小的锅巴，这是哥哥和我多年来的最爱。

1989年5月10日，我为妈妈在家门口的菜园里拍了张照片，这可能是做农民的妈妈所有的照片中最为年轻的一张了。

那时候，我们喜欢与隔壁邻居家的同伴们互相比赛做饭，看谁家的锅先烧开。大家都不会炒菜，一般先将米饭撩起来粥煮好后，空着锅等妈妈们回家后再炒菜。慢慢地，也会做些简单的菜，而炒豆后再倒上豆瓣酱是一道经典的菜，或许是爸爸吃惯了香味扑鼻而又特别下饭的这道菜，即便后来妈妈不再自己做豆瓣酱了，他的饮食习惯一直保留下来了。其实，他年纪大了时，我曾特意跟他说："爸爸，你要多吃蔬菜，那豆瓣酱只是味道好没有营养的。"说的时候，他"哦、哦、哦"答应得好好的，可一日三餐，他还是一如既往地喜欢酱下米饭。与此相似的就是霉豆腐，妈妈也会自己做的。

　　妈妈是位特别聪慧能干的家庭主妇，似乎什么都会做，又爱动脑子，我常开玩笑说她的智慧可以做一家大公司的CEO。过年时，她会自己做豆腐。每年的腊月二十六这一天，妈妈从早忙到晚，自家做豆腐。她先将大豆充分浸泡，早些年是在家中堂前自己磨豆腐，爸爸拉磨，妈妈添豆加水，两人的动作需和缓协调默契，否则就会碰疼手臂或添不上大豆。后来，爸爸挑到隔壁村去让机器磨豆。

　　随后，在大大圆圆的木制豆腐桶上架好豆腐架，放上豆腐篮豆腐袋，将磨成糊的豆放进豆腐袋，用开水冲洗，剩在袋子里的就是豆腐渣。那豆腐渣加上适量的盐腌制后，又成为一道下饭的菜。拧出来的水，倒进灶台上最里面的大锅（好像每年只有做豆腐时才用，灶台上共有大、中、小三口锅。）和中间的锅里，慢火加热，慢慢地上面就结成一层层的豆腐皮。妈妈用豆腐棒一根一层揭起挂在厨房放撩篷（平时放剩米饭的地方，悬在空中，免得老鼠偷吃、蟑螂爬行）的竹架子上，等不滴水时，再转移到楼上房檐下晾晒，干了收起来就成为正月炒年糕的上好配料。

　　豆腐皮撩得差不多了，往锅里倒上盐卤，就凝结成一朵朵豆腐花，用勺子舀出倒进豆腐袋中，稍稍用力按压挤出水分，拧紧袋口放着冷却数个小时，就成了一个圆圆大大的豆腐。妈妈会将豆腐分成好几份，其中一部分拿来做大年三十饺饼筒大餐时的豆腐片，一部分再加工制作成豆腐干，也是正月里招待来拜年的亲戚客人炒年糕时的配料。

要是同村的姑姑季广土（妈妈的妹妹，我们从小叫姑姑）没做过年豆腐，妈妈就分一些给姑姑家。做豆腐程序之繁琐、妈妈动作之娴熟，让小时候的我每次都看得入迷，因而记忆也特别深刻。做豆腐时，我唯一能帮忙的就是倒了豆腐渣后，帮妈妈洗豆腐袋，她要求拿到最干净的水井头用擀面杖捶到拧出的水是清水为止。而我们做小孩的，最为期待的是晚上做豆腐快结束时可以吃一碗豆腐脑和豆腐锅巴。

几天前，要好的同事景琦送我几袋她外甥做的豆腐干，虽然我感觉没有妈妈做得那么合我的口味，但我深知其中所包含的那份辛苦，所以更加珍惜这份心意。人世间，不少东西的贵贱不是以金钱来衡量的，信然！

随记于 2016 年 11 月 15 日

腰　芦

　　玉米，是小溪边主要农作物之一，也是农民们日常饮食中不可缺少的粮食。村民们耕种的土地主要由三部分组成：田、溪滩地和山地。其中的溪滩地和山地，跟田一样，一年也分三季。田是两季水稻，一季草籽越冬；而溪滩地和山地是大豆、玉米（老家话叫腰芦），小麦过冬。两者最大的不同之处是，大豆、玉米是套种的。等秋季腰芦成熟后，先扼腰芦，后将腰芦秆连根挖起，再让牛犁地翻土，重新整理后，再一行行撒下麦种，这是一个轮回的开始。等小麦快成熟时，再在两行小麦间种下大豆，待大豆开始长出豆茧时，又种下腰芦。一年四季就这么轮回着。

　　在小溪边的村前，有一大片的溪滩地，从东到西，长四千多米，南北宽两千多米，被长短不一、高矮各异、方向四散的堤坝分隔成一块块大大小小的地，每块地都有自己的名称，在单干前，按人口比例分给三个小队。两条由北向南的小路横跨其间，将溪滩地分成三部分：上溪、中央溪和下溪。这两条小路，是村民们去溪滩干活、洗大件衣物的主要通道，由此也可前往溪滩对面山脚下的下畈村。

　　这片溪滩地，在生产队时代，因播种的庄稼都是一样的，一年四季的风光随着庄稼的变换而面貌各异。春天时，是满眼翠绿长得齐腰高的麦田，可以一眼望到上溪。阳光下的麦田，绿得耀眼，微风吹过，如丝绒般的华丽大气，堤坝上零星耸立着一棵棵柏子树，像哨兵一样看护着这片辽阔的麦田。初夏时，是齐膝的大豆和差不多高的纤细的玉米。秋季时，是长得如森林般密集的腰芦。冬天时，则是贴着地面的一行行绿色的麦芽与褐黄色泥土相间的田野，一旦下雪，就成了白茫茫一望无际的雪地。

相比之下，我最喜欢的是溪滩地秋天时的风景，那时腰芦已成熟长成高高的个儿，比一般人的个儿都高。人走在其间，就像走入一片森林，谁也看不见，好似到了一个无人知晓的神秘世界。腰芦地上会长出嫩嫩的、毛茸茸的小草，还有不少豆苗。因收大豆时要是豆荚太老，夏日的太阳猛烈一晒，豆荚就会爆裂，那些豆儿是捡不完的，有了雨水，它们就重新发芽长大。那垄在腰芦根上的一行行泥土早被太阳日复一日地晒得硬硬的、白白的。那时，每天下午放学后，我的任务是放牛，就是将牛牵到草嫩的地方让它吃饱肚子。

相比田坎来说，溪滩地上的堤坝多荆棘，牛能吃的草儿不多，偶尔也可以从这条堤坝转到那条堤坝，但有时即便从上溪转到下溪，能让牛吃的嫩草实在太少了，好几个小时过去了，牛还是没吃饱，那肚子看着如凹陷下去的小锅。让牛饿着肚子回家，即便大人们不批评，自己也会心不安，感觉很对不起牛的。实在无奈时，就会在黄昏太阳西斜即将回家前，躲在玉米地里，偷偷折几根比较嫩的腰芦脑头（玉米秆最上面的那一截）喂给牛吃。这么做，虽不影响玉米的收成——因等到收玉米后，这些秆儿连根挖起晒干了就只能当柴火烧了——但要是被人看到了，还是会遭批评的。我最喜欢的是，牛沿着堤坝一步一步走着慢慢悠悠地吃草时，我将牛绳绕牛角几圈后挂在牛背上，自己选棵最漂亮的玉米，靠着它坐下。仰头瞧瞧密密绿绿的叶儿，阳光斑驳，映照在刚刚冒出泥土的小草身上，那宽大舒展的叶儿，仿佛舞女的长袖，阵风吹过，上下左右舞动，地上的影儿也随之婆娑起舞。偶尔成群的麻雀也会恰好路过，在玉米地里嬉戏跳跃觅食，远处传来竹咕咕那悠扬嘹亮的歌声……在这个小小的世界里，各种小生命和谐蓬勃地生活着。加西亚·马尔克斯在《百年孤独》里说玉米地会长出漂亮的姑娘来，我信！

但是，在空无一人的腰芦地里牵牛，偶尔也会遇到危险。有一次，傍晚时分，天色将暗，我将牛牵到溪滩地最中心的那条大堤坝上吃草，四周全是密密麻麻的玉米。当牛正在专心地吃草时，我回头一看，惊讶地发现

2010 年 7 月 20 日，暑假时，我带着女儿回小溪边，随机拍了一张爸爸与玉米（腰芦）的合影。

牛的后脚边跟着一条半米高的“狗”，皮毛是淡黄色的，我与它对视一眼，感觉这样子好陌生，因村里的狗我基本上都认识，突然想着是否就是大人讲故事时常说起的狗头熊，也就是狼，我惊恐地大吼一声“狗头熊”！它就掉头跑了。惊魂未定，我马上牵着牛回家了。但事后，大人说狼很少会跑到平地上来，我也不知那一只是否真的就是狗头熊。

在腰芦地牵牛的另一诱惑就是偶然可以幸运地发现一棵“雄秆”（老家话，不会长腰芦的意思），那就会让我开心半天。当然，将“雄秆”与其他腰芦秆区分开来需要相当的经验。“雄秆”的叶子特别光亮，腰芦秆本身也是瘦瘦的、皮带红色，味道甜蜜蜜的，咬着脆脆的，特别像甘蔗，但也要成熟到一定份上，味道才鲜甜。村民们都喜欢将这样的“雄秆”当成甘蔗来美美地享受。而那些会长腰芦的腰芦秆，基本没什么甜味。

腰芦成熟时，最为盛大的场面是全生产队的男女老少都聚集在一起，在昏黄的煤油灯下，搣腰芦比赛，最后以腰芦粒的重量来记工分。搣腰芦，小孩子是能帮忙的。通常先由大人用钻将腰芦隔行钻掉一部分，剩下的就让小孩用两手搣下来。最有效的一招就是一手拿着腰芦，一手用没有腰芦粒的腰芦芯互相绞动摩擦着，动作娴熟的话，可以以一对三，即三个大人钻，一个人搣，速度恰好差不多。小部分太嫩的腰芦，通常会先分给各家各户。家家户户就将这些嫩腰芦自己磨成腰芦糨糊成皮，做饺饼筒吃。这是一年中难得的一次享受美食的机会。

腰芦，是小溪边最为重要的粮食之一。通常会用腰芦粉来做腰芦粉糊（玉米糊）、汤头果、麦饼头、糊拉秋等。腰芦糊，虽然口感有点粗糙，但小孩子一般都爱吃，因为吃玉米糊比较好玩：盛到碗里稍稍凉点，从中间开始掏着吃，吃完玉米糊时碗上很少粘着玉米糊。小孩们往常玩看谁吃玉米糊碗最干净的游戏。汤头果（将腰芦粉用滚汤揉成一大团，再用筷子夹成一小块一小块，放进正在翻滚的汤里，汤里会有土豆、青菜等）就不那么讨小孩的欢心了。但汤头果在锅里煮的时间长了，就会变成糊，我一直纳闷不解的是：姐姐喜欢糊，却不爱吃汤头果；而哥哥恰好相反。哥哥最喜欢汤头果中的土豆，可弟弟则从小就不喜欢吃土豆。而我好像什么都可以，没有什么特别喜欢的，也不讨厌什么。可见，同一家父母养的孩子，口味也不甚相同。这或许正应验了佛教里带着往世积习投生的说法？

麦饼头和糊拉粄，做法要稍有技术一些，尤其是麦饼头，妈妈有时会加点自制的咸菜，味道就相当不错。做糊拉粄时，她会想着加上青菜、豆腐、嫩金瓜丝、土豆丝等，自然也就成了美食。用土豆丝盖糊拉粄时，我会嫌土豆丝熟得太慢等待时间太长，妈妈就想出一招，先将土豆丝统一炒成八分熟，再一次次分开放在皮上，那速度就快多了。腰芦粉熬饭，是爸爸喜欢的主食之一。纯腰芦粉做的麦饼头，带着出门上山砍柴当中饭时，冷了就发硬，妈妈就在腰芦粉中加入一些糯米粉，就不那么硬，口感也好多了。

当然，说到腰芦，小孩子心目中最期待的莫过于过年时可以打腰芦鸡（就是爆米花）。快要过年时，小溪边就会来专门打腰芦鸡的师傅。他会选择一个场面比较大的公用堂前，摆好打腰芦鸡的工具，然后在村中叫喊着通知大家去那儿打腰芦鸡。小孩们带着自家的腰芦和腰芦芯过去，一家一家排队等候。不少孩子趁机待在边上玩耍。腰芦倒进两头小中间大而圆的铁筒中，再架在火炉上加热。火炉上烧的是腰芦芯，打腰芦鸡的师傅左手匀转铁筒，右手使劲拉风箱加大火力。烧到一定火候，师傅就会站起身来，将铁筒从火炉上挪开，把铁筒口对准接腰芦鸡的大篾篓，右手拿套筒套住铁筒的开关，一脚踩地一脚踩着铁筒，顶天立地般地，猛一使劲，打开铁筒上面的开关，叫开炮！"嘣"一声，那腰芦与热浪一起冲进大篾篓，喷发出来的腰芦就变成了腰芦鸡。开炮那一刹那间，声音巨响，小孩子们就用手使劲地捂住自己的耳朵，但见到有腰芦鸡飞散飘落到自己的脚边，就动作迅速地抢上几颗塞进嘴里，继而马上咧嘴大笑。那脆脆香香的腰芦鸡，是过年时小溪边最主要的零食之一，而打腰芦鸡那开心热闹的场面，也让缺衣少食的童年时光多了一份亮丽的色彩！

随记于 2016 年 11 月 23 日

小　麦

　　小麦，也是小溪边的主要农作物之一。秋末，腰芦秆连根挖掉，那一片片溪滩地，让牛重新翻整泥土后，再撒下一行行小麦种子。一到冬天，溪滩地上一整片全是绿油油的小麦。20 世纪 70 年代前，我家门前全是各家各户的菜园子，没建什么房屋，站在二楼廊下的楼板上，可以远眺溪滩地，那一望无际的小麦地，静静地耐心地等待着春归。

　　下大雪时，是捕捉麻雀的好时机。哥哥、姐姐和我，就在廊下的楼板上撒上一些稻谷，盖上麦笪，用细细的麻绳绑住一小截木柴，再用木柴支起麦笪，留出空隙让饥饿难耐的麻雀飞进来啄稻谷。我们躲在屋里偷偷看着，待它们吃得高兴忘了警惕时，一拉麻绳，就罩住来不及飞走的麻雀啦！这是小时候最刺激的"游戏"了。当然，男孩子还喜欢用弹弓去打麻雀，只是打中的概率远没有我们这一方法高。

　　多年后，在杭城读书时，听说城里人分不清小麦与韭菜，我甚感惊讶！它们俩长得太不像了，但转而想想，当小麦刚长出，离地面才 20 公分高时，远看倒真有点像韭菜。只是在小溪边，小麦会大面积种植，而韭菜一般只在墙脚下种上一点作调料而已。只是至今仍让我迷糊的是：为什么越冬后的小麦，在开春前，有些人家会用脚踩小麦，说越踩分叉越多，长出来的小麦越稠密，收成也就越好。难道这是单子叶植物的特点？或者真该细细考究一下。

但有一些与小麦相关的场景让我印象深刻：一是刚入冬时，溪滩地那一条条横七竖八的堤坝上栽种了不少柏子树。在生产队时，队长会特意安排几天射柏子。雪白的柏子与鲜红的树叶，在秋日的蓝天下，成为一道亮丽的风景。男劳力爬到树上，将镰刀绑在长长的竹竿上用巧劲将柏子一枝枝射下，妇女们就在麦地上捡起来捆好，当然掉在地上的一颗颗柏子粒，她们不会去捡，小孩子们就跟在后面捡。或许她们是故意留给孩子们捡着玩。柏子粒有大有小，虽然都是白色的，但也有白得透亮或发暗的，品质上的差别，一目了然。

小小年纪就跟着生产队干活的表哥明强说："每棵柏子树长的柏子都不一样的。水井头边上的那棵是最好的，那柏子又白又长。有一次，我们三四个小年轻去操场边那棵柏子树上摘柏子，一起拉着，那树枝就断了。"

小麦成熟是在每年的四月份，这是青黄不接的时候。家里缺粮食的，最难熬的日子就开始了，前后也就半个月左右。记忆中，妈妈时常会在这段日子里，偷偷将牛栏间谷仓里的稻谷放出来，成方笆送给戏牌前的姑姑。我们看到了也不会告诉爸爸，免得他心里不舒服。爸爸对姑姑好是没得说的，要是他偶尔与妈妈吵嘴了，妈妈生气躺在楼上的困柜上睡觉不做饭，他就会请姑姑来帮忙给我们做饭。但他认为姑姑的丈夫（我们叫叔）虽脑子好使但不够勤快，才导致家里缺粮食，其实那时缺粮食的人家比比皆是。过了这段日子，姑姑家种了什么庄稼，如番薯、川豆、冬瓜、豇豆等，她总是挑出最好的，送给妈妈。后来，姑姑的两个儿子明强和坚强，还有女儿君明都长大成家立业，做木匠或做生意赚钱，条件好起来不愁吃不愁穿还有积余要盖新房子了，但姑姑的这一习惯多年未改。每次我一回小溪边，她就会拿出家中最好的农产品送给我，如豆腐皮、红豆、金针、梅干菜等。有时，妈妈拿出红薯、芋头来煮一锅时，也会顺口说："这是戏牌前你姑姑送的。"

万事都追求完美的妈妈，总认为田芯村的师傅磨的小麦粉白一些。机器磨的小麦粉，一般分白粉和二子粉，白粉用来擀面皮、包扁食、做包子，而黑乎乎的二子粉只能做面条，因韧性不够容易断。有一年，为了多出点

这是我们家的老房子，是妈妈的爸爸买的，三代人在此生活了80多年，廊下就是我们小时候在下雪天时捕捉麻雀的地方。边上的手拉车是爸爸的心爱之物。捣臼边上的角落，曾是冬日里，妈妈和我晒太阳做针线活的地方。

1989年5月10日，我为10多岁的弟弟在后门的小麦田里拍了张照片，背景就是我们家的三间新屋。

白粉，妈妈就让才 16 岁的哥哥挑着一担 100 来斤的小麦去田芯磨粉。同时又要哥哥去找爸爸的老熟人办点事儿，那人就住在村里。但磨粉的机器间离村大约有半小时的路程，妈妈就让比哥哥小 8 岁的我一起跟着去，可以看住磨好的小麦粉。结果，因那户人家刚被人骗过，就以为哥哥也是骗子，事情没办成，也没给中饭吃。那机器间，四周都是田野，紧挨着一口不小的池塘。我就坐在池塘边的石头上晒太阳，百无聊赖地看着池塘里的小鱼儿嬉戏，突然间冒出一只水蛇，翘着头，灵动地在水面上游着，吓得我心里直发毛。那场景永远清晰地刻在我的脑子里。

哥哥和我只好饿着肚子，蹚过一条齐大腿根深的小河，再步行回家。此后，我再也没有去过田芯村。后来，要建里石门水库，田芯村的人绝大部分都移民走了，剩下的仅几十户人家。那碾米机器间也应该早埋水库底了，留下的只是经历者的记忆。说起此事，年近八十的妈妈还笑呵呵地说："那白粉做成的包子，手脏的人一按一个印！"

在小溪边，小麦粉的主要用途是平日里做手擀面和面皮。手擀面，可以用二遍粉，也就是前面说的二子粉，颜色黑一点。姐姐揉手擀面的粉总是不够硬，常叫我帮忙，说我的手劲好；而面皮，必须用头遍的白粉，最后要拉长，差的粉一拉就断。水平高的磨粉师傅，头遍磨出的白粉会更多一些，这也是妈妈要将每年的过年粉挑到离家三十多里的田芯村去磨的唯一原因。

每年正月初二，隔壁邻居三家人（阿姆和小婶）会聚在一起做过年的豇豆包子、洋糕，有时会加上姑妈家。三家的灶台上都是码得一人多高的蒸笼。妈妈置办了一整套品质上乘的蒸笼，蒸的时候，四周一点都不漏气。蒸出的包子、洋糕，白白的，漂漂亮亮。而且，用糕水做成的包子会越蒸越白。姑妈家的也是同一位师傅做的，但质量要稍差些，因妈妈是那师傅的主人家，当时就住我们家。

包子要用白粉做，是当年正月里亲戚间互相走访拜年的必备礼物。洋糕，妈妈会卷上一层更白的糯米粉，吃起来口感味道更好些，是招待来拜年的客人用的。那一天，我通常会帮着大人们做包子，妈妈和阿姆都夸我做包子打的茧细，一个包子可以打出 12 至 16 条茧，最后转出的收尾小窝也小，秀气好看！事实上，她们的技艺比我的高多了，只是长年劳碌不堪，那手指长粗了，就很难把窝收小而已。这一天，她们会从早忙到晚。妈妈的奖励是特意做几个馅包子，里面是大年初一包扁食时剩下的蔬菜馅。后来条件好了，还有肉馅，相比甜甜的豇豆包子，我们都觉得馅包子更好吃，只是馅包子蒸熟后塌塌的、扁扁的，模样实在不怎么样，是不能招待客人的。

拜年时，我们最喜欢去的是浙酉村的姑妈家。姑妈总是把妈妈送的豇豆包子单独放起来，自己吃而不再转出去送人，边收边说："前丁妹做的包子最好看，粉也好，我要特意放起来，不和其他的包子混在一起。"妈妈也知道姑妈会这么做，每次都挑最漂亮的包子让我们带给她。妈妈与浙酉的姑妈，这两位能干贤惠的家庭主妇，一辈子要好，互相欣赏！

那洋糕，妈妈会拿出一部分切成片，烘干，就成了过年的零食之一，与番薯糕、腰芦鸡等一起，是那时最讨小孩们喜欢的零食。

随记于 2016 年 11 月 28 日

番　薯

番薯，也就是红薯，是小溪边的叫法，也是主要农作物之一，大多种在泥土带沙性的山地和溪滩地里。番薯，在我童年的生活中有着非同寻常的记忆。每当春暖花开时，爸爸会在后门的自留地里留出一条长五米左右、宽一米五的一垄地，他会精心将泥土弄成细粉，在泥土里埋上猪栏等有长力的肥料，再将番薯种一个斜挨着一个整齐地排列着，个头大的排在中间，小的排在边上，再在缝隙间撒上绞得短短的稻草秆。然后，用长长细细的竹篾每隔一米左右一个接一个弯架在两边，再盖上新买来的尼龙布，以防寒保暖。

过了十天半月，番薯就会长出密密的嫩芽。等这些嫩芽长到 25 公分左右，到了街头集市的早晨，一家人就忙着从自留地里将当天要送到集市去卖的东西——整回来——摘黄瓜、剪番薯藤、拔茄子苗、盘冬瓜苗……通常情况是，哥姐与爸妈一起，一人一把大剪刀，半蹲在两边将一根根长得比较高的带露水的番薯藤剪下来，因番薯种本身有大有小，长出的番薯藤也粗细不一。随后，爸爸就从堂前拿出一个木夹子（底部为一块小木板，中间安装着两根高 20 公分的夹竹片），将刚剪下的那些番薯藤数好数，按顺序放进夹子，再拿稻草绳子用两手按住勒紧三分之一长叶子的地方绑好，但又不能太紧而伤到娇嫩的茎和叶子，就这样一捆一捆长短粗细搭配均匀，捆绑好，再一版一版整整齐齐地盘在箩筐里或竹篮子里，挑到集市上去卖。爸爸常说："卖要卖相，太难看了，就不容易卖出去。"他总是一丝不苟、耐心细致地将每一根番薯藤摆正放直按平，长得粗一些的放在两边，中间夹上一些稍细的番薯藤，然后绑成一把把扇子状的，看起来漂漂亮亮的。那时，我能做的就是去上学前，帮着爸爸数数，按他的要求，拣粗的或细的，递到他手上，每一把的根数基本相同。也许是爸爸卖的番薯藤样子好看，要的价格也公道，每次挑到集市上总是出手最快。而爸爸回家后也会细说一番："今天运气好，刚放下，一个老太婆就来问，一下子就买走了5把。后来，又来一位上丽村的老头子，连价都不还，就把剩下的全要了。"看爸爸说这些话时的开心样子，会误以为他赚了好多钱，其实一把也就卖个一毛两毛而已。不过，他经常会一起卖茄子苗、冬瓜苗、黄瓜苗等，每次能有三五元的收入，足以让全家兴奋半天了。平日里，有了这些小钱贴补家用，全家的生活虽谈不上富裕，但也算殷实，足可以轻松过日了。

在做帮手的过程中，也让我明白：做事要想有好结果，就必须事先多下功夫，无论是卖菜还是读书。这一观念也延续到我的工作中，无论是做研讨会的主题发言、点评还是做国际大会、研讨会、讲座的交传或同传翻译，我都会事先进行认真准备，事后的众人夸赞，就如爸爸出售番薯藤一样，是可期待的。

事实上，这样的番薯藤，也是自家要到山地里栽种的。迁番薯藤的最佳时机是刚扦下，随后天就下雨，那样番薯藤的成活率就高。等番薯藤长到一定程度，就要翻一下，以免藤生根而番薯本身长不大。最为开心的时光是挖番薯时，发现一颗红皮白心的，可以生吃，质脆多汁，是难得的"水果"。

有一年，生产队在下辽山的东面山坡上挖番薯时，四五岁的我也跟着去了。正被炎炎烈日晒得唇干舌燥、肚子也有点饿时，大人们发现了一株红皮白心的番薯，他们就用割番薯藤的镰刀削了皮给我吃，尝到这一"水果"时的那份欣喜若狂，至今记忆犹新。

生产队集体上山挖番薯，通常由妈妈们先割掉长长厚厚的番薯藤，爸爸们再用锄头挖出土里的番薯，挖得到位的，可以拎着番薯株将番薯的泥土抖落，而水平差一点，就会时不时地把番薯切成两半。挖出的番薯丢在一起，随后由妈妈们摘下放进箩筐里。一般当天下午，就可以到祠堂去分番薯回家。那顿晚餐，自然就以煮番薯为主。大的切成两半贴在锅边上，小的整个下锅加上适量的水。最后，烧的柴火把握好火候，就能让粘锅的番薯恰到好处地煮出硬皮，香喷喷的，但不煳。这一煮法，妈妈在我秋天回家时，一直延续着。

20世纪70年代时，小溪边的家家户户至少会有三个孩子或更多，而父母们的年龄都在40岁至50岁之间，有些家庭还有七八十岁的爷爷奶奶，这么多人在水稻亩产只有数百斤的年代，番薯就成了重要的替补粮食。为了多为家里添点粮食，爸爸除了在村角溪边开挖出一小块地可以种南瓜、丝瓜等蔬菜外，曾有几年，爸爸从方山人那儿承包了一片比自家所有山地都要大得多的山地，名叫瓦厂坦，每年能收回十多担番薯。这地方离方山顶不远，当年去栽种番薯时，要穿过方山村，爬上高高的山坡，去一次就一整天，需带上中饭。爸爸削草，我跟着撮料精。我曾去过山顶庙里要过水，印象中只是几间破旧的木屋。去年，与老同学一起开车直接上方山顶上看风景时，发现那庙宇已扩建成一个大院子了，东边还有木结构的三层楼！难道是我的记忆发生了错误？

在番薯收成特别好的年头，村里人都习惯将番薯洗净磨碎，再到水井头，用豆腐桶、豆腐篮和豆腐袋，用跟做豆腐相仿的程序，制作成番薯粉。经过一夜，那番薯粉就会在豆腐桶的底部沉淀下来，变成硬硬的。一块块铲下，晒干，就可以放很长时间。这样的番薯粉，可以用水调开，放在油锅里摊成一张薄薄的咖啡色的皮，再切成小片，与绿色的青菜一起煮熟，就成了一道美味的菜。或者用番薯粉皮包扁食（小溪边的一道小吃），可以与山上长的乌糯扁食相混淆，而乌糯扁食早已成为天台县后岸村农家乐招待上海等大城市来的游客的一道名菜。

番薯粉，还可以制作成番薯粉面。但对小孩子来说，最青睐的还是过年时的番薯糕（去声）。番薯糕的制作过程有点复杂。妈妈的做法是：先挑出比较密的大个番薯，洗净切成条，再放入锅里用滚烫的开水煮成半熟（太熟就烂了），迅速捞出，趁热气腾腾时，摊到爹簟上晒干。随后，放进泥罐里保存着。等大年三十晚上，再拿出来，在锅里放上石沙子翻炒，等到疏松时，就盛出，凉透了，又放回泥罐里收好。正月里，亲戚朋友来拜年时，就拿点出来，放在盘子里，与米粉做的糕、腰芦鸡等一起招待客人。

2009 年 5 月 31 日，妈妈和姐姐一起在自留地里剪番薯藤。

小孩子放学回家，肚子饿了，也可当点心。但这样的番薯糕，吃多了会上火，烂嘴角的。做事精细讲究的妈妈，会将不同品种的番薯，分类做成番薯条。白皮白心的，煮番薯粥最合适；红皮红心的，软软的甜甜的，生吃口感最好；而炒番薯糕的，最好是肉质比较密的那一类。

比番薯糕更招人喜欢的是番薯椵。当然，其制作程序也更烦琐些。先将煮熟的番薯捣成泥状，加入黑芝麻，压成片，切成小块，晒干收藏。炒番薯椵的过程与炒番薯糕一样。除了这两样，大年三十晚上，妈妈还要炒爸爸种的花生、瓜子等，通常要忙到半夜才可睡觉。好在新年的第一顿早餐芋头粥，按小溪边的传统习俗是由当家的爸爸起大早做的，但妈妈会事先准备好芋头、豆腐、红枣等。就这一天的早餐，辛苦了一年的妈妈可以名正言顺地不做而睡个懒觉。

虽然番薯是小溪边人不可缺少的粮食，正如《本草纲目》记载的：番薯有"补虚乏，益气力，健脾胃，强肾阴"的功效。但番薯在冬季寒冷潮湿的江南农村还是比较容易腐烂的，将其及时地制作成番薯干、番薯粉等，是多年来小溪边的传统做法。为了完好地保存来年的番薯种，小溪边的村民也想出了一个绝招：那就是在高爿地，一处高出地面两米左右的相对干爽的山地，朝南的一侧，用凿子在坚硬的猪肝红岩石上凿出一个个山洞——我们家的是哥哥帮着爸爸挖的，几乎每家都有一个这样的山洞，一个挨着一个。洞里面用小锄头刨得干干净净的，每年秋收后，将选做种子的番薯放进去，用烂泥密封好。过些日子就会长出新草而不易被发现。洞口不能太大，一般只能让五六岁的小孩爬进爬出，小时候的我，就曾替爸爸码放过好多次番薯种。等来年要做番薯苗时，再打开洞口。但有时年成实在太差了，也有番薯种被盗的时候，因这些山洞都在田野上，夜间无法看管。

入冬后，每次去菜市场或超市买红薯，挑拣着那一株株红皮的大大小小的番薯时，我都会情不自禁地想起爸爸那些年剪番薯藤、迁番薯藤、挖番薯、藏番薯种，妈妈做番薯粉、炒番薯糕时的情景。

随记于 2016 年 11 月 27 日

蔬　菜

到北大读研究生时，才知北方冬天蔬菜的种类很少，学校食堂里最为富足的就是大白菜和土豆。来自京城的同学说："一看到大白菜就想吐，童年时家里太穷，整个冬天都在吃大白菜。"

可是，小溪边的冬天却是蔬菜颇为丰富的季节，有白萝卜、小油菜、包心菜、大白菜、大葱、芹菜等，可谓种类繁多。尤其是小油菜，无论是做手擀面、面皮，还是炒米干、炒年糕，抑或是做玉米糊、汤头果，那绿油油的脆嫩的小油菜，都是不可缺少的佐料。也许是从小养成的习惯，而今每次去菜市场或超市，我们都会不由自主地买把小油菜。

相反，夏季，因天气太炎热虫多，基本上没什么绿叶类蔬菜可吃，好在有瓜果豆类，如冬瓜、丝瓜、南瓜、豇豆、夏至豆、羊角豆等。尤其是好几十斤重的冬瓜，一下子吃不了，有些妈妈会做成冬瓜酱，这样保存的时间就更长一些。丝瓜，做汤是最鲜美的，丝瓜煮豆腐，青青白白，是一道色香味俱全的菜，尤其是街头镇上后洋人卖的豆腐，爽滑细嫩，怎么做都美味无比。但我好像从来就不喜欢那股清香的味道，也不喜欢煮熟后丝瓜软绵绵的样子，可妈妈和姐姐倒是蛮爱吃的。

2010 年 7 月 21 日

妈妈在摘爸爸种的豇豆，旺季时，几乎每天都能摘一大把。自家吃不了的，妈妈就分送给邻居们。

爸爸种菜也是一把好手，当然最为关键的是他爱琢磨，善于总结经验，又勤快不偷懒。爸爸种的黄瓜，每年会比其他村民的早成熟半个月左右。这样，在集市上，他那些带着露水、长长的青白相间的黄瓜，通常都能卖个好价钱。爸爸的黄瓜就种在现在建了新屋的菜园子里。一般会有 5 垄，一共长 10 米左右，每垄两排，共 100 多株。他用竹竿插在每株黄瓜的根部，每四根竹竿在离顶部三分之一处用稻草绑在一起，然后将一株株黄瓜藤牵到竹竿上，有时会轻轻地绕上几圈。

爸爸每天早晨会去查看一遍，发现新长出的藤头掉下来了，就顺手牵回去，有时会用稻草绑一下。那黄瓜花，一朵朵小小的、金黄金黄，灿烂怒放。小黄瓜日长夜大，过上一个星期，就长到 10 多公分了。爸爸就将已长大但还鲜嫩不老的黄瓜摘下，挑到镇上的集市去卖。通常每次能装满两箩筐，出售后进账几十元，可谓是一笔不少的收入。

生产队劳动的工分只是换粮食，而家庭的日常开支及小孩们上学的学费，都是靠父母出售农副产品来支付的。

记得上高二时，每年的学费是 5 元。开学时，爸爸先给了我学费，妈妈再给时，我一声不吭地又收下。这第二份钱是我答应要借给要好的同学素芳付学费的，她知道我平时手头不缺钱，说等过年时家里卖了猪就还给我。但我没有向爸妈解释，事后他们知道我拿了双份钱居然也没批评我半句，也许是他们知道我从小就不乱花钱？

那时，每到开学，戏牌前姑姑家的儿子、女儿没有钱交学费，就会哭着鼻子过来跟妈妈诉说，妈妈总会掏钱为他们付学费。这份情，他们一直记得，多年来只要是妈妈吩咐的事儿，他们从来都不遗余力地帮忙。

爸爸种菜的另一特点是菜种子都是自己培育的。爸爸会从第一批成熟靠近根部的黄瓜中，挑选出最好的留下做种子，让它们继续长大变老，直到黄瓜藤开始枯萎时，才将长得大大胖胖泛黄白色的黄瓜种摘下，破开，将里面的黄瓜子捞出洗净晾干，再用报纸细细包好，写上他那手漂亮的小楷字做记号，再用麻绳扎好挂在堂前的楼板下。来年到种黄瓜的季节，他就拿出黄瓜子撒到一小块肥肥的自留地里。长出黄瓜苗后，他会拔出一部分去集市上销售换点小钱，剩下的就自己一棵棵分开移栽，新一轮的黄瓜又重新长出。年复一年，从不间断。

我高中毕业那一年，就读的高三（4）班被评为省先进班，班里组织活动去游里石门水库。回程时，同学们在街头饭店歇息。尽管中学阶段男女同学之间互不说话，但出于礼节，到家门口了，不邀请同学们到家里坐坐感觉不太合适，我就壮着胆子喊了一声："大家要不要到我家去坐坐啊？"出乎意料的是，几位男同学马上爽快地高喊："好啊好啊！我们走！"结果，同学们一波接一波地步行去我家。因事先没打招呼，妈妈没有准备任何东西可以款待同学们，只好赶紧去后门自留地摘来爸爸种的黄瓜招待。难得吃到这么新鲜的黄瓜，同学们都赞不绝口！

那年，我家的三间两层新房子建好才一年多，房屋崭新亮丽，水泥地干净整洁，十几位同学一起坐在堂前聊天也不显拥挤。房屋边上沿溪而立三十多米高的两棵柏树，挺拔大气，是村里的风水树，成了同学们寻找我家的标志。

从街头饭店出发，沿街穿过街头古镇，顺着一条蜿蜒的石子路经过叶宅村，再走绿中带黄、稻浪起伏的田间小路，就可看到高大的柏树了。柏树脚下的那块小地，是爸爸勤快开垦出来的，常年种着各种蔬菜，如茄子、乌笋、南瓜等。小溪一发大水，这块地就会最先被淹，但黄色泛滥的泥浆水退后，这块地上的泥土就增厚不少。

爸爸种蔬菜，一如他种的庄稼，也是事事讲究追求完美。他种的菜，一年到头总是吃不完，他也喜爱将多余的菜挑到镇上去卖，那是他日夜劳作、平淡无奇的生活中最为轻松享受的时光。我们家有好几杆小两秤（8两半斤、16两一斤），爸爸的心算水平很高，常说："菜一称完，多少钱就叫出来了。称好后，手指顺势在秤尾巴稍稍一当，那秤尾巴就翘得高高的，买的人看到了就很高兴。"我不知这一窍门，他是如何做到的，但让我心心念念的是：无论哪一种菜，爸爸都会自己精心挑选种子，周而复始地栽种。现在看来，那才是真正的绿色蔬菜。

随记于 2016 年 12 月 12 日

菜　头

菜头，也是小溪边村民的习惯叫法，城里人一般叫白萝卜。突然想着特意写上几句，是因为下午刚去超市买了一根嫩嫩的白萝卜。家里只有我一个人，一下子吃不完，就想起妈妈腌制的菜头饼。马上发微信问嫂子如何腌制菜头饼。菜头饼，是小时候在冬季里常吃的菜，几乎每天都会吃到，是下稀饭最好的咸菜，咬着爽爽脆脆的，那份感觉一直留在心头。

菜头，对小溪边的村民来说，是众多蔬菜中分量很重的菜。可以说，菜头全身都能吃。刚长出来的菜苗，小小的，叫鸡毛菜，可以做玉米糊。长大了，菜头的产量特别高，用处也更多了。菜头缨，可以做梅干菜。菜头种子，通常是爸爸自己将长得最大最漂亮的菜头留着养老开花结籽，那菜籽就留待来年再种。一个长长大大圆圆的菜头，可以刨成一片片薄薄的皮，挂在篱笆上晒干收藏，叫菜头皮，一年到头可以做各种菜的作料，擀面皮或手擀面时，可以放菜头皮增量调味，也可以与猪肉一起炖，味道就更美了。一到冬天，挂满白色菜头皮的篱笆，远看就像下了一场大雪，成为一道独特的风景。

除了菜头皮，妈妈还喜欢将菜头切成粗细不一的丝，煮熟晒干，放在泥瓦罐里藏起来。长长的像小手指一样粗的，叫菜头咎，要先在锅里煮熟后再捞出来晒干，样子看着像番薯条，可以与肉一起炖，也可以泡软后切成米放油单炒，吃着糯糯的、甜蜜蜜的，也是当年常见的一道菜。刨成丝的，叫菜头丝，是妈妈的最爱，尤其是在做饺饼筒时，妈妈会在炖猪肉后留下的肉汤里放上一把菜头丝，煮好后卷进饺饼筒里，会提味不少。但姐姐和

2009 年 2 月 7 日，
我回家过年时，妈妈
拔了地里的菜头，做
她的大餐：猪肉皮炖
菜头。

我更喜欢新鲜的菜头丝。于是，只要我回家过年，大年三十做饺饼筒时，准备的十多道菜中，就会同时出现新鲜的菜头丝和干的菜头丝，不明真相的邻居见了，甚感奇怪。妈妈就笑呵呵地解释一下。

以前，妈妈最爱做的菜就是爸爸最爱吃的猪肉皮炖菜头。猪肉皮是一次次买肉后积攒下来的，等存到一定的量，妈妈就会炖一次菜头。爸爸喜欢糯糯的肉皮和味道鲜美的菜头，这道菜，一直吃到他去世的前几天。菜头炖了几个小时后软软的，入口就化，营养又好。后来条件好了，就时常买大块的肥瘦都有的猪肉炖菜头。这道菜，我略作改革，换成了排骨炖菜头，外加豆泡及香菇、蘑菇等，在砂锅里小火炖上三个小时左右，满屋飘香。这么改革的原因是这年头超市里的猪肉味道不怎么样，我们一般不买，要买就买点上好的排骨。先生最喜欢吃豆泡，而豆泡和菜头都是吸油的，加了香菇之类的，汤会更鲜美，两者相结合，就成了我的招牌菜。

在国外游学时，要是在租住的地方请客，通常我都会做上这道菜，有肉有蔬菜，还有鲜美的汤，再炒上几个蔬菜加凉菜，招待三五位朋友，就不在话下啦。朋友们赞不绝口时，我就戏称是用"家传的秘方"做的。要是没有豆泡，就可以用比较老的豆腐代替，味道也差不多，只是没有金黄色的豆泡颜色好看一些。第一次买菜头时，不知道白萝卜怎么说，就说"white carrot"，老外一听就笑着说，那叫"radish"，拿出来的就是我想要的菜头，此后我就一直记得这个单词了。若在出锅前，再加点绿绿的韭菜，这道菜就色香味俱全了。

家中嫂子的一道招牌菜是牛肉炖萝卜。在街头镇车站边上有一家名叫全牛宴的三标牛肉店，他家卖的牛肉全县有名，不少城里人会特意开车来买他家的牛肉。他家有自制的卤，买牛肉时会赠送的。嫂子就用他家的牛肉加菜头，放上生姜、一点辣椒，加上那份特制的卤，用高压锅大火煮开，小火焖上15分钟，就是一道美味的菜，可谓人见人爱。无论是小聚还是寿宴上，都是最讨人喜欢的。

除了做菜，菜头的另一重要用途就是可以腌制成菜头饼。嫂子在微信中说，有两种做法：第一种只放盐，菜头切成厚一点的一个个圆饼，一般按 10 斤菜头 3 两盐的比例，将菜头与盐搅拌均匀后，静放着等好多水出来后再装瓶，过上十天半月就可以吃了，味道清脆爽口。关键一点是菜头一定要嫩，出水多就不必加水了。第二种是糖醋菜头，菜头可以切成小薄片或小条，加冰糖、少量盐、少量醋，糖要多一点，腌下去放上一两天就可以吃了。两者各有所长，前者腌制的时间长，可存放的时间也长些。小时候，妈妈总是拿比较大的泥土罐来腌制，一次会切上大大的四五个菜头，腌制好后，全家 6 口人能吃上好几个星期。后者，腌制时间短，放不了几天就要坏掉，每次只能腌制一小瓶。

今天下午，突然想起妈妈腌制的菜头饼的味道，嫂子说了配方和方法后，我马上动手腌制了一小瓶糖醋菜头，不知味道是否会与妈妈腌制的一样？

随记于 2016 年 12 月 17 日

摘 金 针

金针，是天台县的习惯叫法，学名叫黄花菜。小时候，自己能帮家里最大的忙，除了每天放学后牵牛外，就是暑假时摘金针了。

分田单干前，我家所在的三队在下辽山的北面栽种了一片金针。第一年，妈妈与姑姑一起花 27 元承包了这片金针地。金针长大后，每天中午要采摘，摘早了长得不够大，影响产量；摘晚了就会开花，品质下降，放到水里一煮就会糊掉。要是到了第二天再摘，那就真成了明日黄花，一点也不值钱了。

第一次承包赚了几十元钱，这在当年是相当可观的收入。尝到甜头的妈妈，又与另外 5 户人家一起承包了张山的金针地好几年。每天中午 12 点，每家出一个人去采摘，回来后，先称一下每个人摘的分量，再放在一起平均分给每户。回家后，要马上烧开水掺金针，掺的时候必须把握好度，不能太熟也不能太生。太熟了，晒干了就没什么重量；太生了，就晒不干，会烂掉。这个度只能凭经验，眼看着差不多时，就赶紧捞出来，再用筷子摊开晒到竹篾上。晒干后，再收藏起来。等到合适的机会，再论斤出售。

张山，离家三里地左右，在邻村兴嘉山村的西北面，多年来是前丁村安葬去世者的地方。整座山上，到处都是坟墓，安眠着前丁人世世代代的祖辈们，妈妈的爸爸妈妈也是其中之一。有些坟墓整个棺材裸露在地面上，没有埋进土里，上面只盖着稻草。因此，去张山摘金针，若不是正当中午，有伴儿，真是会让人毛骨悚然的。

每天中午，生产队收工回家后，大人们随便填点肚子，就相约着一起去摘金针。在盛夏一个多月的日子里，不管天晴下雨，都必须去，一般都是大

姐姐和我，年轻时，一到夏日的中午，就要轮流去摘金针。

2017年夏天，姐姐采摘的金针，晒干了送我，带到了京城。

人们自己去采摘。我们家，妈妈认为我手脚麻利，就时常让我替她去。一开始，其他大人有点不高兴，认为我是个小孩动作慢摘不够自己的份儿，但每次称金针时，我摘的量总比平均数要高出不少，他们也就默认而不再说什么了。其实，大人摘金针的动作还是比我这个十来岁的小孩要快一些的。我生怕自己动作慢不够分量被大人们瞧不起，每次去摘时，就先挑选水沟下面的那片金针地。那儿的金针长得紧密个儿大，不必太走动就能摘好久，这就比时不时移动地方的大人效率高多了。就这样，我才不拖他人的后腿。

回家后，开始时由妈妈指导、把关掺金针，几回后，我就完全搞定了。那时，家里还养着母猪，要烧小猪的猪食。有意思的是，用开水掺过的金针晒干后，金黄色的，口感好。但后来，有人发明了冷水焖的办法：就是将金针倒入盛满水的缸里，焖上一天，再捞出来晒到竹篾上。焖出来的金针，表面看起来，稍白一些，色彩更好，但因是清水焖的，外熟里生，吃的时候，口感就比较差，但分量重，赚钱多。几年后，这样焖出的金针就卖不出去了。这也说明了生意场上，保持产品高品质的重要性。

摘金针，都是在太阳最毒的时候出门，在烈日下一待就是好几个小时，毒气太盛。一段时间后，我的腿上就开始长毒疔，姐姐也是，这是当年常见的问题，要去街头医院打青霉素针后才会好转。后来有了经验，暑假一开始，爸爸就先带我和姐姐去医院打青霉素针预防，这一招非常管用。今年清明节，与哥哥弟弟一起去张山给爷爷奶奶上坟时，早已不见了金针的踪影，那片饱满娇艳的金黄色花儿只留在了我们的记忆中。

金针，是多年生草本植物的花蕾，味鲜质嫩，长得像百合花，也很像同事送我养了多年的朱顶红。因富含卵磷脂，有健脑、抗衰老的功效；常吃金针，还能增强皮肤的弹性和韧性，使皮肤细嫩饱满、润滑柔软，同时还能降血压。这么说起来，金针是个宝。但当年摘金针时除了感觉能帮大人一点忙而心感欣慰外，并不知道金针有这么多好处，也未体验到"相逢不用忙归去，明日黄花蝶也愁"的意境。

随记于 2016 年 12 月 13 日

猪　肉

在北方已寒意袭人而南方仍阳光暖面的 11 月底，回老家调研后，趁着周末，顺便回去看看妈妈。

临近中午，我在家打扫院子时，看到隔壁的敏溪叔晃荡着一个塑料袋走过来，顺口问："买什么好吃的啦？"他笑嘻嘻地说："买来 3 元的二头肉。当年，只有等到过年时才说，'师傅，二头肉割点给我回家，可以油油卷饺饼筒。'现在条件好了，说二头肉有毒没人要，而骨头却要 25 元一斤。"

说得是啊，三十多年来，农村的生活条件一天天地好起来，先是家家户户安装了电灯，后有了自来水，洗菜洗衣服不必大老远地挑到水井头或溪滩了。而老人们感觉变化最大的是：原来只有逢年过节时，才会去街头镇上掏钱买点肉来油油锅，而今平日里就会三天两头去集市上买点自家没种的时令菜，买猪肉做大餐也是家常便饭。妈妈也曾感慨说："以前，咸菜长毛了，放锅里再炒炒，热一下还要吃，现在猪肉炖黄豆长毛了，美莉就说倒掉。"

这一巨大变化，我也是有切身体会的。在农村，各种时令蔬菜，自家的自留地里或门前屋后都能种，只要勤快，蔬菜一年到头不缺。日常饮食中唯一需要买的奢侈品就是猪肉了，通常只有在春节前才会杀掉养了一年左右的猪过年。

杀猪，是准备年货过程中的一件大事，不少人会围观，也让人感觉这家的家境还不错，要不就会将辛辛苦苦养的猪整只直接卖给供销社。杀猪的人家一般会将猪血马上煮起来，一块块分送给邻居们。至于猪肉，自家会留下一小部分，事先打过招呼的村民们买走一些，剩下的就全卖给杀猪人，再拿到镇上出售。

我们家杀猪时，妈妈会多留几刀后腿肉，抹上盐挂在二楼的廊下风干，要炒菜时割下一点来，这样一般能吃到来年三四月份。随后的半年多时间里，炒菜用的大多是板油，妈妈会一次熬上一大锅，倒进猪油罐里储存着，偶尔要吃点新鲜猪肉时，就让爸爸去镇上现买。

印象最深的物价就是猪肉6角5分一斤，与坐公共汽车到城里的车票钱相同——从镇上到城里大约26公里，可见猪肉有多贵。爸爸去城里做生意，常常半夜动身步行去，深夜返回，根本舍不得花钱坐车。一年四季，爸爸总是天天起早摸黑地干活，从没有闲着的时候。不少时候，白天忙着生产队的活赚工分，半夜三更还要出门去砍柴、挑炭、捡柴根，偶尔累着了，唯一的营养品就是妈妈用黄酒炖的五花肉。老屋厨房里酒炖肉时香气扑鼻的情景犹在眼前。

也许是猪肉太贵的缘故，爸爸对买肉特别在行，而我基本上是不懂哪块肉好哪块肉差的。工作后，回家路过小镇时，若恰好遇到爸爸在嫂子家的鞋店里待着，我常喜欢带上爸爸一起去买块肉回家，可以让妈妈做大餐，这时的他总是满心欢喜。一路上，爸爸就向我解释哪块肉好吃、耐炖。但我从没往心里去，想着回家买肉时总是有爸爸可以帮忙的。但每次，他都不愿买太多，总说"够了，够了"，生怕花我的钱太多。

事实上，对小溪边的农民来说，猪肉永远是他们日常生活中必须时不时买点回家油油锅的高档菜，猪肉在村民们心目中的分量也是最重的。而别的营养品补品、水果之类的，他们都搞不清楚究竟好在哪里。走亲戚，或帮忙找工作需要还礼时，或老人过生日祝寿时，最为客气的就是送一只后腿，那也是最讨人喜欢的礼物！那年为爸爸庆祝八十大寿时，亲戚们送来好多只后腿，平日里再也不缺猪肉的妈妈，事后就一一分送掉。

而今，镇上的菜市场里每天都有不少猪肉出售，可谓供过于求，你想要哪块都能遂你所愿，但这些猪肉再也没有了当年的香味。对此的解释，一说是现在吃多了，吃多了就没有好味道了；二说是现在养猪都是用化学饲料催大的，也就没味道了。或许这两种说法都有点道理。事实上，要是偶尔能吃到村民家养的猪肉，那味道还是醇香的，看来饲养方式和猪饲料的改变才是根本原因。

小时候住在老房子，妈妈会偶尔炖一次猪肉解解馋，主要是猪肉皮炖鲜嫩的白萝卜，这也是爸爸平生最爱吃的一道菜。那年头一旦有肉吃，妈妈就会特意吩咐一声："你们不要端着饭碗到三岔路口去吃（那是村民们聚集在一起边吃饭边聊天的地方），免得别人家的小孩看到了嘴馋。"原来自己有肉吃而不勾起他人的馋欲也是一大美德。当时，自己年纪小，感觉妈妈有点小题大做了，不就吃点猪肉吗？从小难得有肉吃的我们，梦想着长大后能过上想吃肉时就能吃的日子，那就是无限的幸福！

多年来习惯吃猪肉的我，那年去墨尔本游学时，开始也买过猪肉，但不知什么缘故，那猪肉就是淡而无味，从此就只买猪蹄炖豆腐萝卜了。

一直以为猪是世界上最懒的动物，整天吃了睡睡了吃，它的命运也就是最后被送到屠宰场，成了人们的桌上餐。因小时候放过牛，知道牛的勤劳与智慧，平时基本上不吃牛肉，更不吃羊肉，因自己属羊，但觉得吃猪肉没有什么。直到有一天，看了 E.B. 怀特写的《夏洛的网》这本书，才知猪也是聪明绝顶的动物。从此，除了养女儿偶尔买点排骨外，就尽可能不吃猪肉了。听说现在的猪，从出生到挨宰，也就三个来月，猪的命实在是有点短。昨晚，为包饺子，花了30多元买了两大块连皮带肥的精肉。清洗时，惊讶地发现那肥与瘦相接的地方，用水冲着摸几下竟然就一分为二了，切精肉时就像切萝卜似的毫不费劲。

同事说：现在的肉确实没有味道，嚼在嘴里像嚼木棉花似的，跟青菜萝卜没多大区别。这一说法还真蛮贴切的。让人纳闷的是：这样的肉还是猪长出来的吗？近几年来，农村养猪的人家越来越少，妈妈自己也多年不养猪了，家养的猪肉自然是越来越金贵。要吃到当年那么纯净美味的猪肉又谈何容易！

但季家人还是蛮有口福的，最近几年，姐姐家开始养猪了。他们采用传统的方法喂养，基本上不喂任何饲料，而是吃番薯、土豆、剩米粥等粮食。每年春节前，姐家就宰杀一头猪全留下分给各家，猪腿就送给在杭州工作的女儿高涵洁和在京城的我。姐夫高国正说，今年这头猪养了一年多，重 500 多斤，哥哥说那猪身上的精肉都变成雪白的肥肉了。我离家回京时，姐姐非让我带回一块不可，这是他们的一份心意，盛情难却，我只好在漂亮的行李箱里了放了一大块。

昨天，炒年糕时就配这块稀罕的猪肉，年糕是妈妈让带的，做年糕的粳米是哥哥种的。这肉够劲道，锋利的寒山菜刀都要来回拉好几下才能切断，还有那精肉与肥肉真是相间而长难分彼此了。纯肥肉的地方，雪白雪白的，就像已经熬成油水冰冻后的猪油。切上几小块肥肉放进窝里熬成油，马上就满屋飘香。原来，这才是记忆中，猪肉的味道！

随记于 2016 年 1 月 22 日

美　食

　　也许是自己在小溪边长大的缘故，尽管与城里的生活相比，有着诸多的不便，某些方面甚至是太落后了，让人无法忍受。但对我来说，换一种生活环境，每天不必为撰写枯燥的法学论文而绞尽脑汁，也不必琢磨别人话里有话的意思，仅此一点，就让人心情轻松舒畅。更何况还有清晨鸟儿的悦耳歌唱、晚上繁星的爽目闪耀……除此之外，还有不少美食可以尽享口福。

　　说到小溪边的美食，也许只是我的一家之见而已。

　　先说粽子吧。这种食物，其实在全国各地都有，但味道确实大不相同，最有名气的要数嘉兴粽子，但也只有来自当地总店的粽子还算不错。平时，偶然去超市买几个给女儿当早餐换换口味，那味儿实在是不敢恭维，只是有胜于无而已。相比之下，妈妈包的粽子（她自创的那套菜谱和程序在《初夏》一文中有详细描述），味道独特，无论是蜜枣馅的还是咸肉馅的，都百吃不厌。而且，她的动作神速，上午我出门去城里拜访老师同学时，看到她从楼上搬出些许糯米来，中午我赶回家就可吃到香喷喷的粽子啦。更让我惊讶的是，一片小小的粽叶，她居然能包出个大大的粽子，比我用两片包的还要大得多，而扎的绳子却是普通的白线，随意绕上两圈就结结实实了。看来，我那点初学的技艺，跟妈妈相比，还是差得有点远。本想趁机再进修一下的，但一直忙这忙那而未了这一小小的心愿！过了几年，弟媳妇美莉在妈妈原有配方的基础上又作了修正：她将生的咸鸭蛋敲开取出蛋黄，一分为二，与腌制过带点肥的精肉一起包进粽子里，咬着粉粉的，那味道更是咸淡相宜、唇齿留香。

2010 年 7 月 17 日，妈妈在一丝不苟地包粽子。她自创了一套粽子菜谱并传授给弟媳妇和我。那粽子咬一口就唇齿留香，百吃不厌。

再说炒年糕。以前只知道妈妈用纯粳米做的年糕味道纯正，嚼起来又劲道又不粘牙，与糯米加籼米做成的宁波水磨年糕完全不同。这次回家，年前请同学朋友们聚餐时，点了一份年糕，才第一次听她们说街头镇的年糕在城里是非常有名的，原来如此！

炒年糕要好吃，首先是年糕本身要好，然后再加上小油菜、笋丝、胡萝卜丝、豆腐干、荸荠、精肉丝之类的，只要咸淡适中，就绝对美味好吃。有意思的是，妈妈炒年糕，有时只用小油菜，味道也相当不错。当然，家里爸爸自己种的油菜是地地道道纯绿色的，本身的味道就好。这炒年糕是最容易上手的，而且不容易失败。以前农村生活穷困的时候，招待拜年的亲戚就是炒年糕。而今就很少有人等着吃了年糕再走，常常至多是喝碗桂圆茶，或者只是打个招呼聊几句就算拜年了。今年大年初三时，我跟着哥哥去走访了几户亲戚，连茶都没喝，聊了两句就告别了。

还有炒米干。我说的米干与云南的米线是两回事。家乡的米干，细细的，像发丝，干的时候一碰就断。炒之前，一般要用开水泡软，但又不能泡过了，否则炒的时候就会断成米粒样，不好看。炒米干的配料与炒年糕的差不多，但在拌米干时，最好加点猪油、料酒和老抽，再拌上事先炒好的配料。经过多年的实践，我发现炒米干特别需要技术，哪怕是同一次炒，分两锅拌，在拌的时候都会出现明显的差别。放的菜汤不一样，效果也会完全不同。当然，米干本身质量的好坏十分关键，有些米干特别容易断，那就很难炒出漂亮的样儿来。

除了上述三样，小溪边的美食还有传统的饺饼筒、麦饼、糊拉粆、扁食等。这些美食说起来有点复杂，做的时候也需要经验与技巧。好在如今的县城已开了好几家本地的美食店，如在人民医院对面的修缘食坊、知识书店边上的御清斋美食等，街头镇上的小吃店里也有得卖，他们还出售修缘蛋糕（糯米做的，也有黑米做的），但不知与济公是什么关系。尽管我家嫂子总说买的不如自家做的好吃，但有时感觉自己做太麻烦了，就干脆买点吃吃解解馋。

在这些美食中，最费时耗力的是饺饼筒。基本的菜有切片的猪肉、豆腐，再加上粉丝、芹菜、黄瓜、芋艿、茭白、笋丝、菜丝、豆芽等等。每家的口味不同，具体的菜会有所变化。如有的放虾米，有的喜欢小鱼干或泥鳅干，有的还喜欢海带或猪肝等。妈妈在家里做时，每次随便一做就十四五样菜，摆了满满的一桌，饺饼皮要糊上六七十张（糊皮技术高的，每一张糊得薄薄的，一斤粉可糊十张左右）。将这些菜依次适量排列卷在一起，再放在鏊上加点油烙得金黄，那味道就可口喷香！饺饼筒是老家在清明节、七月半、大年三十时必做的大餐。这些传统节日，在小溪边人们的日常生活中仍鲜活地存在着。

今年过年时，我帮着妈妈一起做饺饼筒，忙了整整一个上午。要是我一个人在北京的家里简单地做几样菜，至少要两个小时。因此，轻易不动手做饺饼筒。相比之下，糊拉粯的程序倒不那么麻烦，只需要一口大大的平底锅，可以摊上豆腐、土豆丝、青菜、鸡蛋等，但糊皮还是需要不错的技术。

除了饺饼筒、麦饼、扁食等传统美食——老家每一位上了年纪的家庭主妇几乎都会做——最让我念想的还是聪慧的妈妈自己发明的独特美食。她最拿手也是我印象中最好吃的是用咸蛋咸肉做的糯米饭，即用大锅抽糯米饭，在快熟时打上几个生的咸鸡蛋，放上咸肉（咸蛋咸肉都是她自己腌制的）。熟了的时候满屋飘香，那黄色的蛋黄、黑酱色的猪肉盖在白白的米饭上，真是色、香、味俱全，看着就食欲大增，每次吃时就像过节一样美滋滋的，别提多开心了！

这样的美食，似乎已好多年没再品尝过了。

妈妈的美食中，我学会了也时不时做一下的就是芋头菜丝炒饭。这道菜带饭，做起来非常简单，味道也相当不错，是我向来认为处理冷米饭最好吃的一招。先将芋头刮皮切块、白萝卜切丝，在锅里放油放盐翻炒几分钟，等到菜丝看着出水干瘪时，再将冷米饭均匀地盖在上面，加适量水，中火烧至水干芋头软熟，再小火焖上几分钟。这时锅里就会飘出一股香味，然后再一起翻炒拌匀，就可以了。妈妈比我能干的是，她可以用生米做这样的炒饭，味道比冷米饭更胜一筹。但我认为，那必须用灶台烧柴火才能做，因那样的做法最后需要十分钟时间慢慢焖米饭。而煤气灶是不具备这样的条件的。

妈妈的另一个绝招是在锅灶中煨整段的年糕。把年糕放在四周全是火红火红的炭火中煨上一段时间，它的表面就烤得金黄金黄的、脆脆的，而里面却是软软的。煨好后从火里挖出来的那一刹那，也是香气扑鼻，咬上一口就感觉幸福无边了。今年春节要是回老家过年的话，一定要让妈妈再做做这两样美食，以重温年少时的快乐时光。

说起来，爸爸也会做一道美食，那就是冬季霉灰时，他先将削好晒干的草饼堆叠好，中间放上干柴茅草，点燃烧至一定份上，就将整个番薯、芋头放进去。过上一段时间，番薯、芋头就烤得喷喷香了。而今，每次在地铁口看到有人用油桶烤红薯卖时，就会想起爸爸的这道美食，而且是纯绿色的。

值得一提的是，一个秋日的午后，在城里与小莹一起逛街时，走进中山路的老街，突然看到不少人在排队等着吃麦饼。两位中年妇女，一人做、一人摊，做的那位动作娴熟，满手窝的青菜馅、土豆馅等三两下就窝进软软的面团里，再擀上三两下，一个圆圆的、大大的、薄薄的麦饼就做好了。从未见过做麦饼做得这么神速、漂亮的，太让人佩服了！看着眼馋，小莹就跟在后面排队点了一个菜的和菜加肉的，遗憾的是，味道却相当一般，缺少香味，远没有自己做的好吃。不知问题出在哪儿。也许真应验了"自己动手、丰衣足食"的谚语，想要吃合自己口味的美食，还得自己亲自动手才行啊。

随记于 2007 年 7 月 14 日

杨　梅

　　每年夏天，不管多贵，一生节俭的爸爸总会慷慨地买上几斤杨梅让全家人尝尝。因他向来认为杨梅是最好的水果，说杨梅籽（里面的核）能将一年中误食进肚子里的头发缠走。不知这种说法从哪儿来，是否具有科学性，但事实是我们每年都能因此而享享口福。

　　那时候，零食少，水果更少，吃杨梅就像过节似的开心。一个个杨梅圆圆的，红中带紫、酸中带甜，咬上一口，满嘴生津。若杨梅上市，恰好生产队里的活儿又不太忙，爸爸就会披星戴月、翻山越岭去邻近的仙居县，摘杨梅来贩卖赚点小钱以贴补家用。多年来，一吃杨梅，与杨梅有关的数个经典故事就会一一浮现在脑海中。

　　第一个故事发生在五十多年前，是妈妈无数次叙述的小事：姐姐四岁那年，爸爸大老远去仙居挑回一担杨梅到集市上去贩卖。回家歇脚时，姐姐哭着喊着要吃杨梅，但爸爸说这杨梅辛辛苦苦挑回来是要赚钱的，死活不愿给。妈妈心疼女儿实在看不下去了，就特意去街头镇集市上买了两斤杨梅给姐姐吃。结果，爸爸很快卖完杨梅赚了一笔小钱回家了，心里高兴，也跟着吃了好几颗。妈妈说："你爸竟然也好意思跟着吃？！不知他是怎么想的？"说这话时，妈妈的神情中好像仍带着几丝愤懑。

　　妈妈说的细节可能会在记忆上出点差错，但我相信这样的事绝对会在爸爸身上发生的。爸爸向来勤俭治家，他太在意自己风餐露宿辛苦一天一夜究竟能赚多少钱了！小孩子一吃，钱数自然就不那么准确了。对小孩，他虽心里疼爱，去赶集市时经常会买点零食或漂亮的布料给我们，甚至上

一生勤快的爸爸，年轻时翻山越岭挑杨梅贩卖赚钱，年纪大了，也从不闲着。这是2012年4月30日下午，将近80岁的爸爸在后门自留地里给小菜浇水。

山砍柴时也会记着摘些野草莓、藤梨（野生猕猴桃）等野果子回家，但他从不宠溺孩子，而是强调从小要讲规矩，不能乱花一分钱。也许他本人早就不记得自己曾经这么"小气"过，但以好记性出名的妈妈却时常会在不经意间唠叨着生活中曾发生过的种种趣事儿。我依然记得大学毕业那年暑假，爸爸特意为我买杨梅的情景。那天一大早（1989年7月9日），我从城里赶回家，因工作分配到台州师专教书，暑假还不必上班，就想着回家待几天，看看是否需要像往年那样帮爸妈干点农活。

我回家了爸妈特别开心，想着整点什么好吃的"招待"我。爸爸特意骑自行车去镇上买了两斤杨梅。他的这一举动，竟让我怀疑起多年来一直深信不疑的那个杨梅故事的真实性。每年杨梅上市的时间特别短，通常也就十来天，我回家时已差不多过季，基本上没什么好杨梅了。虽然爸爸精挑细选最好的买回来，也大多是酸的，可在感觉上却增添了几分甜味！

在台州师专工作时，有同事是本地人，曾特意邀请我们去摘杨梅。我们爬到高高的黑炭杨梅树上，看着哪颗喜欢，就摘下塞进嘴里。那份随意采摘的快乐也一直甜在心间。也是那时才知道杨梅的几个品种：黑炭杨梅树高一些，早一点成熟；东魁的杨梅树低一点，晚一点成熟，但个头大。

多年后，当我在京城工作时，早已过了"一骑红尘妃子笑"的年代，不但荔枝可以在家门口的超市里随意买到，即便是北方人相对比较陌生的杨梅也会时不时地出现在菜市场上。只是那些杨梅个儿小，又酸，我们实在瞧不上。好在老家的亲戚朋友们知道我们喜欢家乡的杨梅，每年杨梅成熟时都会特意费心快递几箱过来。同事们分享我送的杨梅时，都会忍不住说："好吃好吃，与超市里买的完全不同。"

事实上，现如今的杨梅，经高科技培植后，个头比当年的大得多，圆圆的、红里带黑，品相诱人。每次嘴里嚼着杨梅，心里就会情不自禁地想起那个特殊的夏天，似乎每一颗杨梅都蕴含着父亲那份深深的爱。

随记于 2015 年 10 月 1 日

夜　空

也许是从小在农村长大的缘故，对夜晚的天空格外钟情，尤其是那点点繁星和皎洁的明月。

记忆中，小时候，每年霜降后，爸爸就会选一个月明夜清的凌晨，带领哥哥、姐姐和我去老房子后面的自留地上砍甘蔗。之所以要那么早干活，是爸爸想在天黑前就把所有的甘蔗都好好地埋在事先挖好的土坑里（通常挖在家中牛栏间的西面），直到春节时再根据需要挖出，去售卖或作礼物送给来我们家拜年的亲戚朋友。那时村里几乎家家户户都会多多少少种点爹枥和甘蔗（爹枥是细长的，甘蔗是短粗的）。邻村的小孩们都乐意到我们村来拜年，因为有可口脆甜的甘蔗的诱惑。

我们家的自留地多，爸爸会种一大片，因数量不少，还要割叶子、挖出根来、捆扎好，再搬运埋起来，到了七八点，我们要去上学，人手就更少了。因此，总是在繁星闪烁的凌晨三四点就动手，那时爸爸指点给我看，告诉我那像勺子的叫北斗七星，另一颗叫"长夜娘"，还有一颗叫启明星等。

另一个能看星星和月亮的凌晨就是暑假期间"双抢"时（指收割早稻和插秧种晚稻）。每次要割双塘那两丘一亩多的水稻时，爸爸会组织全家人在下半月的某天清晨，借着明亮的月光开早工把稻子基本放倒。那时，我总会看到满天的星星围绕在月亮四周默默地衬托着，而圆圆的、明净的月亮是那么的清纯、亮丽。割稻子弯着腰累了，偶尔抬头望望一尘不染的天空，也就明白了"众星捧月"的含义。

说起来，这些都是很遥远的记忆了。工作后在不同的城市生活，很少看到夜空中的星星。偶尔回老家看望爸妈，也会因江南多雨的天气或时令不凑巧，似乎再也没有机会重温儿时夜晚看星星和月亮的心境与甜美。出乎意料的是，那年的 9 月底，在澳洲一个迷路的夜晚，却看到了久违的繁星闪烁的夜空，让我诧异的是，澳洲乡下的夜空怎么会有那么多的星星！

从澳洲中部旅行回来后，已临近回国的日子，但还有一个看繁花似锦的 Grampian 公园的愿望没有实现。于是，就选择了一个周末出行。爱花的性格是从小在农村养成的，小时候，就在老家的墙脚下、爸爸的自留地角边上种上几棵菊花、鸡冠花和水粉花等。整天盼着她们长大，要是哪天果真开出淡黄的、深红的或粉红的花儿，那股高兴劲儿就别提了，只要有机会就会邀请同学和朋友们来观赏。

那天，我们去 Grampian 公园的主要目的是看满山遍野的花儿，但因我们想当然地以为上山后就能自然而然地看到无数的各种各样的野花，在山脚下问信息咨询处时也就没特意问清楚看野花的地方。上山后，再问游人，却被告知在本地的植物园里才能看到。后来我们忙于看像鹰嘴一样的岩石、多姿多彩的瀑布而忘了看野花，及至天色已晚才想起还没有实现看野花的愿望。当我们重回到山脚时，才得知野花是在去 Zero Road 上。负责开车的朋友想着今天既没有机会去弥补我们上次游大洋路时没看到夕阳中的十二门徒的遗憾，又没有实现今天看野花的愿望，感觉很不是滋味，那股执着劲儿就上来了，非要带我们去看野花不可。

于是，我们继续驱车寻找在 Zero Road 上的野花，结果在路的尽头，虽然仍没看到什么野花，却看到了一个小型的高尔夫球场和成群的袋鼠。还有一个最大的意外收获是：在漆黑一片、万籁俱寂的旷野中，看到了满天闪烁的星星，那些星星一颗颗紧挨着，密密的、亮亮的，璀璨亮丽、静静地散发着神秘的光芒！从小到大，仰望寂寥的夜空无数，在澳洲度过的这个夏天中，也曾多次到校园的草坡上看星星月亮，但记忆中从未看到过这么多的星星密集在一小片夜空中，有人说"外国的月亮比中国的圆"，难道连星星也比中国的多吗？或许吧！

随记于 2009 年 5 月 8 日

岁月如歌

祠　　堂

　　祠堂，位于前丁村的最东边，在两棵三十多米高的柏树脚下，是当年村里唯一的公共活动场所，集各种功能于一身，如村里开大会、储藏粮食、学校等。

　　之所以对其记忆深刻，是因为我在这里上过三年小学，同时这也是平时小孩玩耍的好去处。那时，村里的小学就设在祠堂里。祠堂占地面积500多平方米，由四周的房子围成一个小院子。共开三处门，朝南通向操场的是一个大门，西南的一个两扇大门和西北角的一个小门。平时，两个大门都关着，只有那个小门供学生们上学进出。

　　南面的那排房子分给各个生产队当粮食储藏室。农忙季节，收割回来的稻谷、麦子、豆等都藏在储藏室里。天晴时，村里的妇女们就将这些粮食一一搬到祠堂前面的大操场上翻晒。翻晒好的粮食，不少时候会堆放到东面的大礼堂里按每户赚的工分多少分给每家每户。坐北朝南的那排房子为学校，靠东的那间大房子为教室，教室的东南角有一扇小门通向老师种蔬菜的菜地。向西依次为老师的办公室、寝室和厨房。厨房边上的走廊通向西北门。在西北门和西南门之间那排房子中间为戏台，那些房子在演出时就充当化妆间。戏台正对面为大礼堂。大礼堂坐东朝西，为三间大房子连成一体，中间以六根数人合抱的红漆屋柱高高地撑着屋顶，这是当年小孩子能见到的最气派的房子！

　　大礼堂两边有台阶与南北两排的房子相连，即便是下雨天也不必走到天底下淋雨，而最让小学生们开心的是中间那五六级台阶。台阶两边是光滑斜倾的石板，可以当滑梯，从上到下溜到院子里的平地上，这是课间最有意思的活动了。当然，长满绿草的大操场也是学生们爱去的地方，可以踢毽子、跳绳以及玩老鹰抓小鸡的游戏。印象最深的是，有一年来了一个杂技团，表演舞狮子、仰面弯腰用嘴衔花、倒翻跟斗等。从此，村里的小姑娘们就学会了后仰弯腰、双手着地倒立行走等种种动作，堪比今天的舞蹈基本功。

那时的大教室里，小学一、二、三年级的学生在一起上课，加起来也就20多位学生。一个年级多的十来名，少的才五六名同学，只有一位老师，负责教授所有班级的所有课程。无论是数学、语文，还是美术、音乐，都由这位老师一个人搞定。老师的工资很低，其粮食由村里供应，日常蔬菜则由老师自己在教室后面的菜地上栽种，村民们有时也赠送一些。

放学后，有时老师会叫力气比较大的同学帮忙干点农活，如挖红薯、摘豆角、南瓜、冬瓜之类的。老师不但熟悉每一位学生的家庭情况，与村民们的关系也相当不错。听妈妈说，曾有一位老师特别能干，说自己能买到不要布票的布，不少村民就给他钱委托他买布。第一次，他真的把布买回来了。第二次，更多的村民托他买布，他拿了钱就再也不回来了。那个年代，买布要布票、买米要粮票，每个人都有定量，能买到不用布票的布，对村民来说，那是多大的诱惑啊！但没想到因此却上当受了骗！可见，即便是路不拾遗、民风淳朴的年代，也是不缺骗子的。

我在村里的小学上到三年级，先是张宗才老师教我们。他的女儿与我同年，也一起上学。一年级第一学期期末考试后的第一天，我到学校的祠堂去玩，遇到张老师，竟然叫我过去顺口问了我一个数学题，我脱口就答对了。原来是我在卷子上落笔写错了，结果，那次考试数学、语文的成绩，老师都给了100分。三年级时，换成了刚20出头的陈梦月老师。因她年轻，有些调皮的男同学就不怎么听老师的话。

妈妈说，我出生的那一年，村里共有15位同年，可见当年村里真是人丁兴旺。多年来，每次回家，只要有时间，我都会找嫁在同村的惠惠聚聚聊聊。去年暑假待在家里时，一下子来了三四位同年在院子里闲聊，说起了上小学时的种种趣事，自然提到了陈老师在课堂上要一位男同学罚站，那同学拔腿就跑，冲出教室，陈老师拔腿便追，最后还是没追上。就这样问到了陈老师的手机号码，找回了陈老师。我特意抽出时间跟同学一起去拜访她。这么多年了，她没有太大的变化，一眼就认出来了。她也说："当然记得你啦，知道你到北京工作了。"刚刚退休的她，依然身材苗条、靓丽优雅。

上小学时，农村的孩子不知道什么叫玩具，但我会让妈妈或姐姐帮着做沙包。过年时，也会让爸爸杀雄鸡时拔下漂亮的鸡冠毛做毽子，或买几尺松紧带当绳子跳绳，或干脆就在泥地上用粉笔画上几道线造房子。惠惠说：她和我的跳绳水平最高，双手并举的绳，我们打个火车盘，双脚就进去了。下课时，同学们在一起玩，放学后，还是经常在一起玩，即便是被大人派出门去割猪草、兔子草，捡稻穗了，也会挤出时间一起玩到天黑才回家，从不知道有不倒翁、芭比娃娃、造别墅之类的玩具。

可是，整个童年，从早到晚，我们总是玩得满头大汗、不亦乐乎！那时，惠惠家养了二十来只白兔，还有一头母猪和几头肉猪，放学后，她总是要忙着割猪草、兔子草的，我最喜欢跟着她去割草了。但事实上，我家并不需要什么猪草、兔子草。等草割得差不多时，我们就到操场上玩打叉游戏：将一把镰刀插在地上，两边各放数量差不多的一把草，每人轮流从较远处尽力一跳，再用另一把镰刀扔掷插在地上的镰刀背上，扔中了，就将草赢走。这一游戏的输赢取决于跳跃的能力，跳得越远、距离目标镰刀越近就越能扔中。当然，投掷的水平也相当重要，两者缺一不可。而今回头看，似乎那时小孩们的各种玩法均可算得上是真正的体能运动，帮着大人干点力所能及的家务活，也可算是早期教育的一部分。他们从小就在田野上疯跑、狂玩，身强体壮，不知感冒为何物，还养成了吃苦耐劳的品质，也许这就是上帝对物质匮乏年代农村小孩的厚待？！

随记于 2015 年 9 月 2 日

妈　妈

从小，我就特别佩服妈妈，而今自己走南闯北、周游世界后依然佩服她！小时候心目中的妈妈特有威严感，就连年长我 8 岁的哥哥也从来不敢与妈妈顶嘴，更不用说姐姐和我了。

记得那时哥哥对付妈妈并传授给我们的法宝是："妈妈说得对的，就去做；不对的，不干就是了，但千万别顶嘴。"试用几次后，果然非常灵验，因而似乎从没有惹妈妈生气而遭她责骂的时候。

"不要端着饭碗去串门"

20 世纪 70 年代还是生产队时，在种植杂交水稻之前，粮食总是紧缺的，不少人家在每年三四月份青黄不接的时候经常无米下锅。我家因妈妈治家有方、精打细算，爸爸勤快，到处见缝插针——在房前屋脚种点南瓜、丝瓜、生菜之类，补充粮食，一家六口人的日子过得调调匀匀，还能时不时地炖点猪肉加白萝卜或黄豆吃。

记忆中最为深刻的是，每次吃炖猪肉时，妈妈就会特意吩咐一句："不要端着饭碗去串门！"（当年的农村有一个习惯，大大小小的人都端着盛满饭菜的碗，聚在村里的三岔路口吃饭，或串门到隔壁邻居家聚在一起，或站或坐，边吃边聊天，家事村事国事也随之传播开来。）等到我考上县重点高中后，才发现城里人是一家人围着桌子坐着吃饭，与农村的习俗很不相同。但随着家庭联产承包责任制的实行，各家人出门干农活时间不同，这种聚会式的吃饭方式也随之慢慢消失了。

"有钱"人家

　　妈妈的精明能干在村里是有口皆碑的，一如她的讲究挑剔，也可以说是追求完美。在那个不到一百户人家的小山村里，只要是妈妈认同的事，其他人就认为绝对错不了，跟着她准没错。

　　当时，农村中稍稍"有钱"的人家，每年会请裁缝师傅到家里来给全家老少量体裁衣，做上两三天的活，我家也是。这些布料都是妈妈在一年中的不同时候逛街头镇集市时，看着满意喜欢就买来存放着的。每次做衣服时，妈妈的同学裁缝师傅都会情不自禁地夸妈妈买的布料算计精确、不多不少，而且花色好看，价格不贵。后来隔壁阿姆家要出嫁三女儿和芬时，新娘的服装就是请这位师傅做的，姐姐出嫁时也是她做的绸缎棉袄。那时我还在上初二，妈妈就让她同学为我们姐妹俩各做了一件绸缎棉袄，这在当时的农村非常稀罕，纽扣是传统的盘花布纽扣。同学们看到这么富贵高档闪亮的衣服，课间，就开玩笑不停地大叫我"地主婆、地主婆……"

　　心灵手巧的妈妈曾拆了一件爸爸的青灰色毛衣，为姐姐和我各织了一条毛线裤，一般人家的孩子只能穿自己家纺织的棉丝裤，用工厂生产的毛线编织的毛线裤在当时也颇为少见，这也成了众人羡慕的对象！那时，上初中的我，有时会故意将脚伸放到桌脚外面，露出脚脖子上的一截毛线裤，以引起同学们的注意。原来小女孩的我也有"炫富"心理啊！

　　因妈妈太有主见太挑剔太追求完美，不少人都觉得她要求太高难对付。最为典型的是1976年做家具时，爸爸妈妈拿出多年的积蓄做了一整套家具，包括雕花床、扁箱、开箱、碗柜等。那时粮食本就紧缺，木匠和雕花师傅都是在东家吃饭的，为了让活干得好又省工省料，东家必须好饭好菜招待。

　　记忆最深的是：晚饭，师傅们先吃饭走后，妈妈再在米汤里放点米继续熬一下，家里人就喝粥。这些家具，木工的时间与油漆雕花的工是一样的，共花了七十多天。妈妈不想在橱柜正面四个小方块上像一般人家那样写上"自己动手，丰衣足食"几个字，她觉得俗气没有新意，要求雕花师傅画上四朵不同的花，但雕花师傅嫌太麻烦太费时不干，两人吵翻。最后那四个小方块留着空白，至今那橱柜仍摆放在我家新屋的堂前。好在雕花时，师傅还顺便做了个青饼印：一朵梅花、一个寿字加一条鲫鱼。那鱼儿鱼鳞清晰、尾巴微翘，印出来活灵活现，妈妈特别喜欢，可以说是最为满意的作品。可惜几年前，那饼印突然间就不知去向了，妈妈心疼了好长时间。我以为自己会在冰箱的冷冻室里收藏着那条鱼，曾特意花时间找了一次却未能如愿。

好 记 性

妈妈的好记性更是远近闻名，主要是通过一件小事让村民们领略到的。

听妈妈说 1958 年前丁村开始办食堂，这件小事就发生在 1959 年村里两个队入库时。那年队里让妈妈负责收谷，另一村民负责记账，秤一头倒一头（一箩筐）在地上。突然，那村民问妈妈有几头扛进去倒下了？妈妈说十四头，而他一数已记下的数字只有十一头，差三头没记下。然后，妈妈就一头一头地把数字报出来，让他比对着补上，结果分谷后总数分毫不差。从此，妈妈好记性的美名就在村里传开了。

小时候在我的印象中，妈妈从不在纸上记哪天哪天出工干了什么，但到月底生产队开会时，妈妈总能说出初一割稻子有谁出工、十五拔豆种田谁没出工，说的跟队里会计当天记下的一模一样。多年后，村里还盛传着妈妈的好记性。曾去外村落户生活了好几十年已 60 多岁的兆忠，搞不清自己出生时是白天还是夜里，去问村里 86 岁的宝仙大姆妈，她也不记得了，就建议他来问问妈妈，说："只有她才有可能会记得。"那年 7 月，他见到我时，眉飞色舞地描述说："我来问你妈妈时，就故意直接问：广仙姑妈，你还记得我是白天出生还是夜里出生吗？你妈妈想了一下，就说是正月初四夜里。我确实是正月初四那天出生的。你妈妈的记性太好啦。前丁村找不出第二个来。"我笑着说："幸好你想着早问啊，要不真没人记得清了。"

也许是因为记性好的缘故，妈妈说她读书时数学从来都是考一百分的，还说在四年级时因排座位跟男生同桌，妈妈因此有半个学期没去上学，但期末考试时，妈妈的数学还是拿了满分。

2006年10月5日，我带着以好记性出名的妈妈游颐和园，让妈妈在香气扑鼻的桂花树前留个影。

另外，还有一次是全区的老师到她们班听课，上的是地理课，前后左右都是老师，因妈妈是一个人一桌，一位老师就坐在妈妈的边上。当时上课的老师问："世界上最高的山峰是什么？""是喜马拉雅山脉上的珠穆朗玛峰。"妈妈立刻回答。后又问"碧绿"的"碧"字怎么写？同学们都不会，坐在妈妈边上的老师告诉妈妈就是"王白石"的碧，结果全班就妈妈一个人写对了。妈妈常得意地回忆说：那年的地理，我复习到哪儿，就考到哪儿。小升初时，妈妈是全县两个保送生之一。这样的荣誉，估计家族中不会有人能超过她！而今，文理从不偏科高位平衡的女儿，几经纠结最终选读了文科，复习地理时，却说："什么季风、大西洋暖流，看得我直头晕！"好在我遗传了妈妈的好记性，女儿也遗传了我的好记性，每次说自己都来不及复习的女儿，一不小心还能考个文科年级第一。

　　妈妈的聪慧也是有目共睹的，尤其是表现在生产队里赚工分上，那时赚的工分多直接意味着能分到的粮食多。为此，妈妈的招数可谓是层出不穷，一招招精彩无比。聊天时，每每说起那一个个有趣的故事，她总是一脸得意。

对　　策

　　我们家有兄弟姐妹四人，那时的哥哥姐姐都是十多岁的小孩，勤快的爸爸总是起早贪黑挣点小钱来贴补家用。妈妈说有一天，爸爸从方前头天晚上连夜拉货到城里，为赶回家里出工，就由哥哥等着上班以后交货。当时的生产队长知道后想欺负爸爸一下，故意安排在第二天早上定额割稻，将每一丘都定上很高的工分。夜里开会后，妈妈知道了就让才十多岁的姐姐，大清早就去离家最近的后门那丘一亩多的夵田先割稻，大人们须开早工，谁都来不了，妈妈指点姐姐从那丘田的中间一行割到头。结果，早饭后，别人想来割时，无论是左边还是右边都只有一点点，感觉太少了，要是割了不够再挪动地方就太耽误时间了。如此一来，就没有别的人愿意来割这丘田的稻子了。爸爸赶回后一起帮忙，因这丘田的工分定的是全村最高的，结果父母当天赚的工分也是最高的。

巧 赚 工 分

在农村，妈妈不是那种高大有力气的妇女，确切地说，她是最小气薄力的人。为了多赚工分，妈妈就动脑筋找窍门。如果生产队里规定做定额的，通常是女的割稻、男的拔秧种田。出门时，妈妈就让爸爸帮着背重重的稻桶，妈妈给爸爸挑轻轻的牛栏箩。妈妈一担打满，就先回家做中饭。爸爸收工时，帮着妈妈把满箩筐的稻谷挑送到晒谷场。妈妈从家中的窗口望过去，看见爸爸回来了就随后赶到操场，晒上两箩筐的谷子，可加上 4 分，结果妈妈赚的工分总是比其他妇女的要高。

挑 土

冬天农闲时，生产队里劳动经常会干挖土挑土的活，工分就按挑的土多少来计算。妈妈说力气大的人就用脚箩担，力气小的就用畚箕担，算法是一脚箩等于两畚箕，也就是说，挑畚箕的人走两趟相当于挑脚箩的人走一趟。结果呢，挑脚箩的人装一半土时，妈妈的路已走出一半；等挑脚箩的人因太重路上歇一歇时，妈妈已差不多走完了。如此一来，妈妈赚的工分也不比力气大的人少，有时甚至会更多。

拔 秧 种 田

"双抢"季节，生产队做定额，女的拔秧、男的种田。因爸爸不在家，上午拔的秧没人种。妈妈的安排是，上午尽可能多地拔秧，到了下午，秧就拔完了。种得快的人家没秧可种了。而妈妈则和外公一起种到天黑，当时一起种田的人还有学苗的爸爸。结果每人得了 27 分，那天全劳力的也只有 30 分，而妈妈和两个老头子却挣了那么高的工分。学苗的爸爸说妈妈的主意好，一定要三个人平分。这一次又让其他的村民大开眼界！

打 豆

生产队里打豆时，有力气的人就一捆一捆地搬到操场的爹簟上。妈妈力气小，便将豆就近放在祠堂门口打。因祠堂到操场的路不近，搬豆子的时间就花了不少，结果妈妈晒的反而不比有力气的人少，赚的工分自然也就不低了。

掰 玉 米

生产队掰玉米时，妈妈也会想招儿多赚点工分。那时，姐姐才四岁，妈妈先把玉米一行一行地钻下。然后，让姐姐去拣玉米芯，并告诉她拿的时候，要把玉米芯上剩下的玉米剥下。有了姐姐的帮忙，妈妈最后赚的工分又比别人的高。

打 麦 子

生产队打麦子时，力气好手脚快的人就先把小捆的麦先搬走。大捆的麦子是三节步稻草捆的，妈妈就把三节步解开，也变成小捆的，就跟她们一样快了。结果呢，赚的工分自然也不少。

这些小故事，在生产队集体劳动的时候，是平日里经常发生的，妈妈的聪明智慧在当时的条件下，也只能在赚工分方面展现出来。这些精彩的故事，妈妈在我小的时候就说过了，在以后的日子里，跟妈妈聊天时，说着说着，她就会提起这些故事，这次回老家，就特意让妈妈再重复一次，我就顺手把它们记下来了。

挖 地

爸爸虽然勤快能干、朴实本分，但因是从镇上到妈妈家来的（小溪边土话叫"倒插门"），妈妈又没有兄弟，村里有些人总是想方设法找机会欺负我们家，尽管大多未能如愿。

去年妈妈在我家待着时，村里正好要重新分整理后荒了多年的溪滩地。村干部们采用的方法既不是抓阄，也不按原有（原来我们家的溪滩地是种植了二十多年比人还高的桔子，一年的收入有好几千元呢！）。结果，分给爸爸的全是水龙潭，根本就没法种庄稼，还分掉了那大块地，而村干部

1995年10月，妈妈在溪滩地自家的桔园里摘桔子。黄澄澄的桔子挂满树枝，种桔子的爸妈亦喜上眉梢。

们都分到了好地。11月份，妈妈回家后，发现祠堂对面的好地竟然剩下没分掉。

妈妈去溪滩洗衣服时碰见学土叔，问他干什么去，他说："我上溪的地分拉了，到这里路下还没分的地挖点种种。"妈妈说："这里的麦子长得这么大了，是谁家的？""是方道家的。""那他可以种，我们其他人也可以种呀！"妈妈这么说，回家后就跟爸爸说："学土去挖点种种，我们上溪的地都是水没法种，也去挖点种种吧。"于是，爸爸就到柏树脚下挖地，村里小平的父亲在放牛看到了，就说："人挖多慢多累呀，牛犁地就要方便、轻松多了。"他就回家背来犁帮爸爸犁地，不多久就犁出了一大片。爸爸在一头种土豆、一头种玉米，中间栽上桑叶苗。过了一段时间，发现有人用"草干灵"将全部成活得好好的桑叶苗挑着杀死了不少。妈妈认为这是欺负人的一种方式，不过玉米和土豆倒还好。

听了妈妈的讲述，我觉得奇怪的是，为什么村干部在分地时不采用抓阄或按原有，在村民看来比较公平的方式？他们为何把柏树脚路下比较好的地留下不分，而将上溪的水龙潭分给爸爸呢？此事特让人气愤，但我转念一想，爸爸妈妈年纪大了，没地种不正好可以歇着，也省得他们辛苦。所以我说："你们俩又不缺钱花，也不缺吃的，没有就算了吧，也可趁机享点清福。"他们也就不那么难受了。但数年后，他们还是放不下，我陪着嫂子和弟媳妇在2013年过年时特意找村干部补回了少分的那块地。这是后话。

事实上，每次回老家，总有不少村民因生活中出现的不平之事来找我诉说。让人感觉处于权力最底层的村干部，若私心太重，口碑自然也好不了。

针 线 活

也许是自己年岁渐长的缘故，最近要是闲下心来时，总想着应该回小溪边去多陪陪爸妈才是。像当年在县城上学或师专教书时那样，每次回家后，就陪着妈妈边聊天边做针线活。

妈妈的针线活绝对是一流的。读高中时，同学的大衣或裙子破了，缝补难度特别大的，就请我帮忙，说我手巧。而我清楚地记得，工作后的第二年，与女伴们一起扯了一块麻纱的花布，请临海市有名的裁缝师傅做了一件漂亮的连衣裙。但没穿几回，镶边的灰色领子在脖子正中交会处开了线，我觉得以自己的手艺绝对做不到天衣无缝、缝得不露痕迹，于是，就回家请妈妈帮忙，结果她缝得一点都看不出来。

妈妈的针线活做得棒，尤其是她做的布鞋。一年到头，她从来没有闲着的时候，若下雨或刮大风不能干田野的活时——尤其是每年的冬天——她不是织毛衣就是纳鞋底。四个孩子的脚时时都在长大，她年年都要纳新的鞋底做新布鞋。她先挑选耐磨的布，如卡其布、湖北布等，将旧衣服上磨损得不太厉害的部分剪下洗净晒干，再拿出鞋样一层层涂上糨糊叠上摸平摁实，最受力的前脚掌和脚后跟部分，会特意多放几片耐磨的新布，有颜色的布放在中间。最后一层，两边都用雪白的卡其布，再沿鞋样边儿对齐剪好，鞋底的雏形就成了。

纳鞋底时，先四周弹上两圈，再在中间分两边竖着从上往下一行行来回抽针，每一针须对着前一行的空隙。纳鞋底用的麻线，也是妈妈自己制作的。每年，她都在屋脚种贮麻，夏季时，割下贮麻，刮皮晒干收藏。冬天用时，先清水泡软，再慢悠悠地一丝丝拣择分开，再一根接一根搓成线。她纳的鞋底针脚密而均匀、结实耐磨，其窍门就是在鞋底中压上几层崭新的布。她选的鞋面颜色也典雅好看，有藏青色、黑色、灰色、猪肝红等，无论是阔口鞋、松紧鞋、暖鞋，穿在脚上都不大不小、饱满跟脚、舒适轻便。每次新鞋上脚，我们都会得到村里阿姆婶婶们的一致夸赞，同学们也羡慕不已。而今，大家都开始穿皮鞋、旅游鞋了，妈妈在大橱柜里还收藏着大大小小好多双布鞋底呢！

妈妈的手巧还表现在织毛衣毛裤上。让人奇怪的是，不是裁缝的她为我们织的毛衣，穿起来总是非常合身，且花样翻新，颇为时髦，如凤尾花样、麻花辫子、元宝针等。曾记得，她为哥哥织的那件正反三角形相插毛衣，20世纪80年代初，哥哥在京城做木匠时，每次穿在身上，也会得到北京人的夸赞，还问他是谁织的。当时，我还在读初中，从没出过远门，

能干贤惠、心灵手巧的妈妈，不但做的各类布鞋合脚舒适，织的毛衣花色好看，自己身上穿的爹襟衣也合身漂亮。

纳闷帝都这个大城市里的人们穿的毛衣，难道还没老家这个偏僻的小山村里的漂亮？等到自己也成了京城的一员时，才真切地感受到那绝对是事实。正因为妈妈做的布鞋漂亮、织的毛衣好看，让我们感觉每一个针眼里都灌满了妈妈的爱意，即便现在已基本不穿了，我仍一件件押在箱底里当宝贝留着，也留下了来自妈妈的那份温馨和幸福！

我养了女儿后，因小孩子穿布鞋脚舒服，就特意请妈妈为小外孙女做了好几双布鞋。女儿穿着与毛衣配色的绿色、黑色或猪肝红的开口布鞋去公园玩时，每次都会吸引不少妈妈、奶奶或姥姥们的眼光，她们也羡慕不已，忍不住问我们布鞋是从哪儿买的。这时，我就会自豪地说这是我妈妈亲手做的。

说实在的，虽然现在的市面也有布鞋卖，但无论是式样、颜色还是结实度都远不如妈妈做的，我自然是看不上眼了。说起来，有一位能干贤惠、心灵手巧的妈妈，真是孩子们的最大福分啊！

俗话说：不养孩子，不知道做父母的辛苦。这话说得太对了，我现在只养一个女儿，每天接送她上学，都觉得非常辛苦，真不知以前的妈妈养四个小孩，日子是怎么挺过来的？

几年前回家时，我曾问过妈妈这个问题，她说："也还行，当初是大小孩带小小孩。"也许她说得有道理，记忆中自己小时候，多数情况下，都是哥哥带我出去玩的。但不管有谁帮着照看孩子，孩子的饮食起居基本上还是由妈妈来照管的。那时的妈妈，天天还要出工干农活，回家后还要干家务，而且做饭绝对是妈妈的事。而爸爸除了热冷饭抽汤干外，好像什么也不会做。

记得我四五岁的时候，有一次爸妈不知为何事吵架了，妈妈就故意不给家人做饭吃。爸爸没办法，只好请同村戏牌前的姑姑来帮忙给我们做饭，还吩咐我们将做好的饭端给妈妈吃，而妈妈就是躺在床上不起来，也不吃。后来，他们是怎么和好的，却不记得了。

另一画面是，当时农村的条件比较差，基本没什么营养品可吃，妈妈常跟我们强调：要饱三餐饱，饭吃饱了，身体就会好。爸爸向来是个非常勤快的人，不断地动脑筋想尽办法赚钱，让全家人吃饱穿暖。那种食不果腹的日子，我们小时候从没体验过。这要归功于妈妈的精打细算、爸爸的勤快能干，他们俩一个主内一个主外，可谓是黄金搭档、配合默契，家庭也越过越红火。儿时吃饭时，常会听到隔壁的小婶对她的小孩大喊："你都已经吃了两个麦饼头了，还要吃？肚子里长蛔虫啦？！"

　　农闲时，爸爸会隔三岔五去好几十里外的田芯高山上砍柴，再用手拉车拉到集市上卖掉，能赚上一些钱。砍柴时，为了能当天赶回，一般都是大清早三四点左右出发，带上米粉饼、玉米饼或粽子等当中饭。几个人结伴，一担上百斤重的柴，先用肩挑到公路后，再用手拉车拉回家，回家时往往已是晚上八九点了。这样干重活，自然很容易疲累，而妈妈给爸爸做的补品就是黄酒炖精肉，爸爸吃上一碗，就感觉浑身是劲了。那时的妈妈就说每个人吃补的东西不一样，对你合适的补品，对别人不一定见效，妈妈发明的黄酒炖肉或许是最适合爸爸的身体了。

　　而白糖粥，可以说是全家人的补品。

　　制作白糖粥，方法很简单，就是在滚烫的白米粥中加上几勺白糖，再用勺子搅几下就可以了。每到农忙时，大家每天起早摸黑地割稻子种田，累了、乏了，就来碗白糖粥。在穷困的日子里，白糖是按定额供应的，春节时走亲戚拜年也用白糖做礼物。所以能喝上一碗白糖粥，自然是满心欢喜、嘴甜心更甜了。当时，大家都没有考虑到常吃甜的会有什么不良后果，爸爸不到七十岁，满口的细板牙全坏掉了，妈妈也一样，这时才明白都是白糖粥惹的祸！但在白糖是高级营养品的年代，身为农民的父母，怎么可能会想到要健康饮食呢？！

随记于 2007 年 7 月 4 日

妈妈七十岁生日

记得五年前的那个正月，我回家为爸爸庆祝七十寿辰时，几天内体验了小溪边的彻骨之寒后，就跟爸妈说："以后你们就别期待我在过年时回来看你们了，实在是冷得让人受不了，一天到晚，背着大羽绒服，累得我腰酸背酸。但每年我会在'五一'、暑假或'十一'，天气不冷时回来看你们哦。"

话虽这么说，但现在的爸妈年纪越来越大，能回去时，我都会找机会回去看他们的，尤其是今年妈妈也到七十岁了，我无论如何得回去为她庆祝一下。尽管姐姐说妈妈不像爸爸那样喜欢办酒席热闹，但在小范围内搞个庆祝活动还是必需的。另外，正月初九还要在杭州拱墅区法院为弟弟的货运押金一案出庭打官司，两件事就一起处理了。

学法律那么多年了，但感觉远不如亲自出一次庭实战一下更能感觉到法条与现实之间的矛盾。总的感觉是，出庭挺有意思的。原以为对方是家大公司，聘请的法律顾问会气场很足，结果一看到穿着皱巴巴的西服出场的律师，且是一位上了年纪的老同志，我和弟媳妇美莉一下子就不紧张了。依照程序，我们一一出示证据，美莉做助手，我们俩配合默契，感觉此案胜诉在握。事实上，不管结果如何，我们的心情相当不错。当天下午就赶回小溪边。第二天晚上与妈妈聊天时，问妈妈："赤城山去过吗？""没有。""那国清寺呢？"妈妈想了想，说："二十八年前去过，那时是你大姆妈在县医院看病时，你小舅舅陪着去的。""那我在你七十岁生日的时候，带你去看赤城山和国清寺，好吗？""好的。"没想到，妈妈会答应得这么痛快，原来我喜欢看风景的性格，是从妈妈那儿遗传来的啊。

因妈妈要吐车，每次出游前，都要充分做好准备工作。先是动员侄儿季浩峰用电瓶车带妈妈去城里，并与同学小莹联系好，到城里的金国饭店换电瓶车。要不然，电瓶车没电了，开不到国清寺，也回不了家。爸爸和我、嫂子则坐朋友溪的车到城里。原来嫂子是想跟溪聊聊房屋的股权问题，听溪说起优先权的问题，从法律角度来说也是有道理的。我们先去国清寺，花了近两个小时转了个遍，除了主建筑雨花殿、大雄宝殿外，也去了鱼池、妙法堂，看了隋梅、隋塔。妈妈二十八年前来时，留下印象最深的就是鱼池了。我一路做摄影师为他们摄像，录下他们之间的对话，也拍了一些照片。不过，因我对佛教没有专门研究，可讲的故事不多，但让他们看看整个国清寺的全貌也是值得的。

再游赤城山。

说到赤城山，那是一处相当有名的风景区，距国清寺才2公里，景区面积为1.3平方公里，为天台山南门。因山上赤石屏列如城，望之如霞而得名。山不高不矮、不陡不平，是天台山中最棒的丹霞地貌景观，四周风景优美，是爬山锻炼身体的好去处。

每当旭日东升或夕阳西下时，云雾缭绕山腰，霞光笼罩，光彩夺目。元邑人曹文晦形容为："赤城霞起建高标，万丈红光映碧寥。美人不卷锦秀缎，仙翁泻下丹砂瓢。"故有"赤城栖霞"之称，意指阳光在云雾中射出的色彩缤纷的光芒。山的东南方向，阳光和煦，分布着十八个洞穴，其中以紫云洞和玉京洞最为有名。

紫云洞口镌刻"赤城霞"三字，字径80厘米，为明万历年间遗墨。玉京洞为一天然洞穴，洞深10米，宽7米。洞内随岩构造三开间楼房，周围植有松柏，凿有古井。登临山顶，极目远眺，错落有致的村庄、星罗棋布的农田、蜿蜒的始丰溪、四面环山的天台城全貌，以及横亘在城东的东横山，一览无余，令人心旷神怡。在山顶上，妈妈特意去看了看梁妃塔的说明，她总是想了解更多的背景知识而不满足于表面上的走马观花。

中午在海坑吃饭，溪非要请客不可，而且还坚持点了螃蟹、虾等，我点了玉米糊等，结果玉米糊是妈妈、爸爸和嫂子最爱吃的。饭后，周孝坚开摩托车来送妈妈去百丈坑（现称为琼台仙谷）。原来只是想着让溪帮忙做司机，没想到他连门票也帮我们买了。琼台仙谷从下往上爬的风景确实要比从上往下走的漂亮多了。琼台仙谷是以花岗岩地貌著称的，溪水清澈、山岭峻峭、怪石堆叠。1990 年，我带台州师专英语系的学生在天台一中实习时，清明节那天，曾与几位好友一起沿着草木幽深的谷底艰难地爬到山顶。似巨笔刷出的白色岩石与青翠的树林巧妙地组合成一幅清丽的山水画，那种原生态的奇美一直深印在脑海中。而今景区开发后，修建了凌云栈道，路比较好走，有仙湖集韵、遇仙桥、百丈岩瀑布、金庭洞天、悟真台等景点。最为壮丽的风景是站在山顶上俯瞰周边山水，辽阔而瑰丽。从琼台仙谷向东南行 2 公里便是桐柏宫，那是道教南宗初祖张伯端开设的"南宗祖庭"。

我一边摄像一边赶路。让人不太舒服的是，我这个老农民的爸爸一路猛赶，好像要赶回家种田似的，催命一样地叫我们快点、快点，一点也没有游山玩水的悠闲心情，拍照时也不配合。相比之下，还是妈妈的表现好，给她拍照时还摆出漂亮的 pose 来，让我开开心心地拍上几张美女照。带妈妈出门玩，是相当开心的。不过，话说回来，带着两个七十多岁的老人出门旅游，而且是爬悬崖峭壁的，确实太不容易啦！最后，我还带错了路，没有看到仙人座，又哄着他们回去看一眼。就这样，不到两个小时就走完了整条百丈坑。溪看到后，感慨地说："你爸妈的身体真好，这是你的福气呀！"周孝坚也说要带他的妈妈来看看这片美丽的风景。本想带他们去住一个晚上的高级宾馆，但又担心他们会睡不着反而好意得不到好结果，已经累了一天了，就让他们回家好好睡一觉吧！

为妈妈办生日聚会，我拿出 500 元让嫂子负责买菜和蛋糕。因嫂子在做菜方面很有经验，也很会做菜，我出钱，她出力，最合适不过了。而弟媳妇美莉正月十三那天要去帮她的女儿楚楚报到开学，也就指望不上了。爸妈还是很有福气的，两个儿媳妇，大媳妇能干、勤快，小媳妇嘴甜、暖心。晚上睡觉前与妈妈聊天时，才知妈妈的心里非常明白，看人也相当到位，之所以在旁人看来好像待小媳妇好一点，妈妈的理由是："她从小没有妈妈，挺可怜的，新明又不在家，所以要对她好一点。"原来是这么回事，妈妈

2008 年 2 月 19 日全家人为妈妈和叔叔庆祝七十大寿。满桌的菜，都是嫂子做的，味道都不错。左（一）为叔叔、左（二）妈妈、左（三）姑姑、右（一）爸爸。

说得也很有道理。其实，妈妈对嫂子也是很好的，因她的观念就是：女儿大了要嫁出去，不能在身边，而媳妇是要天天在身边相处的，所以对媳妇一定要好。和睦是一个家庭兴旺红火的关键因素，聪慧绝顶的妈妈怎么会不明白呢？！

到了妈妈生日这一天，嫂子和哥哥大清早就来了，开始忙着择菜。妈妈从我回家以后，就一直很高兴。昨天下午打扫堂前时，她把小侄儿锦波放在一边，帮我一起打扫，这是从来没有过的事。平时妈妈给人的感觉是有点不喜欢干家务活了，也许是她年纪大了之故，记忆中的妈妈做什么都特别讲究的。洗衣服，非要到村子前面的溪滩洗，觉得干净，而村子里绝大部分的人都在我们屋后的小溪中或池塘中洗衣服，时间一长，我们家的白衣服就比其他人的白多了。洗菜也是要到井边去洗，而不到屋边的小溪里洗。奇怪的是，年纪越来越大的妈妈似乎没那么讲究了。

上午，大家都忙着准备中饭。美莉去城里报名时，顺便把蛋糕带回来了。姐姐和女儿来了以后，女儿和楚楚一起玩，姐姐就开始打下手帮忙，我也帮着洗菜之类的。这么多人一起准备，一顿庆祝的中饭很快就搞定了。我去前面请叔叔和姑姑，并把从京城带来的三层保暖衣服送给姑姑。那叔叔还客气得要命，我第二次去请拉着他才来吃饭，真的感觉是"请客吃饭"哎！

按计划，今天的庆祝只请自己家的人，除了同村的姑姑和叔外，其他的人都是妈妈的晚辈。叔与妈妈同龄，就一起祝贺了。一家人中都有一个代表上桌，十几个人坐了满满一桌。我做摄影师，哥哥负责端菜，嫂子炒菜，姐姐后来也上桌吃饭，毕竟她也是客人呀！嫂子的菜一个接一个做出来，味道都很不错，还有鸡、鱼、鸭、虾等，确实非常丰盛，主食有寿桃馒头、粽子等，大家吃得开心、热闹，一个个笑脸如花！当漂亮的蛋糕端上桌，点上蜡烛时，我们一起为妈妈和叔唱生日祝福歌，妈妈和姑姑两姐妹一起吹蜡烛，这么洋化的生日庆祝，在妈妈一生中一定是第一次，妈妈高兴得整天合不拢嘴！

我特意回去一趟，组织全家人各出其力为妈妈"隆重地"举办一次生日庆祝会，也算是我们儿女表达孝心感恩的一种方式吧！

随记于 2008 年 3 月 9 日

父 亲 节

说起来，父亲节是洋节日，国人并不太重视，也许很多人都不知道这个节日具体是哪一天。相比商家宣传得火热的母亲节，父亲节要冷清多了。

事实上，父亲在一个家中犹如一栋房屋的顶梁柱，一个家庭是否和睦、气氛是否活跃，与父亲的性格密切相关。也许在传统观念中，父亲都是管外面的事儿、负责挣钱养家，与小孩子们的接触通常都不多的缘故，从表面上来看，小孩们都会与妈妈更亲近一点，有什么心里话也都跟妈妈说说。再加上有些父亲整天板着脸孔训人、不苟言笑，小孩常常怕他，也就谈不上有多亲了。因此，尽管做子女的都爱着自己的父亲，但往往都不善于直接表达，把那份爱深深地埋在心底。

我的父亲，在众人眼里是一位少言寡语的人，记忆中似乎从未见过他坐下来与谁聊过数小时的天。

我们从小就跟着爸爸学干各种各样的农活：每当镇上集市那天，在大清早去上学前，我们要帮着爸爸数番薯藤，每一把都有一定的根数，粗细要搭配均匀。我们数好后，交给爸爸，他就一丝不苟地用稻草绳把番薯藤扎得漂漂亮亮的。通常情况下，拿到集市以后，他的东西总能先卖掉。这不光是因为他的要价比较公道，也要归功于他把什么都打理得光鲜、漂亮。他常说："卖东西要有卖相的。"这一理念渗透到他所做的每一件事，无论是种田还是种菜，他都特别讲究，做什么都要有个样子。他最看不惯别人家田种好了，田坎里壁的杂草仍长到田中央。因此，每次耕田时，他都要把四周的杂草修整得光光的。在他的指导下，我常用长

为庆祝妈妈七十岁生日，2008 年 2 月 17 日农历正月十一那天，我特意带着爸妈、嫂子和侄儿一起游国清寺赤城山和百丈坑（琼台仙谷）。他们步履矫健、爬山神速，好让我欣慰。

镰刀修割田里壁的杂草,动作娴熟,几分钟就可以把上百米长的田坎搞定。他一看光洁的田里壁,就会笑眯眯地说:"这才有点样子!"

爸爸种的田必须是横的、竖的都对得直直的。刚开始的那几年农忙"双抢"时,他插田中心的第一排秧,我紧随其后。他说:"种田时,两只脚要先平衡站稳,然后一步一步直线往后退,不能东一脚西一脚乱踩,那样插的秧就会东倒西歪。"按他的方法练习,还真是特别见效。爸爸是一年老一年,一年慢一年,而我则刚好相反,没过几年,最中间的那排秧就由我负责了。实在来不及的时候,爸爸会叫上动作特别快的姐夫帮忙,但对动作虽快种得却弯来弯去的结果,他总是很不满意。

自从种下去那天起,一直到秧苗长到看不清横竖为止,爸爸经常会抱怨田种得太差了,而妈妈就不以为然,说:"稻长大了,还不是一个样!"可见两人在性格上的差异!事实上,妈妈这样说,也有为自己辩护的味道,因爸爸也常抱怨妈妈干农活一团糟,只是快而已。削草,一锄头就把没削的地方盖住,过几天草又长出来了。而妈妈说:"你这次削过了,以后还要削,又不是削一次就到头,让它长呗!"他们俩的做事理念和风格真是大不相同的。做什么要做到又快又好,都是不容易的。爸爸种的水稻和其他庄稼之所以常常成为全村的第一,那是他干活勤快、做事认真的结果。再加上他识字,懂点科学种田的方法,自然就出类拔萃了!

爸爸年轻的时候,在县城的造纸厂做过工人,还当过车间主任。记得他以前曾好多次向我叙说去宁波开万人代表大会的情景,那也许是他年轻时最为荣耀的经历。后来,因国家政策变动,他回到老家当了农民。

多年前,他曾想着是否有机会因他年轻时的身份而让政府发点补贴,但此事好像一直没做成。后来,他也就没再提起。现在想来,他当车间主任,绝对是因为他干活从不偷懒,而且勤恳认真。这一点在一流木匠哥哥的身上遗传表现得最为明显了。他们俩似乎是越老越像呀,难道这就是言传身教、潜移默化的结果?

随记于 2010 年 6 月 20 日父亲节之夜

爸爸的"故事"

早就想写点有关爸爸的"故事",但每次动笔都发觉原以为自己很了解的爸爸,其实是知之甚少,只是依稀记得当年在小溪边时一起在田野里劳作的情景。

爸爸是一位特别勤劳的人。这一点在村民中是有口皆碑的。数十年中,从年初到年尾,无论是农忙还是农闲,每天清晨,他都 5 点左右就起床,先去田里转一圈,看看田水是否干涸,庄稼长势如何,需不需要除草施肥等,然后再回家吃早饭。经常是别人要花半天才干完的农活,他一个大清早就忙完了。也许是他日复一日的悉心管理,感动了上苍和庄稼,多年来,他种的稻子和其他农作物都是全村最好、收成最多的。每次一说到庄稼的收获,父亲总是满脸的自豪!看来"业精于勤而荒于嬉"这句话,对老农民来说也不例外。

爸爸是一位有远见的人。通常人们会想当然地认为农民的眼光比较短浅,这自然与他们的"日出而作,日落而息"的生活方式紧密相关。也许在农村,男性的力气远远大于女性,能干重体力活的缘故,从历史上看,在农村生男孩的也远比生女孩的受欢迎。就上学读书而言,大多数家庭也认为女孩子读书没什么用,迟早会嫁到别人家去的。因而,不少人家在女孩读完小学后,不管学习成绩好差就不让上学了。

可是,同样是农民的父亲,也许与他年轻时曾在城里的造纸厂工作过几年,也曾去宁波参加过万人大会见过世面有关,在我们家里,从来没有感觉到重男轻女的思想。相反,记忆深刻的一次对话为:初中毕业那年,我与爸爸一起去喂猪，走在去牛栏间的路上，爸爸说："只要你自己能考上，能读到哪儿，家里就供你读到哪儿。"也许就因为这句话，我从小溪边一直读到了京城。尽管，后来考硕士、博士时，爸爸并不知道我在读什么，还说："不是大学已毕业了吗？怎么还要读书？"

爸爸是一位有生意头脑的人。也许是家族基因遗传的缘故，爸爸向来喜欢做点小生意。听他说，他十多岁时就步行到城里挑盐卖，赚点小钱。来到前丁后，也经常利用农闲时光，贩卖杨梅、樱桃等水果。印象最深的是，他带着哥哥和姐姐去山上捡柴根，积上一市，用手拉车推到平镇卖掉，就能赚上五六元钱。当年，赚钱比较多的另一件事就是卖炭，那也要在凌晨三四点就出发去山沟沟里，才能在当天傍晚时分返回家门。

一年四季，爸爸会时不时地出售自己在自留地里种的芹菜、黄瓜、葱等蔬菜。每次在镇上卖东西时，爸爸算账的速度奇快，秤刚称完，钱数就报出来了。由此想来，我和女儿读书时，数学都是顶呱呱的，可能来自父母的遗传。由于父亲的勤快和善做生意赚点小钱贴补家用，我们家向来不缺吃少穿，相反可以称得上是丰衣足食的殷实人家。记得小时候，大街上流行什么布料，父母就给我们买来做新衣服，从不落后于他人。在流行灯芯绒的时候，妈妈回忆说给哥哥做了各种款式的灯芯绒衣服，包括单衫、大衣、夹袄等。我上初中时，姐姐和我还能穿上毛线裤、丝绸缎面的棉袄，那时的父母自己也有生丝做的衣服，那可是真正的桑蚕丝布料！

爸爸是一位能干的人。现在已快80岁的爸爸，在年轻人的眼里看来已一无所用了，有时甚至连自己该穿什么衣服都搞不清楚。但年轻时的爸爸，因做生意，走城里上三十七都，足迹遍布整个县和邻县，也是一位走南闯北的能干人。我向来认为：无论做什么，要在那个圈子里做到顶尖水平，都是极不容易的，这不但要有天分，还须勤奋，就像爸爸种田、哥哥做木匠、我做翻译。

那年我考上天台中学时，第一次是爸爸送我去上学的，填表格时没带钢笔，只好从来自浙酋的那位爸爸那儿借来一用。那位爸爸也是送儿子梅明喜来上学的，他自己是位中学老师，习惯在左上方的口袋里插支钢笔。

三年后，考上大学时，也是爸爸送我到城里再转车去杭州，一如我们现在常常送女儿去各处上学出游一样。随着年岁的增长，现在的他，要是去了陌生地方，说不定就找不到回家的路，也确实不能再出远门了。多少年前，我就曾想着等自己哪天不忙时，可以回到小溪边天天陪在爸爸身边，听他回忆讲述年轻时的一个个"精彩故事"，但一晃好几十年过去了，还没实现这一心愿，也许永远也无法实现了。因年岁已大的爸爸，似乎已不记得自己曾亲身经历过的许多"故事"了。

爸爸是一位善良朴实的人。他在村里生活五十多年了，只要与他有过交往的人，都认为他是个老实人。他心地善良、为人诚恳，只要谁家有事找到他，他都会十分同情，平时极少给我打电话的他，就会马上主动打电话给我们，说："君，有点事情跟你商量一下……"

他善良到从没想过有人会说谎、会骗人，因他自己从来就不说谎、不骗人。他做人规规矩矩，什么游戏娱乐都不会，既不会赌博，也不会打扑克，更不会搓麻将，也不喜欢与人聊天。还有力气干农活的时候，他就天天待在田野里与庄稼为伴、侍弄它们，在那个清静的世界里，他自在而幸福。因了他的实在善良，他的人缘就特别好，尤其是他常去砍柴、挑炭的大山里，那里的人都信任他，拿家里最好的东西招待他，甚至还将家底托付给他。也许，朴实憨厚的山里人认为与爸爸是最为投缘的。

一年前，他干不动农活了，就只能每天都到镇上大儿子家的鞋店走上一趟，在台阶的竹椅上坐一会儿，就起身回家。有时，会上下午各走一趟，来回要几个小时，时光就这样被一天天地打发走。

爸爸是一位重感情的人。尽管因算命先生说，爸爸只有离开自己的祖宅这辈子才能发达，我的奶奶（我们叫外婆）因相信此话而让爸爸离开小镇到前丁村安家。事实证明，算命先生的话确实没说错。但在那个年代，一个男人到媳妇家，就算"倒插门"，是要被村子里的人瞧不起的。但爸爸不但没被人瞧不起，还担任了村干部。他虽离开自己小时候的家，但几乎每次赶集市时都会回家去看外婆，逢年过节时会给自己姐姐哥哥弟弟家的小孩们都买上过年的礼物——袜子，却舍不得给自己的儿子买。对此，妈妈曾唠叨抱怨过无数回，说他：人在前丁，心仍在街头。但我能理解爸爸的这一做法。

工作几年后，我又考到北大读研究生，一下子没有工资发了，幸好工作时还存了一点钱，学校还每月发167元的生活补助费，生活是不成问题的。但爸爸总想着我读书会缺钱用，每次回家都问要不要给我一点钱，我都说不要。记得有一次，他一定要塞给我500元，头天下午，我怕拒绝会让他难受就收下了。但那天晚上睡觉时，我越想越不舒服，毕竟自己已工作过几年了，怎么可以再要爸爸的辛苦钱呢，感觉还是应该还给他。但第二天一大早，他已上方前赶集市去了。原本上午就要离家的我，就特意等到下午他回家后，把钱还给他再出门。在我把钱还给他的一刹那，我看见他泪满眼眶，我自己也是，就匆匆转身离开了家门。从此，我再也没接过爸爸给的钱。重新工作后，我每次回家离开时都会给他一些钱，他总是开心地说："全靠你！"但事实上，小时候，我们不也全靠他吗！

爸爸从小就对他那位特别能干的大哥言听计从，但与他的弟弟（我们叫小舅舅）的感情最深。小舅舅年轻时有点驼背，相亲时就由爸爸替代。在小舅舅中风后生病卧床的那几年里，爸爸隔三岔五就带上好吃的去探望他。每次我回小溪边，不管时间有多紧，他都会提醒我去看看小舅舅，说他"可怜"！自然，小舅舅的去世，对爸爸是一个沉重的打击。妈妈说他"突然间就变老了"。也许就是从那时开始，爸爸突然醒悟到人生的短暂与无常，而今，他常挂在嘴边的一句话是"人生就像做梦一样"。这恰恰道出了人生的真谛！

爸爸也是一位风趣的人。这也许只有家里人才有机会感受到。总的来说，在村民们的眼里，父亲是一位少言寡语的人，平时只知道天天闷着头干活，从不多说话或与人聊天，说东家长西家短，尤其是在妈妈的眼里，爸爸从来就不会说什么好听的话，相反经常是独句，说得特别难听。这一点，家人也深有感触，如嫂子常向我转述的一句话："等你做起来吃，长命还吃得着，短命就吃不着了。"

可在我的记忆中，爸爸却是个讲故事的高手。

人民交通出版社

美君：

你好，来信去古十八收到一看才知道
信中的一切事情，有关衣服你嗎立即持
包果叫我到介头邮，衣毛线衣底细一件羡两
同信一起奇去是古十九日，

另外左浩峰原去介头读比上听讲白

能來回家請你同哥了説説不要想心

关於录音机自行车都拿来了，但去录
机就开不来没唱过放整专面，

100871

收信人地址　北京大学48楼3单元3068室

收信人姓名　季美君收

寄信人地址姓名　浙江省天台县街关镇前丁村

20

上学时，爸爸全用
毛笔写字，他的小
楷字写得漂漂亮亮
的。在我上学时，
日夜忙于劳作的他，
就图方便用钢笔给
子女写信，从那一
撇一捺的笔锋中还
能看出毛笔字的痕
迹。只是偶尔写字，
有些字记不清就写
错了。

记得有一年大年三十晚上，大家一起卷饺饼筒时，为增添一点乐趣，就开始轮流讲故事。父亲说了一个乡下人去城里见世面长见识的笑话：一个小伙子 16 岁了，从小在农村长大，没见过世面。为了让他开开眼界长点见识，他爸特意花了不少钱让他去了趟城里。他走在大街上，看到一家饭店里聚集了不少人，就想着那是学本领长见识的好地方，就进去瞧瞧。刚坐下，就听旁边一桌的人大叫："老板，给我炒几个菜来。"随后，端上桌的第一碗菜是红烧猪肉。小伙子见此情景，灵光一闪，"哦，明白了，城里人把肉叫作菜。"他就喜滋滋地回家了。第二天，他爸挑牛栏肥料时，肩膀上的衣服破了露出了肉，他就大叫："爸，爸，你的菜露出来了。"他爸一愣，"你说什么？"那小子指着父亲的肩膀，又说："你的菜露出来了。这是我昨天刚从城里学回来的，他们把肉叫作菜，那肩膀上的肉不就是菜吗？"父亲一听，"啪"一巴掌过去，怒吼道："你这臭小子，我花那么多钱，让你去城里学本事长见识，你就学了这点回来？！"

　　那个小伙子只看表面现象把菜说成肉、肉说成菜的故事，一直深印在我的脑子里，那情景恍惚刚发生在昨晚。早上突然想着要写几句有关爸爸的故事，到办公室后就敲下上面的文字，时不时地泪流满面。

随记于 2012 年 2 月 27 日

大 姑 妈

小溪边的村子虽不大，但出名能干的妇女却不少，这些妇女们各有所长。

大道地的那位阿姆是大厨，村里哪家一旦有红白喜事，她就义务做上好几十桌的饭菜宴请宾客，而今她的大儿媳妇林萍接了她的班。林萍是嫂子的发小，爸爸去世、侄儿结婚，开始几天的菜都是她来掌勺，炒菜水平堪比饭店里的大厨。

另一位阿姆夏桂是接生婆，村里不少小孩都是她用那双能干的手将他们一个个接到这个世上的，现移居北京怀柔，住在她做律师的大儿子庞正中买的豪华别墅里安度晚年，长年有保姆照顾其饮食起居。几年前，我刚从澳大利亚游学回来，去参加在红螺寺边上的别墅里举行的老乡聚会，阿姆做了好多老家美食饺饼筒招待大家，聊天时还说我也是她接生的。

但最富传奇色彩的还是名叫玉妹的大姑妈，她好像是一位全能的人。

大姑妈的儿子才四个月，她丈夫因纠纷杀了隔壁邻居犯了命案跑到台湾去了，她一个人将儿子抚养成人并让他学了木匠，爸爸的那副上好寿材就是他亲手做的。大姑妈没有兄弟姐妹，她父亲从东阳收养了一个儿子叫庞学金，只比她自己的儿子大三岁。我奶奶（事实上是外婆，我们从小叫奶奶的）说将二女儿（妈妈的妹妹，我们从小就叫姑姑）嫁得近一点两姐妹可以互相照顾，经隔壁的奶奶做媒，就嫁给了庞学金。这样，我们的关系就非常密切。

大姑妈原嫁到街头去了，但她丈夫出走儿子长大娶妻后，她将户口迁回前丁村，与姑姑家住在一起，但各自做饭。姑姑的孩子们小时候，常与她一起同床而眠，感情深厚。有时候，我也跑去凑热闹，一起挤在那张楼上的小床上。那时，他们居住的四间二层瓦房是全村的集会场所。廊檐下靠墙横放着一根大树段，可以坐十多人，加上桌子、椅子等，常常聚集着数十人，在那儿聊天、打扑克、讲故事、织毛衣、纳鞋底等，小孩子们就在道地上踢毽子、跳绳、造房子或楼上楼下捉迷藏，各干各的。因那儿场面好，夏天凉快，冬日暖和，太阳从早晒到晚，尤其是一日三餐吃饭时间，大家都喜欢端着饭碗去那儿凑热闹，边吃边聊天。那一派热闹场景依然留在不少村民的记忆中。

大姑妈的人缘好，村里男女老少都乐意与她交往，这也是她家门庭若市的关键原因。在我的记忆中，她好像是无所不能的，无论你问什么，她都知道答案。年轻姑娘织毛衣，不会起针，问她，她总是马上停下手上的活，教她怎么编织。她还抽烟，这在当时也是件稀罕事儿。

可是，这么能干的人，生活似乎一直不尽如人意。有一年的大年初一，她儿子来看她，说："我们包了肉扁食吃。"但他并没有带点肉扁食来孝敬母亲，而大姑妈太穷了，只能用年糕粉来做扁食皮。事实上，生产队时，种植的粮食产量不高，家里要是没有全劳力赚工分，能分到的粮食就非常有限。青黄不接时，粮食不够吃的人家比比皆是。我们家因爸爸勤快，到处自己挖地种各种杂粮添补，妈妈又勤俭治家，倒是从未缺过粮食。在青黄不接时，妈妈会瞒着爸爸将粮食偷偷送给姑姑一家。而姑姑也是多年来养成了习惯，只要家里有什么好吃的，就要分送一点给妈妈。今天上午，姑姑看到我在家，先是送来了好几斤红豆，随后又送来一篮子山地种的番薯。这些纯绿色农产品，虽然看着不怎么起眼，但做过农民的都知道从豆粒下土豆苗长大到豆子成熟再到红豆可以下锅煮稀饭，其间需要经过多少道工序花费多少心血和辛苦。

88 岁的大姑妈满头银发、思路清晰，还是年轻时的优雅模样。2012 年 11 月 11 日来前丁时，一眼就认出了我。我特意为她与姑姑以水井头的老樟树为背景拍了一张合影。

大姑妈就这样一个人生活着，等待着远方的丈夫回家。当大家以为大姑妈就这样子在村子里慢慢变老时，她却在守寡 30 多年后，自己 50 多岁时远嫁到宁波去了。据说是她的好朋友在宁波退休后，生活太孤单将她哄过去做个伴儿。遗憾的是，大姑妈嫁到宁波没两年，那好朋友就先去世了。大姑妈所嫁的那个丈夫叫祖安，年龄比大姑妈小两岁，他妻子生病去世后，家中留下三女两男，最小的儿子才 15 岁。年纪稍大的几位女儿开始根本不愿意叫她妈妈，但过了一段时间，大姑妈的贤惠和爱心赢得了他们的敬爱。孩子们视她如亲妈妈一样，待大姑妈很不错。但造化弄人，再嫁十多年后，大姑妈在台湾的丈夫回来探亲了，听说给了他儿子不少钱，让他可以建新房子。那丈夫在台湾已娶妻生子，曾等待了他 30 多年的大姑妈，不知心中是啥滋味？

　　自从大姑妈嫁到宁波后，我在外读书工作，就再也没见过面，只听妈妈说她把家中的孩子们都养大成家立业后，生活也越来越好了。那年，叔突然意外去世后的转年正月初二祭奠时，我见到了已 88 岁的她，满头银发、思路清晰，还是年轻时的优雅模样，一眼就认出了我，我特意为她拍了几张照片。后听说她在老家病重时，宁波的孩子们特意开车来接她回去，一个个悉心轮流照料服侍，她的病情也大有好转。或许这是上天对能干善良的大姑妈的回报？

随记于 2015 年 12 月 1 日

蚊帐与被子

多年来，一直不明白妈妈当年为何在农闲时，总是忙着织麻线纺纱线，看着她因赶着将手头的麻或棉筒织完而耽误了做饭的时间，我曾故意说："等到我们长大结婚时，估计已没人再用这样的蚊帐和被子了。"妈妈听后，就笑眯眯地说："你们不用是你们的事儿，我做娘的还是要准备上的。"

上午，看妈妈在家闲着无所事事，我就建议说："要不咱们去姐姐家一趟，干脆就在她家吃中饭？"这一说，就勾起了妈妈一肚子的话。妈妈说：姐姐出嫁到下畈时，我送她两床新被子和一顶蚊帐作为嫁妆。出嫁的女儿要是自己没有，一旦吵架了，就会被人拿走没得用。这样的故事，妈妈是如数家珍，说：街头的小婶嫁过来时，没有蚊帐，结果与你外婆（爸爸的妈妈，我们一直叫外婆）一吵架，那外婆就去将蚊帐拿走；隔壁的阿姆出嫁时没有被子，年轻时与大伯一吵架，那大伯就将被子抱走；学梅两夫妻都有蚊帐，每年夏天时，两顶蚊帐各用两个月。原来关于蚊帐和被子有这么多鲜活的例子让妈妈看到听到！妈妈有四个小孩，吸取教训，就下决心要让每个小孩在结婚时至少都有蚊帐和被子，免得到时受人欺负。

记忆中，为了实现这一心愿，一年四季只要田野里的农活不太忙，妈妈总是坐在堂前不是织麻线就是纺纱。家里后门的地上年年种棉花，墙头屋脚种麻。妈妈自己割麻，再一根一根剥下来，然后还用敕夹将中间的淡黄色麻夹下来，晒干收藏，等到农忙过后，她就会一坐半天将麻织成线。日积月累等线够做两顶蚊帐时，她就请师傅来家里做蚊帐。那被子的棉线也是这么一点一点积累起来的。

小时候，冬天放学回家，总看见她坐在堂前纺纱。她的动作娴熟、收放自如，纺成的线粗细均匀。妈妈说她一天从早忙到晚只能纺二两，而一床被子要六斤，有时整整一个冬天可能只纺出一床被子的线。积存好几年后，她就请远近闻名的陆马桥的立桃师傅来家里做成布。他来前丁村干活时，常住在杨家坑人家里。师傅中等个儿，身材结实，手脚麻利，喜欢边干活边聊天，我也喜欢站在他边上看他动作麻利的样子。

他先在场面比较大的操场上将一根根线拉好刷上糨糊，说是营布；再在堂前架起织布机，两手协调配合，右手前后推架子，左手送梭子，那梭子穿来穿去，那布就一寸一寸往下长。织好的布，通常只有 2 尺宽，做包被的要二尺二宽，就得拼上一幅。妈妈将这些布挑到溪滩，将糨糊洗掉，并直接晒在溪滩的石头上。这些场景，至今说起来仍历历在目。

经过好多道工序织好布后，还要去找专门的印染店染色。做被子的布，通常会染成藏青色，再印上龙凤之类的花样。然后，妈妈会自己裁剪做成一床床被子。这被子是最为地道的棉布做的，从种棉花开始到成品的被子，往往要历时好多年，其中饱含着父母对子女未来幸福生活的期待与祝福！

由于当时的工艺比较粗，那被子虽然暖和贴身，但崭新的时候感觉有点硬，盖起来不是太舒服。我和弟弟结婚时，都明确告诉妈妈不要这样的被子，妈妈也就没有将白布拿去染色印花。但礼仪上又需要这么一床被子压箱底，我结婚时就向姐姐借用了一床清水荷花被。也许是我借用后没有及时还给姐姐，新房也一直没人住，过了几年，我把出嫁时妈妈为我置办的十床被子都运回妈妈家，托妈妈照看保管。多年后的一个阳光明媚的下午，姐姐来妈妈家要回那床被子，因她的女儿快要出嫁了，想着现在再种棉花织布做清水荷花被也不现实，但那份祝福似乎又不能少。姐姐说："有两床被子，正好可以给我的女儿和儿子一人一床。"我就帮着姐姐从专门放被子的橱柜里翻找。姐姐说她被子的缝线是用缝纫机踩的，这是证据。结果，还真找到一床清水荷花被，那缝线正好是用缝纫机踩的，也就说明当年我借用姐姐的被子一直没有还给她。姐姐

妈妈为我准备的嫁妆被子,底下露出一角的就是清水荷花被子。

把被子拿走后，妈妈似乎不太高兴了，说姐姐多拿了一床，而姐姐说根本就没有多拿，我的判断是妈妈可能记错了。但向来以好记性出名的妈妈，清水荷花被在她的心中分量又那么重，我又该如何说服她让她承认自己的记性发生了偏差呢？

随记于 2015 年 11 月 30 日

初　夏

　　自从上大学后，记忆中就再也没在初夏时回过小溪边。5 月底在杭州参加完大学同学毕业 20 周年聚会后，趁机回了一趟。一进村头，看到的是满眼的翠绿。此时，黄瓜、南瓜、冬瓜、豇豆等蔬菜，在金灿灿阳光的照耀下，都在房前屋后你追我赶地生长着，真是万木茂盛、百草欣荣的时节。那份耀眼、纯净的绿让人眼睛为之一亮，使人感受到生命蓬勃生长的喜悦，也让人顿时明白了"生机勃勃"的含义。其中，最引人注目的是一排排齐整、嫩绿的玉米，多年前就成了我拍照的绝美背景，这次也不例外。让爸、妈站在自己栽种的玉米地里拍上几张照片，留个影儿，他们嘴上虽说："拍那么多照片有啥用？"但还是听从我这位业余"摄影师"的指挥，认认真真地配合得恰到好处。

　　初夏的绿，让人心醉！

　　每次回家，除了欣赏美景外，还能享受美食。这些美食的原材料都是爸妈自己在地里种的，带着金黄色太阳的味道。只要我在家待着，妈妈就整天琢磨着做什么好吃的，包粽子、做青饼、炒米干、糊饺饼筒等，尽想出花样儿。能干聪慧的妈妈居然想着在盛产青的时节，把青与米粉磨在一起放着，等我回家时就可以做青饼。让我佩服的是，妈妈做菜不用多少佐料，味道却相当不错。如妈妈做的饺饼筒，就那么几样菜放在一起就满口生香，而我做的时候需特别强调食材的新鲜与品质，感觉还是妈妈做的更好吃一些——尽管自己在京城做的饺饼筒也颇受老乡们交口夸赞。尤其是需要技艺的东西，妈妈从来都做得漂漂亮亮、完美无缺，如包粽子，不但味道好，样子也俊，一个长角尖尖的，另三个角在同一平面上，长短大小一致，绳子绕两圈就行了，秀秀气气的。她自己还发明了一套粽子菜谱，说是头天晚上先用温水淘米、沥干，放着；将切碎的精肉放上酱油、料酒、生姜和盐腌起来。第二天早晨，把腌制肉的汁倒入糯米中拌匀，这样包出来的粽子不但味道鲜美，而且芳香四溢，可以与大名鼎鼎的嘉兴粽子相媲美。我一说好吃，她就笑脸如花，让我连吃好几顿。

想着一年到头能吃上妈妈包的粽子，毕竟次数有限，就让妈妈重新将指法演示一下（小时候学过，早生疏了，这次她一个人大清早就包完了）。印象中跟她学手上的功夫，无论是糊饺饼皮，还是做包子打茧，她总是强调指法的重要性。果然，我回京后试了两回，颇受"美食家"女儿的好评，一连吃了三顿，还问我什么时候再做这么好吃的粽子，看来我的招牌菜又添一道啦！

在小溪边的家族中，炒菜水平最高的是嫂子。她的招牌菜有红烧鲫鱼、牛肉炖萝卜、排骨玉米、肉丸子、炒面等。她的高明之处，是在短时间内就能端出满满的一桌菜，且色香味俱全，每一道都鲜美可口，尝过她厨艺的亲戚朋友都公认嫂子做的菜比一般开饭店的农家乐还要好吃。家里一旦要宴请宾客，如每年为爸妈举办生日聚会时，嫂子就是当之无愧的大厨，妈妈、姐姐、弟媳妇和我就成了帮手——即便是6桌菜，在她也是小菜一碟。

嫂子会提前将要做的菜列出菜单，不易变质的菜先买，需要特别新鲜的蔬菜、肉等，当天一大早与哥哥一起去上街的菜市场采购。因他们自己卖过菜有经验，买的菜总是又便宜质量又好。多年来，嫂子做的鲫鱼，我认为是最好吃的：肉质鲜美、咸淡适宜、毫无腥味。一般情况下，无论是在单位的食堂还是去各类档次的饭店聚餐，我轻易不点鱼也不吃鱼。几年前，我曾特意向嫂子请教过如何做鱼，她说的方法其实非常简单：先把生姜放锅里加适量油，油热后将鱼两面煎黄，再加点醋、糖、料酒和漫过鱼的水，大火烧开后转小火烧至汁微干，加绿色的葱，出锅摆盘就行。但她一再强调在烧的过程中不要翻鱼，不然会有鱼腥味，说这是她妈的经验，她信，但我不明白原理何在？因京城不容易买到活蹦乱跳的鱼，我也做得不多，有时就买冰冻的龙利鱼来做酸菜鱼，没有鱼刺，女儿特爱吃。

与庄稼蓬勃生长的盛景形成鲜明对比的是，此时的村里人迹稀少，几乎所有的年轻人都出门做手艺或做生意去了，远没有过年时的热闹。偶尔能遇到的也只是几位上年纪的大伯大妈，他们看到我时都显出一脸的惊讶，问："这个时候你怎么会回家呢？"他们都非常勤快，起早摸黑，不是在田里忙碌着，就是在地里侍弄着，我路过时就趁机偷偷为他们拍下干活时的模样，如果真让他们对着相机镜头，他们就会紧张得很不自然。在这些左右邻居中，最上照的就是我家姑姑了，每次为她在田间劳作时拍的照片都那么自然、漂亮！爸说："她最辛苦了，天天做，种了不少东西，但又不知道拿到集市去卖，而是到处送人。"正说着，姑姑又挑着重重的一担黄瓜过来了，送妈十多根，嫩嫩的，还滴着露水呢！

想着在京城超市买菜时，看着那些蔫不拉叽的蔬菜，都不知存放多少天了，我向来都看不上眼。在小溪边，若是想吃黄瓜，就自己到地里去，看着哪根漂亮喜欢哪根就顺手摘下。咬到嘴里，满口清香！那天上午，我跟着爸妈去挖土豆时，用指甲刮开皮一看，就是我最喜欢的黄心土豆，无论是做土豆麦饼，还是切片刨丝，都是粉粉的、蜜蜜的、香香的，平时在京城的菜市场也很难买到。心想住在城里的那几位同学会喜欢这种正宗的纯绿色土豆，我就边摘边选出一些最光滑漂亮的可以送给她们。妈就说："要不是你住得那么远的话，自己也带点走。"说得是呀，可惜实在是太远了点。

每天早晨，还不到五点，天刚亮，村民们就在屋后走动、打招呼，开始去田野干活了。而晚上才七八点，整个村就寂静无声了。一到夜间，就能听到水田里青蛙的大合唱，"哇哇哇、叽哇叽哇、叽叽哇哇"，此起彼伏，就算是睡不着，也可以聆听这免费的交响曲，自然比只能看天花板、听城市里的噪声强多了。天刚蒙蒙亮，知更鸟就开始歌唱了，那动听、悦耳的小调，你唱我和，你高我低，你呼我应，又是一场免费的音乐会！老同学约着一起去看山清水秀的峇溪里风景时，我说这两天感觉太棒了，每天大清早都能听到鸟儿唱歌，她们说："我们也能听到呀，现在的环境真是好多了，鸟儿也多了。"原来，住在小县城的她们，天天都在免费享受大自

2005 年 5 月 31 日，我跟着爸妈去挖土豆。他们种的就是黄心土豆，无论是做土豆麦饼，还是切片刨丝，都是粉粉的、蜜蜜的、香香的。后来，下班后哥哥也来帮忙。

然的美妙歌曲啊！

原以为要养成早睡早起的好习惯似乎是不可能的，但到了小乡村这样远离城市的喧闹和嘈杂的环境中，自然而然就随着鸟儿的歌声醒来了。出门看看清晨时的风景，走在田埂上，瞧瞧两边地里开着黄色大花儿的金瓜、小花儿的黄瓜、紫色花儿的茄子、白色小花的豆角等，一片生机，远处的山坡上白雾弥漫，身边的小溪欢快地奔流着，似乎一切都在等待着太阳的升起。心想以后要是自己每天都起这么早，一天能做多少事儿呀！

村民们天天这样忙碌着，虽说赚不了多少钱，但每天都有收获，如松了一块地、挖了半丘土豆、垄了几行玉米，生活充实而有成就感。即便是七八十岁的年纪，仍吃得香、睡得沉、笑得爽，身强体健、精神矍铄。这些又岂是那些衣着光鲜、过着灯红酒绿的奢华生活、时时算计着成败得失的人所能享受的？心想《瓦尔登湖》的作者梭罗曾长年生活在湖畔，终日与禽兽为邻、与寂寞相伴，以证明自己一年只需工作6周，就可以换得全年的生活所需，最后以充满智慧与恬静的《瓦尔登湖》一书享誉世间，这一决定真是太睿智了！早年毕业于哈佛大学的他，用实验证明一个人的需要其实很简单。抛却文明的繁琐、减少物欲的羁绊，过一种返璞归真的生活，尽情享受人生的真正乐趣，这也许是物质并不富裕的农民们所求甚少但知足常乐的关键所在！

随记于 2009 年 6 月 6 日

鸟儿音乐会

在小溪边待着，除了妈妈做的各种美食外，还有一大天然的享受就是每天早晨天刚蒙蒙亮时的鸟儿歌唱。不同种类的鸟儿叫声完全不同，有如不同乐器的演奏，它们似乎每天早晨都要聚集在一起聊聊天儿，哪怕是阴天也不例外，除了细雨霏霏的日子。

每天此时，我就躺在床上，免费欣赏鸟儿们的音乐会。通常刚过 6 点，鸟儿就开始歌唱了，从叫声上分辨，至少有五六种，声音最为清脆悦耳的是画眉，唱着"咿呀 ~~~~，呀呀 ~"，先长后短，好像在问："你醒了吗？醒了吧！"看到大家都聚在一起了，就有鸟儿在"唧唧呀呀"地说个没完，这时就出现一个不满的声音"叽将呀、叽将呀、叽将呀"，像在说："你说呀，你说呀，你说呀！"而对方也不甘示弱，就蹦出"哗、哗、哗"地抗议着，有如"就是这样，就是这样"的意思。突然，出现一阵"唧唧唧唧 ~~~"急促的叫声，如"快快快"地催促着；接着，就听到了"呢呀 ~~，呢呀 ~~~"的叫声，显然是另一只鸟儿来了，其声音悠扬动听，煞是让人喜爱。就这样，没过几分钟，鸟儿就越聚越多，声音丰富多彩、语调也千变万化，显而易见，他们正在热火朝天地聚聊着。

遗憾的是，自己听不懂鸟语，心想不知有没有鸟类专家能听懂他们的对话？转而就出现了"呢呀、呢呀、呢呀"的窃窃私语声，好像是好朋友之间在说悄悄话，而不是刚才敞开嗓门的高声歌唱了。也许是聊到开心的话题了，就出现了"玱、玱、玱"的声音，好似人类的"哈、哈、哈"开怀大笑，同时夹杂着"叽叽叽叽"的声音，似在掩面而笑，声音小而柔和。

就这样，他们在"叽、叽、叽""叽叽将将""叽和、叽和、叽和"地充满激情地"演唱"着，直到7点多时，随着"竹咕咕、竹咕咕"嘹亮歌声的到来，这也到了该起床的时间了。

在欣赏了无数次的晨间音乐会之后，突然感觉自己的文字很难描述出这些精彩的鸟叫声。一天早晨，我干脆就早起端着摄像机偷偷地把整个场景如实地记录下来，断断续续地拍了好几个小时，总算看到了音乐会演奏者主角们的"真面目"：叫声最清脆悦耳的是全身都是灰黑羽毛的画眉鸟（也许太远了没看清是不是这种鸟儿），它们正好站在枝头上；还有一种鸟，身上的羽毛是黑色的，但飞翔时两边的翅膀长着两片白色的羽毛；而"竹咕咕"的体型最大，飞起来的速度也特别快，刚听到叫声时，似乎还在遥远的柏树脚那儿，再听到悠扬的声音时已从眼前飞过了。

突然间对鸟儿感兴趣，就特意查了一下画眉的相关资料。原来画眉背羽绿褐色，下体黄褐色，腹部中央灰色，头色较深而有黑斑，具有明显的白色眼圈，向后延伸呈蛾眉状的眉纹，故称画眉。画眉鸟喜欢在晨昏时，站在枝头上鸣唱，叫声明亮悦耳，为鸣鸟中之佼佼者，在世界各地都深受喜爱。

让人悲哀的是，在我将要离家的几天前，住在前面的邻居要整修屋后的地面，居然将两棵高至两层楼的大树砍了，而且在树即将倒下的刹那间，树枝上还停留着好几只麻雀，尽管麻雀的"叽叽喳喳"不太好听，但没有了树，其他的鸟儿也无处栖息了，我的摄像机恰好拍下了大树倒下、鸟儿惊飞的那一刻。眼下的国人，那么讲究风水，要是连树都没有了，鸟儿也远走高飞了，只剩下一个无声的世界，还有风水吗？这让我想起澳洲老百姓们的普遍做法，他们总喜欢在自己的房前屋后栽上各种各样的树儿花儿，有些甚至直接搬来大树栽上。普通民众生活理念的差异由此可见一斑！

随记于 2010 年 3 月 6 日

乡 村 生 活

在城市化脚步不断加快的时代，乡村的生活渐渐又成了人们欣羡的对象。曾几何时，农村来的学子还为自己的出身而自卑，有的会在人前背后极力隐瞒。

让人记忆犹新的是，那年刚到北大读书时，班级的中秋晚会由我主持，节目演出到一半，大家正玩得热闹开心时，班中一位个子小小的男同学，突然问旁边的女同学："我们班没有从农村来的吧？"恰好那位女同学就来自农村，就很不高兴地回说："我就是呀，你什么意思？"为了解围，我也随口说："不好意思，我也是农村来的。"我说的是实话，但听我这么一说，那位男同学马上满面通红，一脸窘态。或许他只是出于好奇才问这样的话，但显然让那位女同学心里不舒服了。此后，再也没有遇到过如此直白的问话，自己也从没想过农村出身有什么不好。

说实在的，小溪边的生活，我是从心底里喜欢，即便是农忙"双抢"时节，每天割稻插秧，累得腰酸背疼，也能让人感觉到"立竿见影"的收获，那份成就感远非其他工作能比！当你看到几天前刚种下的水稻日长夜高、满眼翠绿，那自豪感真的会油然而生！另外，还能时不时地听到村民们夸老爸的庄稼种得好，不但老爸的心里美滋滋的，我也跟着沾光呀！

事实上，无论哪一行，要做到最好都是相当不容易的，除了勤快，还需要点天赋，正因为如此，从小我就非常佩服身为农民的爸爸。

记得去年刚开博客时，曾有朋友问："为什么要叫小溪边？"真是说来话长，一言难尽呀！也许是自己从小就在小溪边长大的缘故，对村前屋边的那两条小溪喜欢不已。其实，村前的小溪比屋边的要大得多，尤其是夏天，当上游的里石门水库放水的时候，溪水奔腾，两岸芦竹茂密翠绿。拐弯处的前山，是太阳上山的地方，无论从哪个角度取景，都是一幅美丽的山水画。

溪滩，是村民们的习惯叫法。它发源于磐安县大磐山南麓，由后求入天台境内，流经8个乡镇。始丰溪主流长132.70公里，在天台县内有68.5公里。最上游的里石门水库，而今又多了一个诗意的名字——寒山湖（据传寒山曾在旁边一个名叫寒岩的地方隐居多年），这里是度假休闲吃农家菜的好地方。其中的招牌菜鱼头炖豆腐味道鲜美、价格不菲。天气晴朗的时候，溪滩就会聚集不少人，大家边洗衣洗菜边聊天，一派热闹欢乐的景象。

溪滩边的风景一直是我拍照的对象。靠村这边，早年是由一道道长满杂草荆棘大树的长短不一的堤坝隔成的一片片地。80年代初分单干后，不少村民就改成种桔子、桑树等经济作物，但几年前，镇里平整土地，不但平整了村边的田，村前的溪滩地也在其中，生长了好几十年的一人多高的桔树、桑树全被砍伐，而今成了光秃秃的毫无特色的一片荒地，风景不再。

新屋东边的小溪，大家叫后门坑。以前村里没有自来水，要洗点什么，附近的村民们抬脚就走到小溪的九龙桥下面去。九龙桥是由三条长长的厚厚的石板铺成的桥，旁边长着两棵高大的柏树，还有一座关公庙，这就组成了一道独特的风景。夏天桥下就成了村民洗衣纳凉的好去处。事实上，无论春夏秋冬，这里都是村民们的聚集地，大家碰到了互相聊聊今天都干了什么，庄稼出了什么问题等。夏天的后门坑，简直就是一个"大澡堂"，劳作了一天的村民们都会到这里洗洗。而我家离得最近，在厨房就能听到小溪里是人多人少，我们经常等到人少或干脆无人的时候再去。

原先的后门坑，一边是地，另一边是邻村的田，水岸边长满各种草，溪流宽宽窄窄，最窄的地方，可以随意跨越两边。小时候，无论是放牛或放鸭子，我都喜欢沿溪而上或顺流而下，曲曲弯弯的，哪一处长什么样的草，心里都一清二楚。到了种早稻的时节，水田里的青蛙就会大奏交响乐，响彻云霄！夏夜，可以跟在哥哥的后面，提着超亮的手电筒去田里捉青蛙，

1991 年 10 月 1 日为姑姑在后门坑边上拍照，姑姑前面的贮麻，就是妈妈种了用来织蚊帐的。这是后门坑原有的风景。

那青蛙被强光一照，就傻傻地不动了。现在想来，捉青蛙还真有点不合适，但那时为了喂鸭子，好像没太多的感觉。遗憾的是，这么一条风景无限的小溪在平整田地时也被整成了一条直直的、两边都是岩石砌成的水沟，岩石上常挂满塑料袋、布条等各种垃圾，毫无美感可言。难道这也是农村城市化的一部分？

在国外时，我曾见过无数的农村小镇，整洁、安静，离家不到百米就是高速公路，但似乎从未见过用岩石砌成的小溪，随处可见的溪流总是原始的模样，充满灵气和活力。

尽管村里的风景、面貌和风气都与往昔大不相同，美食也不是天天常有，但总的来说，我还是喜欢小溪边的生活，其中最主要的原因是那个环境可以让人全身心地放松。每天清晨在鸟儿的歌唱声中醒来，可以呼吸到清新的空气。尤其是雨后的早晨，那空气中弥漫着泥土的清香，眼见的一切都是清清爽爽的。菜叶上的水珠晶莹剔透，特别是涨了水的小溪，更是欢快地奔腾着，让人的心也为之雀跃！原来我十分喜爱江南的雨天，但最近几年因农村的建设没跟上，原本是小石子铺就的道路，也因年久失修而坑坑洼洼，一下雨，就到处泥泞难行，开始有点烦雨天了。幸好今年春节待在小溪边时，绝大部分的日子都阳光明媚。每当自己窝在房间里坐在电脑前敲着键盘时，那蓝天白云、青山美水就会浮现在脑海中，那才是人应该生活的地方！

做农民，最大的优点是自由，最难忍受的是清贫，若能做一个不用为钱而发愁的农民，那可以说是一份相当不错的工作。但年轻人，很少有安心在农村待着的，其首要原因就是为了多挣钱，对年老的农民来说，就不存在这个问题了。他们只是守着一辈子的家，基本上过着自给自足的安静生活，只是偶尔去镇上买点肉之类的。每到阴历的二、七集市时，村民们都喜欢去镇上转转，这也是他们了解外面世界的一条重要途径。

随记于 2010 年 3 月 8 日

金　秋

数年来，我通常都会在国庆节时回小溪边一趟。金秋十月，可以说是小溪边最美的季节之一，尤其是这个长假，除了最后一天受台风影响下雨外，天天阳光明媚、蓝天白云。走在两边都是金灿灿水稻的田埂上，收获的不仅仅是清新的空气。从天天雾霾的京城回到白云悠悠的小溪边，大清早就听到竹咕咕那熟悉的叫声，刹那间，似乎明白了今后自己该待在什么地方养老……

记得数年前，再去曾经那么熟悉的墨尔本房东 Richard 家住着，可心里却感觉多了一份陌生感，也迷惑着自己这一次出行选择是否正确。第二天早晨刚睡醒时，突然间，从远方传来熟悉的竹咕咕那悠扬高昂的叫声，心底里那份陌生感顿时消失殆尽。原来在异国他乡，也有一样的鸟一样的叫声，漂泊的心即刻安定下来。也许，故乡之所以会令那么多游子魂牵梦系，其根源就在于那份深入骨髓的熟悉；反之，身处一个完全陌生的环境而心生恐惧与不安，也是因为少了那份熟悉。

这次去美国游学又要待一年，我特意在临行前回小溪边看看爸妈，基本上是安安静静地待在家里，因而感受也不少。

每天早晨，都能看到村民们在地里忙着收拾菜蔬，他们种出来的各种蔬菜，味道鲜美，与城市里买来的完全不同。妈妈拿来还带着余温的鸡蛋，那蛋壳是鲜亮的，怎么做，味道都不错。但看着小溪对面的养鸡场，就让人无来由的不舒服。说起来，他们为了赚钱养家，也许无可厚非，但一想到那些天天被关在笼子里的鸡，且因水管相连，影响到自家用水方便时，

金秋时节，小溪边周边满是金灿灿成熟的水稻

那份厌恶就更甚了。好在他们为人不错，无论何时见到都会热情地打招呼。爸爸摔倒了，他们会热情地帮着搀扶；夜深了，妈妈要找小儿子时，他们也不厌其烦地帮着打电话；过年时，他们还送大雄鸡给爸妈。每次回家，妈妈都会说起他们的好，想着他们的勤劳与善良，心里的感觉就好多了。也许不同的鸡有不同的命吧！而且邻居们，每天来来往往看到我在院子里待着，都会亲切地打个招呼问声好，并时常将自己刚从地里采摘来的白菜、南瓜等送给我们。那份乡情，也让淡漠的城里人汗颜。

事实上，近年来，我回小溪边的次数不少，每次都会有不同的感受。这一次，最大的感受自然不是环境的优美与鸟儿的叫声，而是对养儿防老观念的感悟。早就听人说老的与小的一样，但事实上，没经过服侍老人生活的日子，就不会有那么深切的感受。丰富的人生阅历，不就是经历的事情多了，一切也就见多不怪了……

随记于 2013 年 10 月 9 日

雪 天 闲 思

又下雪啦！一看到白茫茫的雪就让人开心不已，主要原因是洁白的雪能带来好运！十几天前的那场大雪，曾带来了姐夫高国正病情稳定的好消息，现在他已完全清醒，昨天还开口讲话了。借着这场大雪，祝愿他恢复得更快、早日出院！

多年来，由于家族成员们的身体都相当不错，极少与医院打交道，对我国的医院及医疗保障系统也向来了解甚少。这次姐夫突遭车祸意外住院后，才发现县城医院的条件是多么的简陋，整个病房有如菜市场，嘈杂拥挤。最让人惊讶的是，护理病人的工作要家属自己承担，需日日夜夜24小时不间断看护。且不说没有专业护理知识的家人能否做好看护工作，仅这没日没夜的看护，又有几个家庭能扛得住？要是只有一天两天还可以挺住，若是十天半月呢？好在像我辈还有数位兄弟姐妹，能够勉强轮流着三班倒，但半个多月后，也一个个累趴下了。想自己掏钱请个专业的护士或钟点工打个帮手，医院却无这样的服务！心想要是独生子女的家庭，那岂不早就晕菜？！真是一人躺倒，全家人拖垮！且不说高额的医疗费，仅这日夜24小时的全天候看护，就让一个家族陷入了困境，甚至让人丢了工作。让我纳闷的是：对重症病人的护理，为何不由专业的护士来承担？万一在护理过程中，发现问题不及时而导致了严重的后果，这责任由谁承担？医生还要值夜班，护士为何不能三班倒呢？是因为人手不够？

姐夫意外出车祸后，在全家族人齐心协力帮忙下，身体恢复得不错。春节时，我带女儿回小溪边，去看望姐夫和姐姐他们，并随手为他们拍了一张全家福。

由此，我不由得想起在澳洲时，房东 Richard 先生的姐夫因冲浪时脊椎受伤瘫痪在床十多年，那年请我们去他姐姐家过圣诞节，还看到几个小孩在他身边有说有笑。事后，我说出了心中的疑问，"你姐夫病了那么多年，花了不少医疗费吧？""是的，但都是政府出的。政府还每天派专业的护士到他家护理。""那护士的工钱呢？""也由政府出。所以，他们家的小孩该上学的上学该出国的出国，影响不大。"听到这样的话，自然让我十分惊讶，怪不得大家都说澳洲的福利待遇好呢，这也是其中之一吧！

与此相类似的国家是丹麦。在丹麦时，一起做翻译的侨胞雷富贵老师在聊天时说，入了丹麦国籍，要是你在国外旅游突然生重病了，打电话告知你的医疗卡信息后，丹麦政府就马上派直升机把你接回国内治疗。这么完善的医疗保障条件，自然也让人十分羡慕！

当然，那些都是发达国家老百姓可以享受的待遇！在我们发展中国家，无疑是没有什么可比性的。但当老百姓躺在医院的病床上时，希望得到专业护士的护理，难道这样的要求过分吗？

随记于 2009 年 11 月 10 日

过 年

也许是自己年岁渐大之故，似乎更能体会做父母的心情了。尽管春节时旅途劳顿、花钱翻倍，但最近几年，思虑再三，最终我还是回到小溪边过年。

作为中国最传统的节日，在五千年文化的积淀下，春节已成为老百姓一年一度的狂欢节。除了吃吃喝喝和热热闹闹外，我记忆中最为深刻的是过年前，妈妈要楼上楼下大扫除（老家叫掸尘）、做豆腐、做馒头、准备各种年货，如炒番薯糕、打腰芦鸡、烘糕等。大年三十那天还要做饺饼筒，由爸爸主持烧香祭祖，总之是一家人天天忙碌着。当然，最为辛苦的是妈妈，可谓是一年忙到头，只是大年初一的早餐按习俗由当家人爸爸起大早来做，妈妈可以睡得晚一些。他们年年都这么习惯性地过着，也不知父母是否曾想过春节所蕴含的除旧布新、迎禧纳福、祈求丰年等这些含义？

显而易见的是，有了我们的加入，三个年龄差不多大的小孩嬉闹成群，家中自然就更热闹了，妈妈更是乐不颠地天天变着花样尽做好吃的。除了春节，平时要是有机会到江浙一带出差，我也会特意绕道回家看看爸妈——尽管时间很短，待不了几天就得离开。

春节时，自己在家的日子虽不少，但因老家的同学朋友们特别热情好客，经常要出门聚会或聚餐，能安安静静地待在家里的时光并不多。其实，大家都挺忙的，尤其是女同学们，更是家中准备年货的顶梁柱。于是，这两年，我琢磨出一个好办法：先选个合适的时间请那些非见不可或一年来帮过这忙那忙的同学朋友们一起聚餐、聊天，同时将必须做的事儿集中安排在一起，这样自然就省下不少来回跑路应酬的时间，自己就可以闲居在家多陪爸妈几天。

　　记忆中，数年来，回家的第一个晚上，妈妈总喜欢坐在我的床边聊天，告诉我村里的新近变化。此后，要是一起待着，就不一定有那么多话，因她从来就不唠叨，只是说到某件事儿，她才回忆起当时的情景。向来以好记性出名的她，说起多年前的旧事总是清清楚楚、细节俱全。妈妈记得的不少事儿，而我却毫无印象。比如：妈妈说我在台州师专教书时，曾在一年的春节前送村里的大阿姆两条鱼，她特别高兴，一直记着。今年，她的儿子说酿造的蜂蜜是十多年来少见的好，非要送一瓶给我，早拿来让妈妈代收着了。大阿姆是村里数一数二的贤惠人，高个儿、皮肤白净、模样俊俏，曾当过三十多年的妇女主任，做事热情公正、勤快干练，深受村民们的喜爱。妈妈与她的交情不错，在妈妈眼里，村里能干的人实在是屈指可数，她就是其中之一。大阿姆养了三个儿子没有女儿，每次路过我家门前，看到妈妈有我陪着聊天或做家务活时，总是羡慕不已，有时也会过来坐坐聊聊天儿。她的口才相当不错，一次说起邻村算命的陈先生雨天在大街上跌倒、旁人大笑的故事，说他从地上慢慢爬起来，掸掸衣服上的泥土，脱口而出："雨打冷街滑如油，摔倒我陈老九，笑死两街牛"，让人听得津津有味、开怀大笑。不过，对送鱼一事，我真是一点记忆都没有，似乎从来就没发生过。可她们俩都这么说，看来是真有其事。

　　聊天时边看电视边织毛衣是我在台州师专教书时养成的习惯，那时还得过"毛衣加工厂"的雅号，差不多一星期就能织好一件毛衣。这次在家待的时间比往年都长。于是，我重拾年轻时织毛衣的手艺，开始编织一件背心，打算在几天内完成。一边织背心，一边听妈妈唠唠家常，说说这几年来村里的人情世故、世事变化，确实让人明白了不少道理。比如住同一个道地的村民，在世时，整天与田地相邻的一方争界置，结果没过多少年，自己就去世了，原本属于他的最好的自留地也只好送给邻居耕种了。此后，一旦有人在界置问题上发生争执，村民们就拿他做例子。是呀，他争了那么多年，最后又带走了什么？

大阿姆是村里数一数二的贤惠人，高个儿、皮肤白净、模样俊俏，曾当过三十多年的妇女主任，做事热情公正、勤快干练，深受村民们的喜爱。这是2012年1月26日拍的照片，大阿姆已80多岁了，仍耳聪目明，腰板笔直。

在京城工作后，回家的日子屈指可数了。我向来不喜欢事先告诉爸妈什么时候回去，免得他们老等着盼着难受，只在快到家几个小时前打电话说一声，有时干脆就突然出现在家门口，让他们惊喜一下。只是，见时容易别时难，离开他们，是需要一点技巧的。我总是故意把那一刻搞得来不及的样子，匆匆忙忙中说声："我走啦！"就离开他们的视线，而且从不回头看他们站在屋边上目送我离开的身影。如果是中间出门去城里办事或聚餐，他们就会热切地问："还回来吗？""要回来的啦！"我轻快地笑着高声喊道，他们就笑脸如花，放心地"哦"一下。妈有时会说："要是你确定明天晚上回来，我就包好粽子等着你？""不用啦，不一定的。"然后，他们就盼着等着我回家。这时候，因为还要回来，我走的时候，心情就比较轻松。有时，突然会有重情的同学或朋友赶到小溪边来找我，我只好临时决定带他们去爬爬前山或去后岸的农家乐吃个便饭（这几年已迅速发展成为远近闻名的新农村建设的典型），走的时候只是跟妈妈打声招呼而已。

　　说实在的，如果不是去年国庆节时，爸爸在我们家生活一段时间时给我的切身感受，我并不明白孝顺父母的最好方式就是在爸妈生活了一辈子的小溪边多陪陪他们。

　　尽管在北京时，我们每天做好吃的，一有时间就带爸爸出游看风景，但因语言不通，缺少伴儿，他在心底里并不开心。在老家，爸爸每天天刚蒙蒙亮就起床去田野转上几个小时，看看自己的庄稼长势如何。早饭后，若无农活要做或下雨天，就去镇上走走，或到叶宅的老人协会看看电视剧等。妈妈则天天忙着一日三餐和家务，闲着时织织毛衣，带带小孙子等。天晴的时候，俩人一起忙点农活，如出门种腰芦或挖土豆。他们俩的生活都非常有规律，要是哪天我从城里赶回家晚上9点多了，他们俩早睡觉了，第二天早晨看到我冒出来，就特别惊讶而眉开眼笑。毫无疑问，已过古稀之年的爸妈，还是生活在小溪边舒心、惬意！

　　此次回家，我是特意请了探亲假，以便在家能待到元宵节以后离开。同时尽可能减少外出应酬的时间，只在年前去城里一回，请同学和朋友们聚餐以感谢他们在姐夫出车祸住院治疗时的费心帮忙，其余时间几乎天天待在嫂子的鞋店里帮忙卖手套、拖鞋、袜子等。爸爸也每天坐在鞋店台阶的竹椅上帮忙看管，没有顾客光临时，就时不时地聊上几句。尽管这次在家待的时间是近几年来最长的一次，但奇怪的是，元宵节那天离开的时候，爸爸竟然不像往常那样站在屋边上目送我离开，而是一路跟着走到马路口，但我为赶时间，坐上哥哥的电瓶车就飞奔而去了。回京后嫂子在电话中说，爸爸一直走到她的鞋店，还以为我在那儿等着呢！

随记于 2010 年 3 月 1 日

雪中国清寺

多年来，尽管春夏秋冬曾无数次去过国清寺，但记忆中似乎从没看到过国清寺的雪景。今年2月7日晚9点，我们和弟弟一起从京城出发自驾回小溪边过年，因十月份回家时就跟家人商量好了正月初三那天要在街头饭店（用糯米粉蒸的糕点是最有特色的），邀请亲戚们一起为爸爸庆祝80岁大寿。一路顺利，第二天中午12点左右就到杭州了。请女儿的爷爷和大伯他们聚餐后，继续赶路，却在新昌服务区路遇大雪受堵15个小时。在无聊的等待中，我编了一首小诗以记录这次遭遇并当作祝福短信发给朋友们，以表达为人儿女的一份心情：鹅毛大雪狂飞舞，只为团聚急赶路。又逢大佛盛相留，离家三十熬十五。最后，我们在大年初一早晨7点多时到达预定的国清宾馆。堵车后的意外之喜是收获了隋代古刹国清寺的雪中美景，那份静谧，那份空灵，让人震撼，看来自己还真是与佛有缘啊！

在我绕着国清寺拍风景时，也遇到了一位摄影师，扛着三脚架在拍雪中古刹，看他随身携带的装备，显然比我专业多了。但我们俩互不干扰地前前后后转悠着，看来美景总会被发现的。

国清寺建于公元7世纪，经历了皇朝兴废帝王更替后，屡毁屡建劫后重生，至今仍欣欣向荣。现在的国清寺在其照壁上写着"隋代古刹"四个大字，这是因为当年还是晋王的隋炀帝与高僧智者大师的关系非常密切，为了完成大师的遗愿，他派人按照智者大师生前设计的图样督造这座寺庙，名叫天台寺。公元605年，杨广即位后，因为先前"寺若成，国即清"的预言实现而赐名为"国清寺"。因此，现今的国清寺入口处有隋塔、寺内有千年隋梅。但是，国清寺在平静延续了两百多年后，到唐朝后期唐武帝"会昌灭佛"时，第一次遭遇了毁灭性的灾难，所有建筑物被拆毁焚烧。后经唐、宋、元、明、清等数个朝代几位皇帝的重建与扩建，而今看到的国清寺已经是清朝的"雍正版"了。多年来在国内曾去过不少寺庙，但无论是独特的建筑风格、佛像的众多精美，还是其历史的迷云与传奇、环境的静雅与大气，国清寺均是首屈一指的。这样一座与历代帝王有着千丝万缕关系的寺庙，在建筑上，与其他寺庙有许多不同之处：

一是寺庙的门朝东开而不是朝南开。据说原因有二：一是为了体现对智者大师的怀念，因为智者讲经的智者塔院就在寺东北面；二是符合"紫气东来"的传统说法。

二是在布局上多了雨花殿。一般寺庙是天王殿内弥勒居中，四大金刚分立左右。而国清寺的弥勒殿仅供奉弥勒佛，四大金刚独供在雨花殿内。

三是大雄宝殿采取重檐歇山顶的建筑样式，这在古代是一种高规格的建筑，仅次于重檐庑殿顶，因在清代，重檐庑殿顶只能用于皇家和孔子的宫殿，如故宫太和殿采用的就是重檐庑殿顶。另外，"大雄宝殿"四个字是竖式排列，四周还饰以龙纹，这是国清寺作为皇家寺庙的一个独特之处。

四是国清寺的选址四面环山、双涧环绕，而国内大部分寺庙都选址于三面环山的谷地。

在佛教文化传播中，国清寺是朝鲜和日本佛教天台宗的祖庭。天台宗是我国隋唐期间出现的第一个本土化佛教宗派，是汉传佛教十三宗之一。它具有明显的中国民族化特点，以特有的教理和实践盛行于世，建立以后，以天台山为基地，形成了丰富的天台文化现象。公元9世纪初，天台宗被日本僧人最澄传到日本。11世纪时，高丽僧人义天将天台宗传入朝鲜，国清寺因此而名扬海内外。令人遗憾的是，这座古刹在20世纪60年代末再度被毁。1973年，在周总理的直接关心下，国家拨款30万元，正式启动重建工作，国清寺内的140余件文物是在重建时从北京收集运来的，其中有不少来自故宫博物院。最为珍贵的是那尊高6.8米的释迦牟尼青铜铸像。这尊佛像面部圆润柔和，宝相庄严，其姿势是结禅定印，意喻天下安定，

雪后国清寺，一位和尚正在清扫水沟。他就像一位画家，在皎洁清冷的雪地里，舞着笔墨，刷着画布……

和谐融洽。

国清寺内值得细品的内容还有很多，如王羲之的独笔"鹅"字碑（半真半假）、楠木贴金十八罗汉坐像（元代文物）、以天台山传统的漆金工艺用香樟木雕成的五百罗汉（天台山是中国五百罗汉的道场）、智者大师画像、弥勒殿前的石狮子（用整块汉白玉雕刻而成，来自故宫），还有放生池边清心亭上篆刻的一副集句联语：石上清泉松间明月，山光鸟性潭影人心（上联来自王维的"明月松间照，清泉石上流"；下联来自常见的"山光悦鸟性，潭影空人心"）。不过，我最喜欢的还是寒山拾得的对话，寒山问拾得：世间有人谤我 欺我 辱我 笑我 轻我 贱我 骗我，如何处治乎？拾得曰：忍他 让他 避他 由他 耐他 敬他 不要理他，再过几年你且看他。由此，再细看周遭的生活变故，是否会得到某种感悟？

离开国清寺时，恰好遇见一位打扫卫生的和尚，正在清扫水沟里的落叶。他就像一位画家，在皎洁清冷的雪地里，舞着笔墨，刷着画布……

随记于 2013 年 2 月 10 日

鞋　店

在街头镇新大街靠近下街柏树脚的地方，有一家以巴布豆图案为招牌的鞋店，那就是哥哥季立明和嫂子庞慧敏经营了十多年的鞋店。

他们曾在京城做过数年木匠、在杭州卖过几年菜，积攒了一点小钱，为了照顾上中学的儿子，就回老家开了鞋店。开始时，在对面租了两间朝北的街面屋，起步那几年，生意虽然还可以，但每年要交不少房租，一年忙到头，所剩也就无几了。那时，嫂子常说："最难过的日子就是大年三十了。每年这一天，房东要来收房租，而且还要年年涨价。我的理想就是能有自己的卫生间，干干净净的。"这当然要以自己有房子为前提。

2007 年底，为了能实现自己这辈子的理想，嫂子在其舅舅的帮忙下，花了三十多万元买了街头供销社职工的四个股份代表的两间房子，这两间朝南的街面屋虽然面积小，但可以继续做生意而不必交房租，却因供销社内有人想压低价格购买而产生纠纷，经打官司与民间调解，历尽艰辛，2009 年才最终拿到房子，可谓是好事多磨。此后，哥哥家就开始一年红火一年，嫂子说："自从搬到朝南面自己家的房子后，生意一年比一年好，很快就将买房子时借的钱还清了。"经过多年的口口相传，嫂子的鞋店，尤其是童鞋，在街头角这一片，已名声不小。老百姓都说：在这里买的鞋，耐穿质量好，价格也公道。

2015 年春节前的最后一次集市廿七市，可以说那是一年集市中最为热闹的一天，鞋店也不例外。我恰好在家。大清早，天空飘着蒙蒙细雨，我以为这样的天气，老百姓赶集市的时间会稍晚一点。等我们停好车走进大街时，惊讶地看到了摩肩接踵、人山人海的景象，过年的浓烈气氛，直击心头！真是人人都来采购年货啊，大街两边摆满了红萝卜、大蒜、香菇、肖菜、葱以及包粽子的粽叶等，应有尽有！不到10点，云开雾散，太阳出来了，大街上的一切顿时灿烂亮丽起来。

每年这一天，全家族的人都要去嫂子的鞋店帮忙，每人各管一摊，如卖袜子、拖鞋、袖套的，价格比较简单，可以交给临时帮忙的姐姐和姐夫；对各种鞋子价格比较熟悉的，如旅游鞋、女士的长筒靴、小孩子的棉鞋等，就卖鞋子；要是什么都不会的，就站在店里帮着拿鞋子或帮顾客试鞋子。另外，通常由做得一手好菜的嫂子的妈妈专门负责做中饭和晚饭。这一天，整个鞋店内人来人往，热闹非凡。我也因此见识了买鞋人的百相。

奶奶、姑姑、爸爸和一位七八岁的小姑娘。姑姑说："我想为我侄女买双粉红色的鞋子过年，要37号的。"嫂子看了那小姑娘一眼，就拿出一双粉红的鞋子，让她先试一下，看行不行。那小姑娘，嘴里忙着吃糖葫芦，连鞋子都懒得脱下。奶奶看不下去了，就说："为你买鞋，你还跟哑巴一样不会说话。"那小姑娘咬了一口草莓，说："闭上你的嘴！"那姑姑跟着说："闭上你的嘴！"那位爸爸看起来非常老实，话也不多，等小孩把脚塞进鞋子后，只是拍拍她的背，问："紧不紧？"小孩说："紧。"姑姑不信，自己一穿，说："我都穿得下，怎么可能紧？！"最后，还是买走了这一双。好一个一心只知糖葫芦的姑娘！

妈妈和女儿。女儿十岁左右的模样，梳着马尾辫，别着两个粉红花心夹子，穿黄色带白条的毛领衣服，配蓝、黄、粉相间的紧身裤，粉色的运动鞋。她自己选了一双黑色鞋口带毛的靴子试着。妈妈生气地吼着："这双鞋子太难看了，你有没有品位啊？"听妈妈这么一说，那小姑娘就泪满眼眶了，妈妈一见这情景，更是在一边气得呼呼发抖。我就劝那妈妈不必为这样的小事生气，因我自己养的也是小姑娘。侄儿就柔声地问小姑娘："鞋子好穿吗？"那小姑娘含泪点点头。后又换试了好几双黑色的带粉色小圆圈加一朵小黑花的鞋子。最后，还是没买成，两人走出鞋店时，都气呼呼的。

一对年轻夫妇，带着两位只差一岁的女儿。他们先为大女儿买了一双

这是嫂子拿到房子后开的鞋店，他们的生意越做越红火。过年时，嫂子习惯做上一桌美食，请全家人一起聚餐，热闹而开心。

粉色的鞋，那快满三岁的小女儿就跳起来说："我要买新鞋子，我要买新鞋子！"哭着喊着，泪流满面。那妈妈说："我带你去买新衣服，好不好？""不好！"那小姑娘斩钉截铁地说。爸爸就弯下腰，坚决地一把抱起小女儿，说："你有多少新鞋子啊！"就这么被抱走了，可怜的小姑娘啊！好在这么大的孩子，转眼间就忘了，就会破涕为笑的！

另有一对夫妻带了一位四岁的漂亮女儿。女儿长得漂漂亮亮的，圆圆的脸蛋粉粉的，一笑一对深深的小酒窝，头上扎满小辫子。我夸她漂亮，说她长得像妈妈，她就笑得如花盛开般灿烂，歪头歪脑，坐在沙发上前仰后合，开心无比！真是好话，谁都爱听！

刚夸完小姑娘，就进来两位"妈妈"带着两位小男孩。一大一小，相差两岁，大的五岁，小的三岁，都是大眼睛，白皮肤，甚为俊俏。"小的替他找，大的让他自己找。"——妈妈说。"大的鞋子有，不要买了。"——另一位妈妈说。但大的自己特别想买双新鞋，主动去鞋架上找鞋子了。那妈妈的头发染成黑红色的，穿着紫色的薄羽绒服，配着黑色裙裤，戴着一串绿色项链，看起来相当时髦。那小儿子拿着好几个红、紫、蓝、绿的气球，脖子上也挂着一串同质同颜色的项链，长得非常可爱。而看着与我差不多年纪的妈妈，一问，竟然是两小孩的外婆，让我大大的惊讶感叹：妈妈27岁，外婆46岁。小男孩的眼睛像妈妈，灵动晶亮，说是遗传了英俊外公的基因。他们长年在外做装修手艺，生意还不错。这一家人，看着就是幸福的一家子！

让人印象最为深刻的是一位五六岁的小姑娘，问她喜欢什么鞋子，她不说。她妈妈一下子拿了六双粉红的漂亮鞋子，放在她跟前，她却摇头说："不要！"爸爸坐在边上耐心地等着，那妈妈蹲在她前面一一挑选，那小姑娘连试都不想试。妈妈只好硬帮着她脱掉脚上那双黑乎乎的白鞋子。居然还有不想买新鞋的小姑娘，少见！

这一天，进进出出的顾客少说也有好几百人！要过年了，这对老百姓来说是一年中最为重要也需要隆重庆祝的节日，而身为小孩，即便平时不缺鞋子穿，也喜欢穿着新衣新鞋开开心心地过春节。因而，来买鞋子的，多为小孩们，有父亲带来的，有父母一起来的，也有奶奶、外婆跟着来的，甚至是姑姑、舅舅、舅妈带着来的，但多数是妈妈陪着的。奇怪的是，好像没有见到爷爷带着孙子、孙女来买鞋的。在买鞋时，有些小孩听大人的，有些则自有主见，有的小孩因一时满足不了自己的心愿，会满地打滚或躺在沙发上不起来，又哭又闹……

总的感觉是，爸爸为女儿买鞋子特别痛快，说这双鞋子要120元，爸爸一般都会爽快地拿出钱，一点都不讨价还价，几分钟内就搞定，付钱走人，甚至连鞋子不是自己想要的颜色也没关系。有些妈妈则一双一双地试，一遍一遍地讨价压价，最后还是空着手走出鞋店。

原来，即便是卖鞋子，也能从一个人的穿着打扮，选鞋子的种类、颜色，互相之间的对话、态度，花费的时间，讨价还价的水平，谁做主说了算等种种信息中，了解到一个家庭的经济条件，一个人的喜好、性格，家庭成员之间的关系等。察言观色的本领越高，鞋子卖出的可能性就越大，这既需要天赋，也需要时间的历练与积淀，在这一点上，嫂子做得相当不错，这也是鞋店一直红火的关键原因。

从一个人的购物喜好来分析其个性、长相，不正是这几年日渐火热的大数据研究的重要内容吗？正如《红楼梦》中那副对联所说的：世事洞明皆学问，人情练达即文章。

随记于 2015 年 2 月 18 日

校长的菜园子

三年前的暑假，与几位要好的同学，临时起意一起去同学爱武家串门，意外地看到了柳金康校长（爱武是柳老师的儿媳妇）的菜园子，满园子里种着黄瓜、丝瓜、豆角、圆白菜等，而且长势旺盛、一片葱茏，真是让人惊讶不已。

多年来，我们是第一次发现退休后的校长，早喜欢上在自家的小院子里种菜啦。尽管在城里，菜地只是别墅门前的一小块地，但在校长的精心打理下，无论是黄瓜、丝瓜，还是小油菜、葱，都长得绿油油、鲜嫩嫩的，校长也非常自豪地说："这些都是真正的绿色蔬菜。"

当年的校长是我们班的数学老师，即便毕业后多年未见，一看到我们还能马上一一叫出名字来，这对老师来说真是太不容易了！我自己也曾是一位英语老师，二十来年后，再次与当年的学生们聚会时，才发现当年朝夕相处的部分学生，在记忆中早就模糊了。说实在的，每一届有那么多的毕业生，年复一年的，老师能记住的学生名字真是不会太多。那次串门临走时，校长还特意摘下几根特别漂亮的黄瓜送给女儿，开玩笑说让我们带到京城去。当时，就曾想着要写上几句黄瓜记的，但因没有及时完成就一直拖到今日，只好与小油菜们记在一起了。

老同学的女儿柳玥只比我的女儿张蓁宜大几岁，那天，她们俩第一次见面，彼此竟有一见如故之感，随后还一起去参观姐姐上学的漂亮校园——外国语学校。此后，她们就时不时地会 QQ 聊天，因同学的女儿特别优秀，全面发展，自然就成了女儿心目中的学习榜样。平时在学校遇到一些问题

时任北大研究生院院长陈十一教授（右二）看望当年的班主任柳金康老师（左二），陪同的是天台中学校长郑志湖（右一）和县政协副主席曹元新（左一）及时任天台县委办主任的陈益军（左三）。

时，女儿都会请教这位姐姐该如何妥善处理。而年年当班长又大气的姐姐，总是有求必应，且提供的解决方法也特别到位管用。因此，今年回小溪边过春节前，她们俩早就约好大年初一的下午要见面痛快地聊聊。

出乎意料的是，我们刚聊了一会儿，突然来了一大帮客人来拜访老校长。让人惊讶的是，其中的主要客人竟然是北大研究生院院长陈十一教授，陪同的是天台中学校长郑志湖和县里的几位领导。一个多月前，陈教授当选为振兴天台京津联谊会会长，我们刚在同乡的聚会上祝贺过，没想到在老校长家里又遇到了。经介绍，才知陈教授是老校长的第一届学生，当时校长任班主任，他是那个班的语文课代表。校长说他也是全面发展，尤其是乒乓球打得不错。浙大毕业后，他就去美国留学工作，18年后回到北大当教授。在校长教过的众多学生中，确有几位相当出色的，不是学问做得好，就是钱赚了不少。做老师的，一说到那些有出息的学生，大概都会心怀喜悦的。聊起老校长当年的风采，我们不约而同地都认为瘦瘦高高、玉树临风的他，板书时特别潇洒，不但字写得漂亮，而且思路敏捷，学生一不留神就跟不上了。记忆最深的是，校长在教我们文科班数学时，学习的要求和难度跟理科班的一样，平时考试一般的同学，高考时还能得个100多分（那年的数学总分为120分）。这种教学理念和方法，从考试角度来说，可谓是技高一筹。

陈教授一帮人离开后，同学们继续闲聊。后来，在校长、师母和老同学一家人的盛情挽留下，我们就一起在校长家吃晚餐。师母亲自下厨，炒了满满一桌菜，碗碗精致美味，其中最受欢迎的是校长亲自种的小油菜。吃着甜丝丝、清香香的油菜，心里自然而然地生出许多感慨：当年身为重点中学的校长，管理那么多的老师和学生，曾经是何等的叱咤风云、无限风光！师母说，退休后校长就足不出户，只耕种这块菜地，而且乐此不疲，一家子的蔬菜全解决了，多的时候还要送给邻居们分享。这两种角色的完美转换需要怎样的人生智慧与豁达的心态？老同学爱武的出色表现也让同学们夸赞：不但将女儿培养得出类拔萃、样样优秀，而且与婆婆相处得亲如母女、与妯娌亲如姐妹，一家人其乐融融、温暖如春！

随记于 2013 年 3 月 1 日

雨中游石梁

天台山，以迷离的寺庙、灵秀的群山、清澈的谷水、神奇的飞瀑等闻名于世，被列为中国十大名山之一。境内千峰竞秀、万壑争流，"其山、岩、洞、瀑各具神韵，形成古、幽、奇、秀的独特风格"。

说起来，对家乡的这些独特风景，数十年来，不知曾逛过多少回，每次都因季节、游伴的不同，留下了深浅不一的记忆，而且从未有过生烦的感觉。因家乡的风景，想去一趟抬脚就是，从来就没想着要为它写点什么。前不久，与老同学一起，陪北京的同事朋友在雨中游石梁飞瀑后，被满山满坡的嫩绿和谷底潺潺流淌的溪水所震撼，忍不住想说说这份久违的感觉。

说实在的，多年来，在异国看多了游人奇少、环境整洁的自然美景后，对国内那些游人如织的风景点，还真提不起多少兴趣来。在回家乡游天台山前，曾抽空骑自行车去逛太子湾和苏堤，但满眼都是游人，经常被挤得推着自行车走，哪有什么看风景的闲情？

所幸的是，我们赶在"五一"节前游天台山。为避开游人的高峰点，大清早我们就出发了。出门时，天空飘起了毛毛细雨，如果不是远道而来的朋友看一次石梁不容易，我们还真不会按原计划出游。但就因这难得的机遇，让我们看到了空谷灵秀的山景水流与野花。

那天，当我们一行四人走进石梁的下入口时，山谷里空空荡荡，除了自己的脚步声外，入耳的就是谷底水流的哗哗声和鸟儿歌唱声的合奏曲。扑面而来的是清新的空气，凉飕飕的雨丝，这份远离喧嚣闹市的幽静和峡谷万物蓬勃的生机一下子就让我们欢呼雀跃起来！大家连连感叹自己明智的选择与幸运！

　　也许是正好赶上了草木嫩芽勃发的季节，又在清晨绵绵细雨的滋润下，刹那间，"娇嫩欲滴"的感觉涌上心头——那片片嫩叶水灵灵的，撑着伞，从树枝下弯腰穿过，仿佛绿意都沾到身上了。从山顶俯瞰，那白色的沟谷如腰带似的绕山穿过，裸露的岩石为山谷增添了几分阳刚之气！漫步在谷底的小石路上，抬头再看两边高耸的连绵山头，层层的新叶，嫩黄的、嫩绿的，一丛一丛地镶嵌在墨绿的树林中，一派郁郁葱葱的景象！出乎意料的是，眼睛还会时不时地一亮，原来是亮丽夺目的映山红在万绿丛中点缀着！悠悠闲闲地走在这生机勃勃、幽幽静静的沟谷中，那谷底时而宽阔、时而狭窄，看到拍美女照的好背景时，还是忍不住要过上一把"摄影师"的瘾。但因细雨霏霏，也少了拍照的忙碌，反而多了一份静静品景的机会。

　　我们沿山谷溯流而上，一路上没遇到什么游人，让人有种在国外旅游看风景的错觉。就这样，边走边看，走到铜壶滴漏和石梁的交叉路口时，有一小茶亭，供应茶水和天台山的各种土特产，老同学邀请大家喝茶小憩。天台山上的云雾茶，以清冽的山水沏泡，朵朵两瓣茶叶绽放在清水里，看着爽心悦目、闻着清香扑鼻、喝着清甜可口。爱喝茶的朋友自然不会放过这一品尝的好机会，说："难得喝到这么好的茶和水，一定要喝完再走。"看到我留下大半杯的茶水，好生可惜啊！在这里，我们难得遇到了来自舟山的一家三口游客，互相帮着拍了几张合影照。

　　接着，我们再去看铜壶滴漏。这一景点，记得多年前在读高中时，曾跟着地理老师许周营来过，那时四周都是种着水稻的农田，同学们穿过田间小径才看到的。遗憾的是，那时大家都没有照相机，一切只留在记忆中了。这次看到的铜壶滴漏，虽然水流不大，但印象深刻的是：在铜壶前面的一块巨岩上，长着一丛映山红，花朵盛开，与壶底漏下的白色瀑布正好组成难得的一景！另外，老同学临时决定在铜壶滴漏边上的小饭店吃中饭，从头至尾整个饭店就我们几个人，饭店的主人在我们点菜后再去石梁镇上买菜。我们边等边拍美景，此时天空放晴，一片亮丽，自然又是难得一遇的好机会。无论是红烧肉、炖竹笋，还是烧茄子、炒芹菜，味道都相当不错，而且价格也不贵。美餐一顿后，回头再去看神奇的石梁，游人还是不多。

　　说到石梁，对从未亲眼看见的人来说，确实值得一看。有人说它是天台山的第一奇观，说它奇，是因为它是天然生成，横跨在瀑布之上，是世界上极为罕见的花岗岩天生桥。石梁，长7米左右，厚约3米，脊背隆起，梁底空洞高2米多。高约30米的飞瀑从石梁下穿过飞流直下，浪花万朵，蔚为壮观！历史上曾有众多的文人墨客在此留下足迹，如白居易、徐霞客、魏源、张大千、米芾等，纷纷留下诗篇或石刻。据说，月夜观瀑或夜听飞瀑，能深深地体味到"月瀑更较雨瀑谧，千山万山唯一音"的意境，不知何时能有这样的机会？另据专家实地考察发现，石梁是数个条件巧合形成的大自然杰作。奇特的风景，天成需要巧合，而看风景的，若想看到最美的，亦需巧合。

随记于 2011 年 5 月 20 日

娄 金 岗

今天是正月初四，阳光明媚，上午又没什么特别的安排，自从爸爸走后，我每次回家都想着要带妈妈去哪儿看看风景。弟媳妇美莉提议去娄金岗，弟弟新明马上联系娄金岗的亲戚金华，他说车能直接开到了。我们马上出发，上山的路，弯弯曲曲的，确实不好走，遇到好几个路段正在修建中，好在弟弟的车技一流，去哪儿都不必担心发愁。

到了娄基村，不知道路怎么走了，一问才知娄金岗分三个小村。再往左拐，就到了第二个村，迎面遇到一位老年人，我就问：大棍家住哪儿？他就特别热情地带我们从山岗走到山脚，村里的小巷东拐西弯的，高低不平，大多为泥土路，有些地方还相当陡峭。路边建了几栋三层的新房子，但大多是老房子，有些已坍塌，相比之下，这村的经济状况确实不如以涂鸦出名的金满坑村。问路时，还遇到一位中年夫妇，问我们从哪儿来的？知道我们从街头来时，她马上说："哦，原来就是你们啊，大棍他们总说你们对他们太好了，小时候，他的小儿子金华在街头读书时就住在你们家啊。""是的，喏，就是她，我妈妈照顾金华的。"我拍拍妈妈的肩膀说。原来，妈妈善待亲戚的小孩在这山岗上也闻名全村啊。

我们还没到，大棍叔老远就出来迎接了。他还是老样子，我小的时候，他就是这么瘦瘦的，似乎全身从上到下都不长一点肉，头发黑黑的，耷拉着贴在头皮上，眼睛晶亮。那时，他每年都与乌岩坑的大伯一起来我们家拜年，每次都要住上几个晚上。大伯身材魁梧、长相英俊，个子瘦小的大棍叔似乎是一个小跟班，事情都是大伯做主的。他们俩亲如兄弟，就像哥弟俩。大棍叔是为逃避父亲的责罚跑到乌岩坑去的。可惜，后来大伯得了胃癌去世早，从此就很少看到大棍叔的身影。

多年后，听说大棍叔为了生一个儿子，他妻子冬莲阿姨（妈妈的表妹）曾为逃避计划生育跑到我家来住了几个晚上，仍感不安全，又去了别处。又过了多年，他们的小儿子金华到街头镇上学，住在学校，但米、菜等都由妈妈和姑姑供应了好几年。后来，他没考上理想的中学，就回去了。走的时候，也没跟妈妈和姑姑打声招呼，对此，妈曾跟我念叨了好多回。又过了数年，金华在方前小镇上自己开办了一家石头厂，专打坟碑等。因他聪慧勤勉，生意兴隆，再回来看望妈妈和姑姑时，给了她们俩好几百元钱，也变得能说会道了，还说常为村里办红白喜事的家里做大厨。妈妈直夸说：现在变得这么能干有礼貌，当年走的时候都没有说一声，害我们担心了好长时间。我就说："人是会变的，越变越好的话，你们就有福气啦。"妈妈听后，笑眯眯地点点头。

今天，之所以想着开车去一趟从小就久闻其名的娄金岗，主要是因妈妈多次说自己好几十年前，曾与姑姑走路翻山越岭去过一趟，此后就没再去过。出乎意料的是，原以为是一个小小的山岗上的小山村，没想到比想象中的大多了，而且共由三个自然村——娄基、殿前和塘尾巴组成。塘尾巴村最小，仅几户人家，但门前有池塘，鸭子游弋，塘岸长着一棵古梨树，六百多年了。而殿前村，也是大棍叔家居住的地方，跟我自己从小长大的前丁村差不多大，只是房屋建得太密，显得比较拥挤，也有不少老房子坍塌了。此村历史悠久，说是唐朝时的一位李将军丢了官印，为避难，就在此落脚，世世代代生活至今。这个村曾出过一位叫李省元的名人，据说是在省城做过官，但具体做什么官，大棍叔也说不清楚（后来，我上百度搜他，也没找到）。我们先到村子南边转了一下，发现满山坡种满一垄垄的茶树，还有梅花绽放，清新的空气中飘着一股清香，极目远眺，还能看到寒山湖的一角。风景秀丽，环境幽静，实为养老的理想之地。

妈妈背后的寒山湖，整个湖面就像一条长长大大的胖头鱼，鱼身在青山中来回摆动着，鱼尾消失在丛林中。

金华已给他婶婶家打过电话，他们的热情好客之情，我们似感多年未遇了。盛情难却，我们品尝了地道的番薯扁食。那婶婶秀美伶俐，家里收拾得整洁干净，说起村里排污的粪池就建在她家房子（老房子新房子并排，新房子为三层楼）的门前，颇多愤慨！但粪池已建好，要再移走的可能性不大，而且门前的地方也是村里的，我们就建议他们商量一下，将这片地换为己有，然后将道地填平，将粪池的盖再抹上一层水泥不让蚊子跑出，尽可能地改善自己家的生活环境。自己的心态好了，日子就会越过越红火的。

大棍叔和李达浩（婶的儿子）带我们去看风景。这里的风景已开始开发了，在山顶上建了两个观景台——1号和2号。所谓的观景台，就是用几块木板和毛竹搭建起一个高高的平台，架了一把木梯子，爬上梯子，站在平台上，就看到了整个寒山湖的全貌。最宽阔的湖面上，一座座淹没在湖水中的山峰，露出一个个长满树林的山头，就像一只只胖头鱼列队整装待发参加一场海上游泳大赛。而整个湖面更像一条大大长长的胖头鱼，鱼身在青山中来回摆动着，鱼尾消失在丛林中。层层叠叠的山峰四周环绕，白云在山峰上自在地飘游着。既大气，又秀美，真是"踏破铁鞋无觅处，得来全不费功夫"，到处找美景，原来美景就在这里啊！遂赋小诗一首《娄金岗之行》：

山弯路转上峰巅，风光无限在眼前。故地重游续旧亲，天上仙境藏人间。

小李说，这里最美的是下雪后，第二天太阳刚出来，光芒四射，雪山生辉那一刻！可以想象那种绝美是怎样的惊艳！

年岁不饶人，曾一路步行走山路来过娄金岗的妈妈，而今年近八十，在山顶上走上一小段路就累得气喘吁吁了。那凌空架着的木梯，她肯定是爬不上去的。我们只好退而求其次，劝说她爬到难度小很多的2号观景台，看看像胖头鱼似的寒山湖，趁机为她拍上几张照片。妈妈也惊讶这娄金岗竟然还有这么漂亮的风景，以前怎么不知道呢？是啊，难道那时候还没有修建里石门水库？若真是，那就没有寒山湖，自然也就没有连绵不断的大山中藏着的旖旎风光了。

生性喜欢看风景的妈妈，也想跟着我们从山间老路走下山，但大棍叔说太陡了不安全，妈妈只好随弟弟的车回。老路上还有几块不错的大石头，如寒山子抚琴台、官印、畚斗等。路其实并不难走，但有些地方十分陡峭滑溜，让妈妈走确实不太合适。路上，遇到两拨来此看风景的，一拨开车到山顶再去观景台，幸好有我们指路；另一拨是沿我们下山的路爬上山顶，由一位本地妇女带路。艳阳高照、白云轻飘的正月初五，也只遇到这么几位游人，可见此地的美景，知之者，不多。

我们一路赶回家，匆匆吃了点米干汤，就去街头看看嫂子准备庆祝哥哥的六十寿大餐是否需要帮忙。结果，有了儿媳妇庞丹妮的她，菜早就洗好了。晚上的大餐，嫂子将她的招牌菜全做了，如炒面、肉丸子、牛肉菜头、排骨炖玉米等，坐了满满一桌人。我主持了一下聚餐，都是自家人，气氛轻松热闹，说得大家时不时开怀大笑，妈妈也笑脸如花。

饭后散步，走在乡间的大马路上，繁星闪烁，田野宁静，这就是乡村的夜！

随记于 2016 年 2 月 12 日

春 节 琐 记

    妈妈自己早就说过："七十岁以后，一年不如一年；七十五岁后，下半年跟上半年都不一样。"就因为担心妈妈会老得太快，才决定今年过年还是回小溪边——尽管国庆节时回去参加了大侄儿季浩峰的婚礼。那天我要离开时，给了妈妈 2000 元的新钱，说："姆妈，我现在就走了。"她竟然没问我去哪儿，而是直接问："过年回来吗？""现在还不知道，我会尽量多回来看你的。"我如实回答，但心里想着的是：原来人老了的时候，能关心的只是子女什么时候回来看自己，而他们去哪儿已无法掌控了。其实，我发现给她钱她也花不出去了，下次不如直接为她做衣服买好吃的。

    转眼间就到春节了，尽管一票难求旅途辛苦，但权衡一下谁最需要自己后，想想还是离开女儿，特意赶回小溪边陪陪妈妈。1 月 25 日那天，等我赶回家时已快晚上 9 点了，妈妈早已躺在床上。她把播放机的声音放得震天响，唱着不知名的越剧。

    越剧一曲接着一曲，一直唱到深夜。好不容易盼着停了，突然间又响起，原来妈妈晚上并没有睡踏实。而习惯了房间里有暖气的我，睡觉时，躺进冰冷冰冷的被子里，也是蛮不舒服的。虽然有电热毯，感觉实在是有点冷，整个晚上就像躺在冰窖里，无论脚伸到哪儿，都是冰冰的，身上好像没有一点热气。记忆中，这大被子还是挺不错的呀，为何现在感觉这么冷呢？

    第二天早上起来穿袜子、穿裤子就像是穿了冰一样，真是很久没有感受过这么彻骨的寒冷了。好在白天还是比较暖和，穿上一件羊绒衣服就可以了。奇怪的是，江南的农村，昼夜的温差竟然也会这么大！

接 受 采 访

10点左右（1月26日），美莉和我出发去天台中学，接受侄女季栩楚和她同班同学的采访。说是他们的寒假作业，要采访一位天中毕业的名人。我虽不是什么"名人"，但充当一下帮他们完成作业还是可以的。这是早就约好的事。

天中是我的母校，只是多年前搬了地址，这里的一草一木并不是我记忆中的那个模样。灰色的教学楼成群气派，教学设施一流，碧水环绕，绿草如茵，湖泊亭榭和谐统一，令人赏心悦目。我们就在天心亭里坐着聊天。他们是高一的学生，小伙子小姑娘们问的问题相当有意思。先是问如何学好英语，曾经是大学英语老师，又经常做法律英语同声翻译的我自然有很多经验可以介绍啦。随后，他们又问特朗普上台后，与中国的关系会不会不好；同性恋合法化问题；安乐死问题；为什么国家主席的头衔放后面；等等。原想着只聊一个小时就可以了，结果聊了快两个小时了，他们还意犹未尽。

其中，一位男生问的问题很多，看来他是有备而来的，大部分问题都是他提出来的。我心想：要是现在的我去做老师，绝对可以做得很出色了。最后，我与他们拍了合影作为留念，算是圆满完成了侄女作为小组长的访谈任务。

下午回街头镇后，我特意带着美莉走小路回家，这是当年爸爸专门带我走过的路。那时，他在医院挂了几天营养液后，感觉自己的体力恢复得不错，就主动说要带我走走曾经是赶镇上集市行人络绎不绝的主路，后被废弃就成了小路。他边走边介绍路边的人家，他几乎都能叫出名字。

晚饭去下畈姐姐家吃饺饼筒，回家时，特意带给妈妈两爿。姐姐说，现在的妈妈，确实比以前老多了。你跟她说东，她会答西，是因为耳朵聋才这样？还是她的思路短线或跳跃了？好在她喜欢热闹，你在洗碗，她就站在边上看着。我和美莉包粽子时，她就帮忙剪系粽子的线。昨天，她去姐家吃中饭，姐说她着急回家，说："美君要回来，我要早点回去，免得

接受采访后与侄女季栩楚及她的同学们一起合影留念。数年后，他们会走向何方？

家里关着门。"看来，她是期待着我回家过年的。

早上，我起来走到楼梯时，妈妈正在吃早饭，看到我就笑脸如花，从此就一直在家待着没有出门。看来，家里人多了，她不感冷清了，就能待得住。

晚上，粽子包好煮下去，妈妈烧火。我和美莉出门走路，转到后门坑柏树脚那边，又转到十六罗那儿绕回来。这样，总算走到了1万多步。这是数年前，我在美国游学时，曾与移居纽约的好朋友孟军的约定，此后，要让人和心都在路上：人在路上，就是每天争取走路万步以上；心在路上，就是要坚持读书。若两者真能坚持下去，那路上的风景就会不断变换，人生也会因此而变得多姿多彩。

岁 末 集 市

每年的大年三十，都是嫂子家的鞋店最忙的日子之一，常常需要全家族的人去打帮手。既然回家过年了，在哥嫂家那么忙的时候，我是无论如何也要去帮帮忙的。美莉要在家做饺饼筒，我就一个人去。

8点多出发，带上昨晚包的8个粽子，美莉放了咸鸭蛋黄、姐姐家的猪肉，味道相当不错。出乎意料的是，镇上并没有记忆中的那么热闹，鞋店里的人也不多，而来帮忙的有嫂子弟弟迎春一家，加上嫂子自己家的四人，人手绰绰有余了。但我还是在那儿待到中饭后才离开。尝了一下丹妮妈妈做的饺饼筒，全是素的，有土豆丝，味道也不错。今年嫂子家多了儿媳妇，就多了一家给她送饺饼筒的，我们就不送了。

今天来买鞋子的人真是不多。我只帮了几拨替小朋友买鞋子的。有对夫妻带了两个女儿，为小女儿买了一双，妻子感觉贵了一点，就让大女儿将站在外面的爸爸叫进来，爸爸不感觉贵，还问：可不可以刷卡？我说可以用支付宝支付。这年头要是不会网络，真是太落后了，连买菜、买鞋子都可以刷微信支付了。

大年三十那天，姐姐帮着哥哥卖拖鞋、袖套、袜子等小件物品。

中饭后，我就回家。弟弟和美莉也很快回家了，我们开始忙着卷饺饼筒。美莉说中午糊皮时浪费了 6 片，四周起不了，不知什么缘故，叫妈妈帮忙。妈妈说：粉太稀了，我也搞不定的。看来，这糊皮真需要技术。

我再调了一斤左右的粉，在烙饺饼筒前糊皮，让妈妈烧火。第一张还可以，但随后就太烫了，继而又太冷了，才发现原来是妈妈烧火的技术不如从前了。当我喊着："姆妈，你烧的火不好糊皮，要换人啦！"妈妈听清楚后，脸上顿时一片落寞，说："我做的饭，新明也说不好吃，要自己烧。"没想到就这么一句话，让妈妈深深感受到自己老了做什么都不行了……才两个月时间，妈妈竟然连烧火都不够称职了，曾经那么能干的妈妈哎！

随后换成小侄儿锦波，他特别喜欢烧火，但火候也把握不好，太烫了。最后只好找美莉来烧火，好不容易调好火候，就到最后一张了。原来糊饺饼皮是团队合作的结果，要不然就很难糊得好，哪怕你糊皮的技术不错。怪不得，爸爸去世时，望山日那天做全村人的饺饼筒时，村里来帮忙的妈妈们要自己找好搭档，一个烧火、一个糊皮、一个拎皮，动作神速，皮又薄又软！

其实做一次饺饼筒，没有多少麻烦，只是每一环节都有讲究。卷的时候，妈妈说：芋艿要放最外面层，这样烙的时候容易热，不热就不太好吃。又说肖菜比芹菜好，是因为肖菜再热起来也不变黄，而芹菜是要变黄色的。这一点，我以前竟然不知道。看来，妈妈身上还有学不完的生活经验，即便现在的她做事已难比从前！

卷完饺饼筒，我洗了碗。看了一眼春晚，发现今年的场面真是红红火火、热热闹闹的，而且因为网络发达，演出场所可以在全国各地切换，那内容就丰富多了，可看性也强多了。但我们是不太愿意那么冷冰冰地坐着看这样的节目，就出门走路到街头镇，与嫂子她们聊了一会儿天。今年他们要去城里的新房子里过年，这是老家的一种风俗。

晚上，小波放孔雀鞭炮时，让我帮着录像。鞭炮放起来，火焰四射的角度真像是孔雀开屏的尾巴，现在的设计技术相当了得。到深夜 12 点时，一片噼里啪啦的鞭炮声，响彻云霄，时不时刺溜声滑过。过年的味道在腾空而起的烟火中达到了顶点，人们都在祈愿新年里自己的运气如烟花般五彩缤纷！

方 山 顶

昨晚鞭炮声太吵太闹，自然是没法睡好觉，这种经历以前就曾有过，这次又重温了一下。

大年初一早餐的芋头粥由新明做，他是爸爸的接班人。妈妈昨晚刨了芋艿。现在的她，能做点什么，就让她帮点什么，让她感觉自己仍然有价值能做事，或许这也是孝顺的表现方式之一。妈妈给压岁钱挺客气的，楚、波每人 500 元，给小洋洋也是 500 元，那我只好给他们俩每人 1000元了。外甥女涵洁的小孩豆丁也是要给的，等她初三带儿子来拜年时再给吧。

今天阳光灿烂。早饭后，临时起意带妈妈去方山顶看胡公庙。路上，看到不少人烧完香开车下山了。我们开到第一个停车场，再走小路，发现妈妈的体力真不如从前了，还没走多少路，就说脚酸。我就扶着她慢慢走，走走停停。好在这路不远，坡也不算陡，半个小时左右就到了山顶。妈妈说：以前是 8 月 13 做戏，我曾请做戏人吃过饭，要三桌，磨糍要双节，每 8 年轮到一次。8 月 11 日晚上做戏，做天亮，第二天 8 月 12，做一整天，8 月13 那天就到湖酋做。我的小舅舅 8 月 11 那天就到方山顶来帮忙了。妈妈的小舅舅，我们叫舅公，后洋人，从小就知道妈妈待他特好，是个老实人，沉默寡言，干农活是一把好手，会时不时到我们家来走走，每次妈妈都给他做好吃的。妈妈做饭时，舅公就坐在灶膛里烧火。

方山顶的房子比我去年来看时感觉好一些了，似乎做了一些修整。今天，来这里烧香的人络绎不绝，人山人海。美莉带着楚烧了香，从不烧香的妈妈看着美莉拎的袋子里还有香和蜡烛，也想着要去祭拜一下，说："拜一拜，让他管顾我体格好点！"原来，人到了一定时候，当自己感觉人力难为时，就会想着借助神明的力量来实现自己的心愿了。

午睡后，感觉下午还那么长，应该带妈妈去哪儿走走，就建议去爬前山。但妈妈说现在没什么好看的，爬山太累，只走到下畈大桥就回来了。

路过姑姑家，里道地的大姆妈恰好也在，她已86岁了，体格还不错，但也感觉不如以前反应快了。她说："你姆妈，从去年开始，说话就跟以前有点不一样了，想什么就说什么。"在她眼中，妈妈是位有智慧、会说话的人，这么说，难道妈妈真到了她自己所说的变化：人上七十，一年与一年不一样，上了七十五，下半年跟上半年不一样。但这几天，我一直陪着妈妈，妈妈的表现不错，并没有感觉到这种变化啊！

我特意问姑姑摘金针的事儿，她不太记得了，但对山地的名字，她还是记得清楚的。那块地叫西岙弯，说前面是学副种的，土质好，可以种番薯和玉米，长得也好。而分给她家的，都是山冈上的地，只能种番薯，别人收三担，姑姑只能收一担。方梅管账，说："你叔拿猎枪的，分他好地也不会种，就偷偷换成差的，总是欺负我们。"原来，姑姑心里也明白被人欺负了，只是嘴里不说不去争而已。这也是她的人生智慧？

晚餐后，我先跟嫂子去上坎她大伯家走走。立贵将旧房子整修了一下，有天井有独立的厨房加餐厅，还有卫生间，感觉有点城里人的装饰，看起来相当不错。看来立贵既能干，又孝顺。因在农村人眼中是否能干的首要标志是房子，怪不得大家赚了钱，首先想到的就是盖房子。

随后，我带着一箱饮品、一把香蕉和一篮子桂圆等礼物去看望住在镇上的余云叶老师。他是我的初中语文老师，向来对我不错，当年让我们背诵的唐诗宋词我一直记在心里。我上大学时，身为老师的他，还专程送来笔记本等礼物祝贺。因此，只要我回小溪边过年，若能抽出时间，就会约着老同学齐海龙一起去看看他。海龙说他当年写的作文，老师会帮着修改七八遍，直到满意为止。我带了两本自己的专著《专家证据比较研究》和《中澳检察制度比较研究》送给老师。尽管老师不研究法律问题，但他喜欢自己学生写的书。老师也送我一本新出版的《骑士悲歌》。六十多岁才开始闯北京的他，这已是出版的第三本小说了，另两本为《晚清第一相李鸿章》和《清朝第一廉吏于成龙》。聊天时，老师说起自己闯世界时遭遇到的种种被人欺负他又是怎么智斗的事儿，没想到年轻时的他还学过舞花棍、练过拳，也学过太极拳，防身的本领相当了得。

师母清华阿姨与我们一起聊天，她对自己会写小说的丈夫自然是佩服得五体投地，也说了自己帮曹伟清妈妈做饺饼筒的事儿。聊了近一个小时，约好的老同学齐海龙还没来，老师家的儿媳妇带着两个小孩回家了，我就先告辞出门。刚走到门口，迎面来了齐海龙，我就提议一起去走走路，边走边聊。一路上，余老师讲了一起盘根错节的贪污案，看来此事对他的影响不小。已过了七十可以从心所欲的老师，难道想着要一吐心中积压多年的不平之事？

茶　园

今天是正月初二，按家乡风俗习惯是拜座的日子，也就是说可以去上一年有家人去世的人家拜年，除此之外，是不能去任何人家里走动的。我们本决定去泰顺看廊桥，但一查路线，说开车单程就要4个多小时，带着妈妈去太不现实了，想想还是去小溪坑吧。只要是一流驾驶员弟弟开车，车程在两个小时以内，妈妈就不会晕车。加上弟媳妇、侄女，我们说走就走。

小溪坑，是家里嫂子多次强调的她此生见过最漂亮的地方，小时候，她经常去那里砍柴。多年前，我带着爸妈、侄儿和她去游县城边上著名的风景点琼台仙谷（又称百长坑）时，嫂子又说：“跟小溪坑一样。”原来，位于天台县西南部大山深处的小溪坑，素有“浙东小九寨”之美誉，是一条原生态的峡谷。这一游，才知真是名不虚传。

我们从街头镇出发，开车一个小时左右就到了小溪坑中的一个自然村——茶园。一路上山弯路转、白云飘逸，满山满坡草木葳蕤，空气洁净。原来的山沟沟，风景却是如此秀丽。之所以在茶园停下，是因小时候常听大人们说，村里的赵端叔就是从茶园来的，他的娘家在天柱山头那边。那时说到天柱山头，在小孩子的心目中，就像在天边那么遥远！而今，开车来此，转眼间就到了。

茶园村，一边是溪水一边是高山，整个村就在溪湾的山脚下依山而建。

溪水清澈见底、碧波荡漾、波光粼粼，而且还呈现出不同的颜色：浅蓝、深蓝、碧绿，有如大海的颜色。石头滩干干净净的，有位妇女在那边用炼锤捣衣服，随后将洗净的衣服直接摊平晾在石头上，这一切都是我们小时候经常做的事儿。走在村里石头镶嵌而成的小路上，石头上长满青苔，石缝间长出牛尾巴草，似曾相识的弄堂，仿佛有种时光倒流的感觉！这个村看起来相当整洁，尤其是靠马路边的那几栋房子，虽然式样是七八十年代的，但窗户整修成木雕的花格式，有种修旧如旧的协调感。天井中，一帮人在打扑克，这是老家农村正月里最常见的娱乐活动。

我特意去找寻村里用石子铺出花样的主街，但因埋排污管已被挖得乱七八糟了。迎面遇到一位短发染成金黄色，戴着耳环、金项链，打扮入时的中年妇女，向我抱怨说："这样的路，我们年轻人走走还勉强，老年人走着就容易滑倒，你们也帮着管管啊。"说得是啊，但谁能帮着管管呢？她说："自己家还有老人，这些老房子都坍塌了，只好帮着建回去。这两间是去年刚修建的。"她指着眼前的两间新房子说。这两间房子已不是原来的砖木结构了，而且粉刷了水泥。说话间，她家的婆婆出来了，问我是哪儿来的，我说是你们村有个叫赵端生活的那个村来的。她知道赵端叔，特别热情地邀请我去她家里坐坐，吃顿中饭。这份热情好客让人深感此地民风的淳朴！我说已答应在小店吃中饭了。

原以为只有自己住着的小山村里的那些老房子接二连三地坍塌了，没想到这里也有不少同时期的房子都倒塌了。看来那个年代的房子已到时间了，但也有一些维护得不错的。这个小山村，让人最为喜欢的是房前屋后都种着各种蔬菜，如芥菜、乌菜卷、大白菜、肖菜等，长得郁郁葱葱的。当然，最让人喜欢的是那一溪清水，倒映着蓝天白云，溯溪而上，有种人在画中游的错觉，这么原生态的风景实不多见！溪边还有一大片毛竹林，微风吹过，袅袅婷婷的，与清澈的溪水相映成趣。

我们在小店吃中饭。每人一碗面条，量很足，味道还行，除了弟弟，其他人都吃不了。一圈饺饼筒，切成四段，每人尝一下，偏咸，但还是蛮香的。按人头收饭费，每人15元，这在京城买一碗面条都不够。店主是一位父亲，

2017年过了年，已79岁的妈妈，走路敏捷，说话声音甚为洪亮。这是2017年1月29日，我为妈妈在茶园码头拍的美照。

他说自己有四个小孩，三男一女，女孩最小。他 79 岁了，但看起来身体比孩子妈妈好，耳朵也不聋。

弟弟惦念着挖笋，去竹林里转了半天，回来时两手空空。

我们坐 1:30 的班船到寒山湖这边。弟弟开车原路返回再到寒山湖码头接我们。站立在桥头上，看着湖光山色，白云倒影相映生辉，遂编小诗一首：

路弯峰转寻茶园，原是山村胜平原。船头俏立望天际，湖光云影伴山峦。

船行走时，担心妈妈因船晃动而害怕，我们就让她到里面的木板凳上坐下，美莉、楚和我一直轮流陪着，倒班拍照。现在的妈妈，问她些什么，她都说不太记得了。但她自己想到什么时，就会说出来。我都有点不知该如何陪伴她了。她说自己的外公有 6 个兄弟、两个姐妹，外公是最小的。一直以好记性出名的她，也会忘掉以前的事儿？好在，我们带她出游看风景时，她从来都不拒绝，开开心心地一起游玩。游茶园时，那种时光倒流的错觉，会不会发生在妈妈身上呢？

聚　餐

昨天带妈妈去逛了茶园，坐车去，又坐了寒山湖的摆渡船回，妈妈挺开心的。但奇怪的是，昨晚的妈妈时不时地放越剧，难道她一整晚都没有睡好觉？音乐突然响起时，我就会被吵醒。今天的天气好像暖和了许多。在江南，春回大地，万物复苏的感觉是如此的明显。

可是，早饭后不久，就感觉天气阴沉沉的，有点阴冷，原来是降温了。正想着怎样把自己安排到温泉山庄去住时，弟弟打开空调，房间里马上温暖如春，就像五星级宾馆一样暖和，那就不必去城里住宾馆了。这次回小溪边，我是想着前面几天彻底回绝任何应酬，就这么安安静静地待在家里陪着妈妈，自己也不那么累。

中饭，跟妈妈一起吃扁食。晚餐，去下畈姐姐家聚餐。姐姐安排在正月初三晚上为姐夫高国正庆祝六十大寿。姐姐自己早已将菜都准备好了，不需要我帮什么忙。我只是陪着妈妈聊天，但天实在是有点冷，好像那些墙都是透风的。难道是因为房子在山脚下的缘故？

今晚的聚餐都是自家人，而且主要是季家人，姐夫那边只来了妹妹和妹夫，听说赚了不少钱。炒菜的事儿以外甥女涵洁为主，我只做了一个清炒扁豆。涵洁烧的茄子味道不错，姐姐包的粽子是白色的，我建议她下次采用我和美莉刚做过的加咸鸭蛋蛋黄这一新配方，味道会更好。

吃过饭，我们就赶紧回家，实在是太冷了。我的房间开了空调，一进屋感觉暖和多了。妈妈说："爱芬那儿说不错了，感觉还是自己家好。"这不正应验了俗话说的：金窝银窝不如自家狗窝吗？妈妈像以前那样坐在我的床边上聊天，感觉这时候的她，好像耳朵也不那么聋了，我说的话问的问题，声音不那么重，她也能听见的。我们聊了两个多小时，说遍了亲戚们，还有村里的长命人儿，但发现有些重要的事儿，如家里的花床是哪年雕花的，妈妈却记不得了。或许我应该早点问她相关的问题。但她说橱柜上写了哪年做的，明天我就去牛栏间看一眼。

最近，我琢磨着给妈妈配个助听器，要是耳朵能听见了，是不是反应就会灵敏许多？

买 礼 物

正月初三晚上，姐姐在家宴请大家以庆祝姐夫六十大寿。但姐夫的生日礼物，我一直没有买到合适的。今天，特意去城里，叫上老同学素芳、樵青一起做参谋。她们俩向来是我的得力帮手，无论是买衣服还是解决生活难题，向来都是随请随到的。我在太平洋百货为姐夫买了一件毛料带貂毛领子的大衣作为生日礼物。同时，也为姐姐买了一件双面羊绒的一手长大衣。直接送到姐家，姐夫的可以穿，但姐姐的太小了。原来是姐姐长胖了一些，155 号就显得太小了点。

晚上，我与妈妈俩人在家。妈妈做煮粥寮，看着我吃从小就特喜欢的锅巴，她很开心！她在切哥哥送来的猪肉时，皮太厚，菜刀滑到左手上，伤了中指。开始我不知道，看到她左手缠了面巾纸才知道，赶紧从旅行箱

外甥女高涵洁结婚那天，妈妈和姑姑在姐姐家门前的大路上，一起合影，背景就是方山顶。

中找出创可贴替她包上。她的手动来动去，就像三岁的小孩。看我包好后，我吩咐她："晚上不要碰水了。"她就乖巧地说："那我就不洗碗了。"这个妈妈啊，这次在家陪她时，发现她确实不如以前灵巧了。烧火，也做得不到位了。但好歹还有不少事儿可以做，一旦她感觉自己什么都不行时，她就会老得更快。她老说："最长命的是你街头奶奶，79岁去世的。过了年，我也79岁了。"我就接着说："浙酋大姑妈活了88岁，她才长命呢。"妈妈听了，抿嘴笑笑。

算　命

凑巧的事儿，在日常生活中真是时常会发生的。上午去街头镇的裁缝店修改裤子时，临时起意穿小巷而过，竟然意外遇到惠珍在那儿帮朋友算命。美莉说这矮脚算命先生就是为爸爸算命的那位，算得很准。惠珍也说她替溪的老爸算过，说清明过不了，溪的弟弟不相信，说："我天天捧着，也要让他过清明！"结果，清明节前三天真走了。既然他的口碑不错，那我也想乘机算一算。排队等待的时间太长，等了好一会儿，但要赶回家包饺子做中饭，同时感觉已到中午时分，算命先生太累了可能会说得不那么准，我们就先离开了。这次回家那么多天，一直没有见到溪他们，结果在街头遇到了。看来，该见面的还是要见面的！

另一巧事儿是，初四那天下午，我带着弟弟和弟媳美莉一起去看校长柳金康老师时，弟弟发现边上有一家卖助听器的店，他还进门去问了一下，说两三千就可以了。真是想什么，什么就出现了。师母见到我们很高兴，也会说话，夸美莉长得漂亮会做事。老同学爱武更是热情有加，非要送我们好吃的花生、蛋糕之类的，还有她爸许昌运校长自己办的学校庆祝二十周年的纪念品，说那杯子挺不错的。她妹妹还特意开车送来番薯榧，这是我们小时候最爱的零食。让人深感待人接物得体到位也是一大修养啊！

今天午睡后2点多时，我想着还是应该带妈妈去检查一下耳朵，搞清楚到底有多聋。去的就是弟弟无意中发现的公安局门前的那家店。妈妈开始说去，临走时，又说不去。美莉就以"出门一起去嬉"骗妈妈上车。到了城里，妈妈也没说什么。医生先掏耳屎，再测听力。妈妈说左边更好点，但测试后发现还是右边更好一些。又压模型，但价格也不便宜，稍好的要8000多元，我们选了一种比较实惠的，打折后6400元，交了400元的定金。这钱由我出，因为这是我的建议。

侄儿浩峰不在家。我们就去九百碗面条店吃晚饭。我们点了不同的三碗面，一份炒饭。妈妈的胃口还是不错的。要是妈妈能在宾馆睡觉，就可以去远一点的地方看风景了。

昨晚，美莉说可以到矮脚算命先生的家里去算命。电话时，算命先生说太辛苦太累了，那就不勉强了。但他说今天会到平镇赶集市的。我们就想着到平镇找他算算。

一大早，我们开车到平镇一看，那里竟然是算命一条街。找矮脚算命先生没找不到，一打电话说路上碰了车去医院了。看来，我是没有缘分让他帮着算算的。另外，在平镇一带有一位名气很大的叫冯贝的算命先生，他的房间里挤满了人，那百元大钞是一叠一叠地装进口袋里，但不知要排队到什么时候，想想还是算了。再转，看到了齐平命馆，有四五人在，感觉不必等很长时间，就进去等着。他排八字、拣日子，听着说话还比较实在。开始以为是故意眯着眼睛，后来才知是真看不见的。

先生说我的命好得不得了，做学问挺合适的，若要走仕途，现在开始也不晚。美莉也帮新明算了一下，说：今年竞选村长绝对能成。还说他母亲会长命，至少活到85岁。我们并没有说新明就是我的弟弟，听了这话，我俩都挺开心的，也给美莉增添了一点支持弟弟竞选村长的信心。又说弟弟和我这几年都要破喜财，破了会赚回来的，不必心痛。原来要是早点知道自己的命会怎样，就可以提前避开那个坎或全身心投入做某件事，或许这才是找人算命的意义所在。

中午12点多，爱桂来接我去参加高中同学聚餐，在金莲家里。热情开朗的金莲，好客而不拘小节，近几年她家就成了老同学的聚集地。几年前，我们一起做了上百片的饺饼筒，红芳出钱，其他女同学出力，还请男同学来品尝。培妮糊皮的水平，众人夸赞。这次，是女同学自己掌勺炒菜，每人炒上一两道拿手好菜，如林平炒虾、晓霆做鱼、雪飞炖肉、金苏煎牛排。我们到时，满桌的菜都炒得差不多了。我答应带方前的糕水手工馒头做主食，她们都很爱吃。

饭后，在我的建议下，大家一起去屯桥找医生夏昭卿，他也是我们的高中同学，在那一带是出了名的中医。我曾带着爸爸来过几回，他总是非常热情客气，摔了一跤不会走路的爸爸，让他打上一针，过了两天，爸爸就自己下地走路了。女同学，兼顾家庭与工作，辛勤劳作多年，快到知天命之年了，每个人的身体或多或少都有点问题。相比之下，我的身体真是相当不错了。昭卿很会说话很会做事，但感觉目前的他好像治什么病都用佑三药膏，搓、搓、搓……成了万能药膏啦！这次，他特别客气地送大家每人两支药膏（一支药膏要135元），说膝盖疼，擦上药膏搓红搓热，两三次就不疼了。大家想问的都问了，昭卿医生一一作了详细解答，大家都感觉这一趟很值！

事实上，有个医生同学，平日里有点头痛脑热时，可以随时咨询请教一下，这本就是一大福分！昭卿跟我说：要是当时就有这支药膏，你老爸的病或许就能治好。或许吧！

晚上，嫂子做大餐提前庆祝妈妈的生日。全家族的人聚在一起，热热闹闹的，妈妈也开开心心的。嫂子做的菜确实每一碗都味道不错，尤其是招牌菜炒面和鱼。妈妈呢，向来都是家中的定海神针，即便现在她年纪大了，不再主管家庭事务，但她的威望仍不减当年。嫂子能有这份心意，这么想着请全家人聚聚，也是家族有凝聚力的表现，怎么说也是一家人的福分！

离　别

转眼间就到了正月初九，我得离开小溪边回京上班了。想想还是搭顺风车去杭州更方便些。十点左右出发。

离开时，我想着还是将崭新连号的1万元全给妈妈，让她留着心里舒服。自从我工作后，每次离开家门时，我都会给爸妈一些钱，这已成了一种习惯。

妈妈总是说："不用了，我有钱的，都花不了。"我就笑着说："女儿给你的零花钱，就拿着，放着多多的，心里也舒服啊。"我太了解妈妈的心思和生活习惯了，100元的大钱，她向来都舍不得轻易破开的，说一破开就没有了。听我这么一说，妈妈就笑眯眯地收下啦。就这样，妈妈笑脸相送，我离开了小溪边。

路上，我又想着将1000元留给送我到车站的弟弟，让他转交给大伯。做农民的，老了要是不缺钱花，那就是最大的福气。好在大伯身体向来很不错，86岁了，还能自己编织篾器拿到集市上出售赚点小钱。从某种意义上来说，我是将孝顺爸爸的那份心意转移到爸爸的哥哥大伯身上了，这样我的心里会舒服一点。

刚到客运站，顺风车也到了，大家都提前了半个小时。司机是温岭人，还要去接同学，说同学正在吃早饭，就直接开车到小区。原来他的同学是天台人，也是天中毕业的，那我们是校友，一路上，聊了很多话题。上高速前堵了一会儿，司机就绕道到白鹤上高速，耽误了一点时间。后来就一路顺利没有堵车，到杭州东站才12:30。

时间实在有点早，我就想着去书店买本书。运气不错，去买书时正好看到电视里在播放马云的演讲，站着听了一会儿，感觉此人真是不简单，讲的内容很实在也很吸引人，不愧是做老师出身的，还时不时说几个英语单词。台下，黑压压的全是年轻人，个个听得频频点头，时不时大笑。马云说：只有勤奋、执着，永不放弃，不断完善自己的人才会成功。我需要的是那些平凡的人，一个个平凡的人在一起做不平凡、伟大的事儿；我认为买车买房娶老婆就是平凡的人梦想；书上说的马云，这好那好什么都好，现实中的马云不是这个样子的，其实我讲话还特残酷、特直截了当；中国经济发展了，要是没有文化做支撑，就像一个没有文化的暴发户，迟早要倒下来的；我个人的生活已没什么要改善了，但我觉得改善社会的生活是我要做的事儿；我年轻时候的理想是早上在伦敦吃早餐，中午在巴黎吃午餐，晚上到布宜诺斯艾利斯的沙滩上走走，现在才知道这样的生活是怎样的 tough。

让天下没有难做的生意——这是阿里巴巴成立时的信念。他说：信仰的仰是敬畏，有敬畏之心，鬼神就会避开！永不放弃的是使命、是价值观，讲究拥抱文化。我们最经典的词是"亲"，"亲"的繁体字是一边亲一边见，只有天天见的人才会亲。这解释很有意思。练拳，要有内功与外形，得合在一起才有用。我们的目标是让淘宝成为大家生活中的一部分。无比有更厉害，就像空气。

从这些话来看，这个人是很有智慧的，做事是用脑子的。这一点也是他与众不同而 outstanding 的地方。

听马云的讲座比与一般人聊天受益大多了，这也许是冥冥之中注定的，也为我今后的选择增添了一分力量，为何不换个环境去试试呢？

一路上，修改书稿，看看新买的书《话应该这么说　人应该这样带》，是日本的山岸和实著，蓝朔译的，蛮有收获。也许提高自己的沟通能力，这是今年自己要努力的目标？！

随记于 2017 年 1 月 26 日—2 月 5 日

婆　　婆

一年一度的清明节又到了，算起来，婆婆已去世三年多，昨晚突然梦见久违的她，在大街上遇到时，她仍像在世时那样笑容满面。遂将婆婆去世后的第二个母亲节那天写的小文章，发在小溪边的新浪博客上（2009年4月5日），愿婆婆能感受到孩子们的祝福：在天国的日子天天开心、事事如意！婆婆王春仙，1941年2月16日出生在浙江省天台县新中下前王村，2006年1月30日21时40分离世，享年66岁。

今天是母亲节，聊天时情不自禁地想起已去世一年多的婆婆——一位熟知她的人们交口称赞的母亲。

一说起婆婆，老家的村民都会跷起大拇指夸她这好那好，同时也不忘说上一句："年轻的时候，她真是吃尽了苦头。"当婆婆的大儿子四岁、肚子里怀着六个月大的二儿子时，公公因被人陷害而出逃在外，而后又被判刑入狱十多年。但生性乐观、勤劳能干的婆婆，在时常遭批斗、受虐待的情况下，一人挑起家庭的重担，侍奉年迈的公婆，并把两个儿子抚养成人，先后考上大学。这在村里一直成为美谈！

当初的苦和累，前几年与婆婆聊天时，她总会不时地谈起。但任凭她怎么说，我总是难以想象——尽管我自己也是在农村长大的。但在与婆婆的多年相处中，最让我佩服的是她的为人和处事，其性格中有不少闪光的地方让人钦佩不已、自愧不如！

她的心地特别善良，在杭州生活多年，受其恩泽、帮助的老乡不计其数。她经常为年轻人找工作、做媒、挑选房子等琐事骑着自行车在杭城里穿梭着，甚至对从不相识的人，她也会伸出援助之手，结果让一位精明的骗子利用其乐于助人的性格和善良的心地骗走了 20 多克的金戒指。

婆婆的厚道从一件小事上可见一斑。

2000 年"五一"节时，我在杭州与婆婆在一起汇钱给好朋友葛素芳，以还她事先替我垫付的送给同学结婚的礼金。礼金的钱不到 300 百元，我说寄 500 元吧，同时我顺口说了句目前好朋友经济不宽裕的话，婆婆马上说："那就寄给她 1000 元吧。"我一想婆婆说得有道理，就照办了，朋友事后说那真是雪中送炭啊！

还有一个深刻印象是她做事从不偷懒，无论做什么事情，也从来没有胆怯和害怕过，且做事情说干就干，东奔西跑从不说累。因此，尽管她的油漆手艺是在四十多岁出杭州后才学的，但因其做事实在，守信用，保质保量，几年后，在杭州的装潢界就享有极好的信誉和口碑，歇手不干后仍有不少客户托她介绍装修工。因为信得过，只要是婆婆介绍的，他们就放心。

原以为没有上过大学一直在农村生活的婆婆，除了吃苦耐劳、勤俭治家外，说话水平是比不上那位聪明绝顶的公公的。但 2000 年陪我来北京养女儿时，我无意中听到了她与老乡的通话，直让我佩服她那一流的口才。起因是我们新装修的家需要买窗帘，婆婆想起有一位老乡在北京做窗帘生意，尽管已多年没联系，但她马上找到号码直接给他们打电话。当时婆婆的话说得十分得体和客气。结果，那家窗帘店的男主人，没过几天就专程从顺义赶到我们家量了尺寸、做了窗帘，且看在婆婆的面子上死活不收做窗帘的钱，婆婆事后以给压岁钱的方式还了礼。

婆婆一生待人慷慨、出手大方，而自己却节约到令人难以置信的地步。她第二次来北京我们家时，恰逢表哥他们正在替我们装修单位分到的新房子。她是装修行家，就忍不住每天要从我们住的地方坐公共汽车到新房子去帮他们的忙。有一次，她为了省一元钱的公共汽车票，就自己走路，结果因其方向感不好，走反了方向，越走越远，最后花了两元钱回到家中。我在家等她吃中饭，左等右等不见她回来，急得心里直发慌，要是真走丢了，在北京这么大的城市可不好找人啊。

1997 年一月，公公婆婆第一次到小溪边见到了我爸妈，他们一起拍了一张合影，也是唯一的一张。此生能成为亲家，也是命中注定的？

与克己形成鲜明对比的是，与人交往时，她出手却十分大方，逢年过节在农村给朋友亲戚家的小孩压岁钱，动不动就是两百、三百，甚至五百。就连那最精明从来都是算进不算出的跟别人都无法交往下去的人，也说婆婆人好，与婆婆的关系不错。因为婆婆不计较吃亏，宁可别人赢点她亏点也没关系，尽管她心里非常明白！

此外，婆婆待人宽容，就算对那些在年轻时欺负过她、使她吃尽苦头的人，后来也没想着要去报复。相反，若村子里的人到杭州有事找她帮忙，她从来都是不遗余力地相助，帮他们找工作、找房子、找生意，甚至是找对象，婆婆总是一副热心肠。家里经常门庭若市，尤其是借钱，哪怕她明知道对方借的钱有可能不会还，但既然人家走进门了，也是经再三考虑，不容易的，多多少少总要借点给人家，为此没少同精明的公公吵架。其实，婆婆是冰雪聪明的人，心里怎么会不明白呢？只是她心肠好，愿帮他们一把而已。也正因为婆婆一生待人热心、厚道，走的时候，花圈上百，送葬的队伍排成了好几里的长队，有不少都是因为婆婆人太好了，非要来送送不可。用爸爸的话说："我活到七十多岁了，从来没见过这样的场面。"而我则想着，一名普普通通的农村妇女，竟然得到这么多人的敬重和爱戴，尽管走的时候实在是太年轻了，但这一生也值了！

写到这里，女儿说："我打了一个喷嚏，有可能奶奶在想我了！"这真是有可能的，因中午午睡时，我也梦见她了，也许是我们的思念她感受到了，今天就来我们家了，这是她一生未了的心愿。两年半前，她回杭州时准备再来，留下了不少衣服，那些都是她平时最喜欢的漂亮衣服，而我则连她当时专用的被子仍一直好好地保留着，准备她再来我们家时可以用。也许这些东西就只能这样永远地放着了！

人总是在失去的时候才知道其珍贵。当婆婆来北京小住几个月，无数次在聊天中，谈起她年轻时经受的种种曲折、磨难和坎坷。如半夜三更翻山越岭、走街串巷卖白药，大清早上山砍柴赶出工，大旱之年下水井舀水遭人骂，欠工分卖嫁妆养家糊口等，那一个个精彩的"故事"，婆婆叙述时不加半点修饰就惊心动魄、感人至深。但我一直以为公公含冤出逃的故事更精彩、更有价值。我从来都是鼓励公公把自己不寻常的人生遭遇写成书，有如那本《牛棚杂忆》，直到去年正月里为婆婆守灵时，才猛然意识到婆婆那些人生故事或许更有价值，可惜我永远也听不到那些百听不厌的故事了。守灵那几天，正好婆婆当年的亲朋好友都在，我试图以她们记忆中留存的那些宝贵片断拼凑串联起一幅幅感人的画面来，但让人遗憾的是，她们也只记得个三言两语。看来，婆婆把这些精彩绝伦的"故事"，也一起带到那个无声的世界了。

不过，从她们的零星叙说中，仍可了解到这样的事实：婆婆从小学习成绩优秀，但因家境困难而没能上完初中，不过一年后却以不错的成绩考上了中专，由于家庭身份不好没读几天就不得不放弃了。尽管因时代的缘故，婆婆没有上过大学，但我们无论在工作中还是在生活上遇到什么麻烦，只要跟她一商量，通常就会产生一种豁然开朗的感觉。毕竟人生的经验与书本上的知识有时是不成正比的。现在，我们的生活中少了婆婆的劝解和抚慰，让人感觉似乎事事都不太顺当。生活中少了一位可诉苦的长辈，就如菜中少了盐，竟变得索然无味了！

如今，婆婆走了已近一年三个月了，但我一直不愿接受与婆婆天人永隔这一事实，至今未为她写过片言只语。这期间也只梦见过两次，其中一次是她拎着大包小包到北京来的情景。一进门就问我："我对你的好，你还记得吗？"我自然连口迭声地说："记得，记得！"我怎么可能忘记这些年来，她像待自己的女儿一样关心我的好呢？尽管我一直念着婆婆在生活中，为我们提供的种种大大小小的关爱和呵护，但至今一直让我深感内疚的是，2003 年她在北京我们家时，有时吃饭后会胸口不舒服而没有及时带她去医院查查，只是劝她吃饭不要太快了，赶紧喝口热开水而已。在她生病期间，也因路途遥远、忙于工作、读书、带女儿而从没照顾她一天，总是想着她会更愿意见到自己细心体贴的小儿子而让先生多回杭州看看她！尽管婆婆知道我们的境况，从来没有说过半句怨言，或在人前背后说过什么责备我们的话，但正因为这一宽容让我更感难受！实际上，我们一直认为好人有好报，婆婆又是个乐天派，心胸开阔，手术做得又相当成功，恢复得也不错。2005年底，我从澳洲游学回来，回杭州看她时虽比以前瘦了不少，但精神不错，她还特意带着我和小孙女在老年公园里走了一圈，照相看风景，并说旁边的小学教学质量也挺不错，离家又近，到时可以让小孙女来这里上学，由她和公公帮着照看。因此，尽管一开始就检查出来是胃癌晚期，可我们总是不相信，年轻时因特殊年代受尽磨难和凄苦的婆婆，会因此而一病就走，再也没有回北京与她最心爱的小孙女一起过几天开心、轻松的日子，再次享受那份难得的天伦之乐！

随记于 2006 年 4 月 22 日

长辈的离世

这几年，真有点越活越明白人到中年的"艰辛"了：除了在生活上要时不时地照顾年迈的爸爸和正在上中学的女儿外，还要时不时地经历长辈离世时的那份心痛与哀伤。

从理智上说，人老了，总有一天要走的，那是迟早的事。但亲人的离世，不管年纪多大，与他亲近的人在感情上难免会伤心。就这么两三年的时间，小时候对自己比较好的长辈中，竟然一个接一个相继去世了。先是小舅舅朱正志，接着是戏牌前的叔庞学金，今年年初离世的姑丈曹正控（92岁）和几个星期前离开的大姑妈朱彩英（爸爸的姐姐，88岁）。

这几位长辈中，小舅舅的年纪最轻，是生病多年躺在床上数年后走的。因活着时，没有合适的人可以时时刻刻悉心照顾，他走了，对他本人和家人来说，都是一种解脱。他的去世，对爸爸的打击最大，妈妈说：你街头小舅舅走后，你爸就像丢了魂似的，他连送葬都没有去。从此，爸爸就开始急速衰老了。

叔的去世却是个意外。那天，他爬上梯子想将小房子的瓦片整一下，不小心踩空摔到地上，当晚就走了，大家心疼不已！尽管平日里，他因自己太聪明，干农活不太勤快，喜欢赌博却技术不精。但脑袋灵光的他，总爱琢磨一些一般农民想都不会想的事儿。记得当年我刚上大学时，寒暑假回家后，要再收听英语节目美国之音 VOA 很不容易，我跟他一说，他捣鼓了几天，整了一台收音机给我，将天线高高地挂在我房间的窗户上，竟然能收到 VOA 了。从此，即便别人说他这不好那也不好，我却十分佩服

聪明绝顶的戏牌前叔叔，戴着眼镜，满身洋气。

他的聪明能干，回家过年时，常想着送点酒给他喝喝，因他这辈子就好这一口。

他的聪明还表现在种蘑菇上。他生性不是那种吃苦耐劳的勤快人，总喜欢整点什么东西可以既省力气又赚钱。有几年，他就在家里种蘑菇，上下邻村到处去捡牛粪，结果整得像模像样，成了镇里的"劳动模范"。但他喜欢小赌，又因水平一般而常输，好不容易赚来的那些钱被他输完了。因此，尽管姑姑每天起早摸黑地干农活，家境却一直没多大起色，直到表哥民强跟着哥哥出门到京城做木匠赚钱，他们的日子才好过些。好在他的两个儿子和一个女儿都非常孝顺，这几年的日子越过越红火了，但他72岁却因意外而去世了。听说，刚摔下时，他头脑清醒，还说："没关系的，躺一下就好了。"这一躺就再也没有醒来！

姑丈曹正控的去世，可谓是寿终正寝，不知是几辈子修来的福气。他的儿女们说："走得太快了，要是能躺床上几天，让我们服侍照顾一下就好了。"姑丈去世后半个月，我和弟弟曾特意开车去看望大姑妈。因小时候，在爸爸那边的亲戚中，他们待我们最好，去大姑妈家拜年也是大家最乐意的事儿。每次我去拜年后，大姑妈总要留我住上几天，直到街头镇集市才将我送回。那年头，粮食比较紧缺，大姑妈喜欢将妈妈精心为她准备的馒头、洋糕等特意另找地方放起来，说："前丁妹做的馒头是最好最漂亮的，我舍不得送人。"

大姑妈和姑丈有三儿三女。年轻时，大姑妈每天早上做豆腐挨家挨户卖赚点小钱养家，而今子女们都做生意赚了不少钱建了新房子，但他们俩一直住在当年的老房子里。这老房子位于全村的东北角，走过大桥就到了，地理位置很好，四周是菜园子，风景也不错。那天，我们到的时候，房门全紧闭着，以为她不在家，结果是在床上睡觉。弟弟叫醒她，我走到床前，她就叫出我的名字。已88岁的她，一直勤劳地操持家务，将整个家收拾得一尘不染，自己也穿得整洁得体。

她起床后，就问我们："你们大老远的来看我，要烧点什么吃的？"我们说："不用了，现在开车挺近的，刚吃过。"她一再说要做点什么好吃的，我们一再表示不要做。先聊聊天儿，她总算没像上次我陪爸爸过来看她时那样，做了鸡蛋豆腐皮茶，每人要吃三个鸡蛋！

她思路清晰，口齿伶俐地叙述着："那天晚上，我烧了肉丸子、鱼等给你姑丈吃，他吃了几个肉丸子，还说：剩几个明天早上再吃。我说猪肉还有，你全吃了好啦，明天早上，我再烧猪肉给你吃。他吃了米饭，还要了一碗粥。我给他一碗很稠的粥，他全吃了。说：我先到里间坐坐。等我洗了碗，再到里间，看他还坐着，就问：有哪儿痛吗？他说：痛倒不痛，只是头颈骨有点酸。说着说着，我看他的眼睛往上翻，我害怕，就赶紧叫来大媳妇彩秀。说你爸爸可能不行了。大媳妇来后，叫他爸、爸，开始他还会应，马上就没声音，走了。"姑丈今年92岁，走了，大家都说喜寿！

姑丈走后，刚开始几个晚上，表姐们陪着大姑妈睡觉，免得她一个人太冷清不习惯，但后来她们说害怕就不陪了。大姑妈平静地接着说："我一个人睡不害怕，都没见谁将我拉走咦！"今年，大姑妈88岁，耳聪目明，家里旮旯角落都收拾得干干净净，自己的衣服也叠得整整齐齐，一捆一捆放着，左右邻居和亲戚们见了，夸赞不已！满头白发的她，目光炯炯有神，瓜子脸，脸色白皙，依旧秀气漂亮！谁见了，都说她年轻时一定是个大美人儿！听说她长得像外婆，其实爸爸长得也像他的姐姐。这些年，我回小溪边看爸爸妈妈时，要是时间允许，也去看看大姑妈，以谢她小时候对我的好，也为她拍拍照片，好留个纪念！

去年5月份时，我去看望她后没几天，她听说我的爸爸——她的弟弟身体不太好，有一天在儿女们的帮忙下，特意坐三轮车来家里看爸爸。大儿子开车、二女儿、三女儿坐在她两边扶着她。她来后，与爸爸坐着聊了好长时间。记忆中，这是他们姐弟俩最后一次见面。有时想想，年纪大了，即便是那么要好的兄弟姐妹，要见一面也不容易；或者因耳聋眼花，见了面也无话可聊。人老了，原来是这个样子！

尽管大姑妈在叙述姑丈走时的语气是那么平静，有时还笑着说，但你能真切地感受到那份心痛和多年来不得不一个人独自生活的冷清与孤独。当时，我的感觉是她不会活太长时间了。说起来，照顾父母，除了子女，

其他人再好，也只是来看望一下而已。就像大姑妈，小时候，她对我们那么好，常常煮了鸡蛋偷偷地塞满我的两个口袋。那时拜年，我也只喜欢去她家，并且会待上好几天再回来，与大姑妈的三女儿二莲一起睡觉。但现在的我，也只是去看看她而已，而且也不可能待上几个小时。我曾想着下次再去时，要多待点时间，问问她爸爸小时候的事儿。但没想到姑丈走后才8个多月，她就跟着走了。那么健朗的她，说走就走。姑丈离世后，她就一直念叨一个人太冷清了，两个人在一起生活了67年，突然间走了伴儿，确实是有点不适应。那天，我们去看她后，她的二女儿美莲跟我们说：你们去看她，她太高兴了，走到三女儿那儿跟她说，结果走累着了，第二天就一直睡觉。老人，最需要的或许就是有人陪伴，可年轻人，一个个都那么忙，谁能长时间陪着？人都有老的时候，但未到老时，谁又能知晓自己老时的情境？

随记于 2014 年 11 月 2 日

村 支 书

从小到大，在小溪边那些老老少少、前前后后的村干部中，我最佩服的是多年的村支书庞学钏了，我们向来叫他叔。后来，他的女儿庞慧敏嫁给我的哥哥后，我们依旧叫他叔。他中等个儿，身材魁梧、天庭饱满，一口洁白整齐的牙齿，常剃平头，显得精干而富有权威。因他的缘故，我一直认为做村干部，无论是长相，还是行事，都应该是叔这个样子。

小时候，村里召开集体大会时，叔会在主席台上滔滔不绝地讲上半天，抑扬顿挫、充满激情，而且没有讲稿！有时，他会在大会上读报纸，向村民们宣讲最新的国家政策与形势。为处理村中大大小小的事务，他还在家里召集干部们开会。他的妻子——我们叫婶，就会做点心招待干部们。一个夏日的晚上，我跟着爸爸去叔家开会，第一次也是唯一的一次吃到了青蛙肉。那时的我，想着要是自己长大后，若能像叔那样能说会道、口才一流，该是怎样的风光！

做村支书，除了口才好善于调解村民之间的纠纷外，叔还写得一手潇洒、大气的毛笔字。他的字，在一流木匠哥哥特意为我做了几把小巧精致的小板凳上留下了永久的纪念，底面上我的名字，就是他用毛笔写的。那字，刚劲有力、收放自如，与爸爸那手秀气的小楷风格完全不同。当年，曾流行在墙上刷毛主席语录和宣传标语，如"团结起来，为实现新时期的任务而奋斗！""计划生育是一项基本国策。"前丁村一面面墙上，那些漂亮、洒脱的毛笔字，都是叔的书法作品，如今仍依稀可见。去年，我开始涉足书法练毛笔字后，才知那一横一竖一撇一捺要写到位，字的框架要布局合理雅致好看，得需要多少时日的勤勉练习，同时还要有相当的天赋。

可是，叔这一生接受过的教育并不多，甚至连小学都没有毕业。嫂子说，叔才两岁，他的父亲就去世了，他妈妈要带养5个兄弟姐妹，而她还是被裹了细脚的，要下田干繁重的农活，其艰辛非常人所能体会。好在农忙时，嫂子的二姑父会来帮忙。叔才6岁，就与他的哥哥一起下地干活。小学才读了5年半，因家里太穷交不起学费，也买不起算术簿，他一学期没做作业，被老师发现后罚打手心，但叔记性好，学习成绩很不错。最后，他差一个学期毕业就辍学了。若家里条件稍好一点，读到小学毕业，那他的命运可能就完全不同了。

此后，叔虽没再上学，但他喜欢看书读报。经过长年的积累，他认识的字可以说比现在的高中生还要多，阅读能力也相当了得。他18岁开始当记账员，20岁当大队会计。1979年入党后，就开始担任村党支部书记，一直任村"两委"干部，镇人大代表。直到2009年，他72岁时脑出血生了一场大病，才卸任村支书和镇人大代表。在三十来年的村支书工作中，他为前丁村老百姓谋取的大大小小福利不计其数，他的品行、做事风格，至今仍为人所称颂而口口相传，主要有：

孝顺长辈。叔常挂在嘴边的话为"敬重爹人自有福，敬重田地自有谷"。嫂子奶奶晚年生病，因当时条件确实太差，就是1960年食堂化时期，私人家不能起烟火烧饭。我奶奶得了皮肤病，身上四处化脓，粘得衣服身体到处都是。那奶奶的脏衣服都是叔亲自洗。后来，他对嫂子说：他最对不起奶奶的事，就是奶奶生病时，想吃点猪油，当时只有食堂有，而叔是食堂会计，玉妹姑姑是保管员，他当时要拿点回家完全做得到，但叔没有拿，因为这是集体的东西。

乐于助人。嫂子回忆道：记得我小时，大概1968年左右吧，村里法林母亲（惠肖奶奶）突发脑溢血。当天下午惠肖奶奶在打蚕豆，就是割麦的时候。那时我们家是隔壁邻居，我爸一同把她送医院抢救无效去世了。在送医院途中，我爸衣裤都被她尿湿。因为法林家扛夫钱也出不起，而且连办丧事的粮食都没有，我爸就组织道地的邻居们出粉的出粉、拿米的拿米，把他家的亲戚招待好，同时又组织庞国团、庞学明、庞寿庆等 4 人义务把法林母亲抬到山上下葬。多年来，只要村里有什么丧事喜事，叔从来都义务为大家帮忙。

善于谋事、化解纠纷。俗话说：能当好村支书的人，可以做一个县委书记。就如《羊的门》一书中写的那位村干部呼天成，我感觉其思维的清晰、谋事的缜密可比一位省委书记！可见作为一村的最高长官，要将全村大大小小的矛盾解决好、利益平衡到位，其协调、组织能力要多强！当然，最为根本也最为关键的一点就是自己吃亏在先，做事公平公正、好处先人后己。那年庞学明（就是庞正中的父亲）家造房子，他自家的自留地不够，要与学介家调换。但学明家的自留地全造房子了，只有责任田可以调换，而学介又非要自留地不可。学明就责怪叔说一个人口多分 2 厘自留地，他家就够了。两家协商不好，叔就把他家一个人口的自留地给了学明家调换，才把事情解决好。

另外，在村里分自留地时，叔把学灶后门的自留地分给了学灶家，学灶老婆不满意，骂到叔家来，说屋后晒不到太阳，种不好庄稼，一定不要。叔就耐心地向她解释，房子是你家的，这地方只能给你家。他家为这事，一直有意见心里不舒服，直到后来他们家有钱了，后面自留地又盖了一幢房子，学灶女儿才莲说这事要谢谢叔，他们两家才和好。

亲疏远近，一视同仁。说起来，做村干部，除了涉及村里集体的重大利益外，日常要处理协调的都是些鸡毛蒜皮的小事儿。但就是这些小事儿，却最会影响邻里之间的和睦，影响村民们的情绪与满意度。嫂子回忆起一件小事儿：记得我爸在生产队记账时，当时是农历六月打豆，我大妈迟到了一会儿，我爸就扣了她一分工分，我大妈就很生气，唠唠叨叨个没完。后来，我爸为了妥协这事，就把我妈的工分给了我大妈。

事实上，要做一位优秀的为人所称道夸赞的村干部，除了让自家吃亏外，还要吃苦在前。农村里，有不少又脏又累的活要干，若做干部的利用手中权力挑肥拣瘦，老百姓的眼睛可是雪亮的。叔以其一生的无私奉献、吃苦在先而赢得了小溪边数代村民们的爱戴与敬重。

前丁村多年的村支书——庞学钏，可以说是村干部的楷模。这是 2012 年 1 月 26 日，我为叔叔在水井头随手拍的照片。

无私奉献、吃苦在先。以前生产队长安排生活，像杀虫这种活，一般人都不愿意去，叔如果在家的话，会自告奋勇说"让我去"。他向来认为集体的事情比私人的重要，别人的事比自己的重要。他当干部时，比如别人找他开证明，他正好在吃饭，他也会先放下碗筷，把证明开好，再吃饭。记得那年我读初三时，要报考初中中专，报名需要村里开出生年月的证明。我去的时候，恰好叔端着饭碗在吃中饭，他马上就放下饭碗，走进里屋，用漂亮的钢笔字为我写了一张证明。当时，我以为做村干部的都是这个样子。直到多年后，因村里少分了我家的大块溪滩地，2013年正月初三晚上我陪着嫂子和弟媳妇去找村干部算亩分要拿规划图作证据，几次三番打电话给保管规划图的村干部。那村干部姗姗来迟，我们就一直在村长家干等着，泡的茶凉了再续、续了再凉时，我才明白原来同是村干部，差别竟然那么大！五年后，当年将我们家外面的那大块溪滩地原本901平米，错写成90.1平米，我们去找补回的811平米，在做证确认溪滩地的面积时，现任村文书以权谋私，一再刁难我家，还信口胡说我造假证据来补回这811平米的溪滩地，同时也借机打击报复那些在竞选村长时没投他票的村民，其卑劣行径，让我再次惊讶一个村干部说话做事竟然是没有底线的！幸好年轻有为的镇书记余忠海做事公正，经多方调查，才还原了"补地风波"的真相，为我家主持了公道。

每次说起叔生前的点点滴滴和种种故事，嫂子就忍不住泪满眼眶。做了一辈子村支书的叔，在眼界与教育理念上自然不同于一般村民。嫂子说，我爸老是教育我：做人要有良心，眼睛要看远点，不要鼠目寸光；做人要有原则，要有底线，要堂堂正正做人，老老实实做事。他还经常说：子不教，父之过。做人哪怕清穷，也不能做偷鸡摸狗的事。做事要换位思考，不能自以为是。他会经常带我们背诵毛主席的诗词以及唐诗等，引导我们做人要走正道。如"东方欲晓，莫道君行早。踏遍青山人未老，风景这边独好。""天井四四方，周围是高墙。清清见卵石，小鱼囿中央。只喝井里水，永远养不长。"他还引用毛主席的《卜算子·咏梅》"风雨送春归，飞雪迎春到。已是悬崖百丈冰，犹有花枝俏。"中的词句为我弟起名"迎春"。

前几年，当我时不时地从京城回家看望照顾老爸时，会经常看到生病后的叔从后门坑边上的水泥路上一步一步走过，他在坚持锻炼身体以恢复身体各部分的机能。每次看到了，我只是问候他并问问他身体恢复得怎样，常鼓励他多锻炼就会越来越好的，但我却从未想过邀请他到院子里坐坐，好好聊聊他当年的那些精彩往事。我以为他比老爸小好几岁，又有婶无微不至的周全照料，等我不必照顾老爸时再抽时间聚聊也来得及，谁知老爸走了没几个月，他也前脚后步跟着走了。一下子失去两位父亲，让我顿悟人生的无常，想做的事儿得马上就做，千万不能一等再等……

随记于 2016 年 12 月 24 日

长 命 爷 爷

　　小溪边的村子不大，但长寿的人确实不少，或许是那儿山清水秀的缘故。我从小熟悉的就有 9 位，但印象最为深刻的是隔壁的老爷爷了，他的长孙就是季立亮。老爷爷腰不弯、背不驼，一直无痛无病耳聪目明活到 97 岁，1992 年寿终正寝，这在当年缺衣少食的农村是十分罕见的。他不但长命，而且一生颇多精彩故事。

　　他是一位捕鱼高手。在小溪边，那时虽有不少人喜欢用各种工具捕鱼以改善自家的伙食，但在我眼里，水平最高的就是这位爷爷了。他不但喜欢捕鱼，而且水平奇高，轻轻松松就能搞定一兜子鱼儿，尤其是夏天。只要一下雨，我家菜园子北边那条小水沟里就会涨满水，哗啦哗啦地奔腾起来。

　　这条水沟，上连青丝塘月塘，下通屋边的小溪，水流穿过马路下的小洞，就是爷爷的大儿子敏森——我们叫大伯家的菜园子。爷爷就将竹帘铺在洞口边上水沟比较开阔的地方，下面垫上泥土，略成斜势，竹帘上放上一些青草。趁机跑出池塘的鱼儿就会顺着水流一直跑到爷爷的竹帘上，过上几个小时，那竹帘上就会兜着好几斤的鱼儿。一身清瘦的他，常常脚穿半筒靴，披着雨衣，一手拿着鱼篓，一手拎着竹帘，在菜园边的小路上得意扬扬不紧不慢地走着，那神气颇似得胜而归的将军！恰好，他的大儿媳妇——我们叫阿姆又是做菜的高手，两人一搭档，全家的一顿美餐也就搞定了。

　　有意思的是，他的捕鱼本领好像是会遗传的，或许是从小耳濡目染的缘故，大伯也善于捕鱼捉鳖。大伯的本领似乎比老爷爷还高，他不再满足于小打小闹在水沟里兜鱼，而是常常喜欢穿着连身的防水裤到池塘里捉鳖并拿到集市上出售赚钱。

有一年，爸爸刚替我买来一双价格不菲的淡蓝色透明的漂亮凉鞋。我穿着去牵牛，下暴雨发大水时，我路过里道地那边的石板桥洗洗脚，一不小心一只凉鞋被大水冲走了。虽然父母没说半句批评的话儿，但我自己还是心疼得直掉眼泪。过了两天，洪水退后，大伯在小溪里帮着寻找，没费多少功夫就摸到了。但因在水里浸泡的时间太久，那只凉鞋有些地方已发黑，早已失去了原先的亮丽。第二年，镇上的供销社又出售相似的凉鞋，里道地的清华姐看到了跟我说，爸爸又特意去为我买了一双。小时候的我常穿漂亮凉鞋是村里的一大招牌，一如妈妈亲手做的特别合脚的漂亮布鞋，这也成了我童年记忆中的一大亮点。

妈妈说：爷爷六十多岁时，一位算命先生说他"六十四难过冬至"。从此，老爷爷除了每天牵牛外，就什么活也不干开始享清福了。他和老伴由两位儿子赡养，一家一人。他被分到大儿子家。阿姆是街头镇上曹宅大户人家出身，父母去世早，与她姐姐一起嫁到我们村，那姐姐就是我的发小惠惠的妈妈。阿姆勤快能干，做得一手好针线活、烧得一手好菜，而且向来十分孝顺。尽管因家中小孩多——养了四女两儿，家境比较清贫（名叫秋和的女儿，小时候就过继给了后岸姑妈家），那时按定额分配的布票特别紧张，但他们每年都会给爷爷做一身一丈二的青色长衫。老爷爷身体健朗，身材修长，一年四季穿着厚薄不同颜色各异款式相同的长衫：夏天是淡蓝色的，拿着一把棕榈扇子；冬天是深蓝色的，捧着一个火笼，在村里四处悠闲地走动，成为一道醒目的风景！他一直睡在厨房的楼上，七八十岁了，腿脚灵便，一个人在高高陡峭的楼梯上爬上爬下。六十多岁的阿姆做针线活时，眼睛花了穿不了针，八十多岁的爷爷帮着一下子就穿进去了。

大伯曾当过村干部、生产队长，为人大气、说话做事一是一，二是二，在村里的口碑不错，受人敬重。三年前，哥哥他们想着修一堵围墙，但墙一高，那菜园地间的小路就显得更窄了。嫂子跟大伯说可否调换一点菜园

长命爷爷的大儿子敏森大伯，2009 年 5 月 31 日，他在自留地里削草时，我随机为他拍的劳动照。

地，大伯爽快地说：你要多少就割多少，不用换！爷爷的大孙子立亮哥也像大伯，是远近闻名的一流泥水匠，手艺高超、为人诚恳、做事细致，在村民中也享有不错的口碑，十里八乡的村民们都喜欢请他干活建房子。哥哥在镇上买的街面屋整修翻新、弟弟家的厨房都是他帮着建的。今年，他自己也建了两间三层楼新房。

但不知什么缘故，爷爷活到94岁，竟然想着去跳水自杀。他自己走到离村好几里地的山脚下，穿着长衫在长留山那儿跳进渠道，在冰冷的水中一直漂流到下安村，被那里的村民看见救起，结果又活了三年多。

他的妻子——我们叫奶奶是分给小儿子赡养的，也是个长命人，活到84岁去世。妈妈说她是个贤惠人，土改时村里分土地不公，她出面理论，结果第二天就得到了纠正。让聪明能干的妈妈都承认贤惠的人，在村里实在是屈指可数啊，可见那奶奶真是非同一般。

而今，大伯已90来岁了，每天上午挂着拐杖从我家的门前散步到路廊，身上带着播放器，唱着曲调悠扬、声音悦耳的越剧。阿姆也84岁了，除了耳朵聋一点外，仍然健步如飞，还经常种菜出门捡稻穗。看来，他们家是有长命基因的。阿姆是妈妈多年来仅有的几位要好女伴之一，另一位是老爷爷小儿子的妻子我们叫小婶，但去世多年了。在日复一日平淡如水的日子里，一旦哪村做戏，她们三人就会结伴走路去看戏，不管路途遥远。

人生如戏、生死有命，或许是她们痴迷看戏的根本原因？

随记于 2015 年 12 月 2 日

牛

晚饭后，随意翻看《读者》，无意间看到一篇赞美牛的文章，情不自禁地想起了小时候，自己曾放养过好多年的那头漂亮的牛。

这头牛从产权上来说，是生产队的，我们家只是为赚工分替养而已。记得当时哥哥姐姐都才十多岁，爸妈为了多挣点工分可以养家糊口，就从生产队里领来这头牛，让小孩在家里养着，每天可以赚四个工分。那时姐姐和我都在读书，因姐姐比我大五岁，每天负责割牛草。农忙时，牛几乎每天都要被拉去耕田犁地。在上下午放耕的时候，必须给牛加点心，要不然，村里跟牛的元本公就会很不高兴。他在生产队里是专门负责跟牛的，对牛的感情非常人能比。要是牛干完活，再去放牛，吃草的时间就不多了，晚上回家后也需要喂青草。因此，几乎每天大清早，姐姐都要出门去割一满篮的青草回来，有时大人在削草时，会顺便把鲜嫩的草带回家。

小时候，我牵养过的牛有好几头，但数这头牛留下的印象最深，因为这头牛从小由我负责养大。她是村里的牛妈妈生的，等稍大一些离开牛妈妈后，就到了我们家。我经常在早晨六点左右起来，牵她出门吃一个小时左右草后再去上学；下午放学回家后，也去放牛，等到黄昏天黑才回家。记得在读小学五年级的时候，学校要组织文艺汇演，老师让我参加"七姐妹"节目的歌舞排练，每天下午放学后还要排练上几个小时，再回家放牛就太晚了。妈妈很生气，不让我去演节目。好不容易坚持了一段时间，但最后还是不得不放弃，老师只好让刚从浙酉转学过来的一位女同学顶替我，因家里没人放牛是不行的，再说我也喜爱这头牛。

这头牛特别乖巧、听话。小溪边没有像邻村，如湖酋那样有大片的溪滩地或草场可以放牛，我们必须牵着牛绳一条田埂一条田埂地走过去让牛吃草。天天放养，时间一长，就很难找到草长得比较茂盛的田埂或水沟。通常情况下，牛牵出去后，几个小时才会吃饱肚子。记得那时，每天想的是村子周边哪儿的草又长得又密又嫩了。大人们干农活的路上要是看到了这样的好地方，也会主动提供信息。所幸的是，这头牛，不管我找到的草是长是短、是老是嫩，她总是认认真真地啃，不像有的牛那样挑三拣四。因此，每晚日落回家时，她的肚子都饱饱的，看着几乎与脊背相平，村民们看见了，都会夸上两句。另外，为贴补家用，那时家里还养着七八只鸭子。有时为了钓青蛙给鸭子吃，我会一边牵牛，一边钓青蛙。钓青蛙需要技术和耐心，有时青蛙不易上钩，而牛已吃完脚跟前可吃的草，这时她总是抬起头来转来转去而不像别的牛那样趁机偷吃田埂两边的水稻或麦子，对此我深为感动！要不，被大人看到，尤其是被生产队长发现，那绝对是要挨批受训的。

这头牛长得四肢匀称、少见的漂亮。那时，各生产队都有不少牛，全村的牛有二十多头。要是可能的话，放牛时大家都喜欢结伴而行。相比之下，我养的这头牛是最靓的。她的身材不高不矮、不胖不瘦，方方面面都长得恰到好处。尤其是那双大眼睛，乌黑乌黑的，好看的双眼皮，长长的睫毛一眨一动，漂亮极了。我最喜欢看她的眼睛，那是一双会说话的眼睛，要是她犯了一点小错，如不小心踩住了牛绳或没把草吃干净，说她几句，从她的眼睛里你似乎能看到悔意。

从某种意义上来说，她是我年少时的一位好朋友。在学校里碰到什么烦恼的事，都可以对她诉说，她从来都是一位忠实的听众。哪天要是碰巧发现了特别肥美的草，牛儿美美地饱餐一顿，傍晚日落时，牛儿在前我在后，我们俩就会一路唱着小曲开开心心地回家。

这头牛是从来不生病的。但每年的夏季，她那双美丽的大眼睛会因天气炎热要生眼病，听爸爸说是太热了的缘故。为预防眼病的发生，几乎每天晚上都要让她待在池塘里，直到十来点爸爸睡觉前才将她牵回牛栏间。

自从分单干后，村里的水牛越来越少，只剩下几头黄牛，因水牛食量大难养一些。这是戏牌前姑姑家养的黄牛，2004年5月10日那天，女儿张蓁宜出于好奇，在操场上远远地牵了一下牛绳。

就算这样，有时候她的眼病还是会发生，严重的时候，那红红的息肉长出来会盖住眼睛，看不见路。一旦她生了眼病，全家人操心不已，找各种方法来医治。

那时，村里与我一样必须每天放学后要放牛的还有另外一位女孩。我家的牛是雌性的，长得漂漂亮亮，不但讨人喜欢，同时也深得其它牛的喜爱。那位女孩放养的是头雄性的牛，虎头虎脑的，有点暴烈。绝大多数日子里，我们都在一起放牛。但有时会因一些鸡毛蒜皮的小事而不高兴在一起。结果，那女孩就故意去别的地方。有趣的是，那头牛一看到我的牛，就会毫不犹豫地奔跑过来，那女孩怎么吼、怎么攥拉牛绳、怎么抽篾扫西都无济于事！那时的我只觉得我的牛好给我面子哦！却原来牛与牛之间也有感情，且不以人的意志为转移！

也许是年少时对这头牛的印象太好、太深了之故，多年后我虽因上学离开了村子，到了县城、省城、京城念书工作，但她那双美丽的大眼睛、那漂亮的身材、那聪明乖巧，一直深藏在我的记忆中。我会时不时地想念她，尤其是她离开我时的那一刻。

记得有一天我放学回家，正准备像往常那样去放养她时，走在牛栏间的路上，看到爸爸和几个大人在一起，还有陌生人，正牵着牛出来。我不明白是怎么回事，问爸爸，说是牛被生产队卖掉了，买牛的是后岸人，因她不会生小牛。那一刹那间，我很伤心，但牛属于生产队的，我家做不了主。大人认为这是天经地义的事，似乎并不像我那样舍不得。因牛是我放养的，买牛的人按惯例给了我一元钱，说是牛绳钱。这一元钱在当时猪肉六角五分一斤的时代已不算少了，但这点钱实在难以安慰我从此再也见不到牛的心痛。好像多年后上高中时，我还向爸妈问起牛的情况，但这头曾相伴我三年多的牛，就这样离开了我的生活。

随记于 2007 年 6 月 30 日

生命的轮回

　　说起这个话题，起因于前不久帮女儿养蚕的经历与感慨。这一过程为：小黑点—小蚕—大蚕—做茧—化蝶—产卵—孵出小黑点。

　　尽管在小溪边，几乎家家户户都养蚕，家中的妈妈和姐姐也是养蚕能手，从小到大看过无数次的蚕做茧，但我从来没有细心观察过这一过程究竟是怎么发生的。女儿上小学三年级时（2009 年 5 月）也曾养过一次。那次是女儿的科学老师给同学们发了蚕，女儿刚拿回家时看着也是小小的黑点而已。那时恰好外甥女涵洁在我家，在妈妈和姐姐的电话指导下，就由她做帮手。才过了几天，蚕就变成了白咪咪的小虫。带回学校时，老师夸女儿的蚕是全班养得最好的。这一夸，女儿来劲了，每天带着涵洁姐姐去同学孙汇家住的院子里摘桑叶。我基本上没有参与其中，也没什么特别的感受。

　　这一次，因女儿的要求，五月初回老家时，从姐姐那儿要来一小片黑点，坐飞机带来北京。出乎意料的是，这些黑点在女儿的精心照料下，很快就长成了好几百只蚕。在桑叶紧缺的大都市里，女儿经常为蚕的断粮而发愁，不时地找班级里的同学和朋友帮忙摘桑叶，洋爸也时不时地开着车去采摘。就这样维持了一个多月，蚕们一只只开始睡眠做茧。看到鞋盒子的四周，尤其是两只盒子的交界处挂满一个个雪白、椭圆的茧，心里还真是蛮有成就感的。

　　蚕的神奇表现在几个方面：一是开始时竟然是细如发丝的小黑点，每天吃的桑叶，必须剪成丝。然后一天天长大，头顶和背上长着数对反对着

那年女儿在小溪边待着时，时常养蚕的妈妈带着她，从姐姐家回来，走在溪滩的堤坝上。

妈妈每年都会在堂前养半张蚕，2005年10月4日，女儿在观看蚕吃桑叶。

的括号，四对小脚，深褐色的小嘴。吃桑叶时，习惯每次从一头到另一头，而不是来回地吃。虽然每次桑叶都只是窄了一点儿，但没出几分钟，一片叶子就只剩下几条筋了。一群蚕一起作战时，那"淅淅唰唰"的声音，好几米远都能听见。由此，也让人明白了"蚕食"的含义与效果！

二是蚕的生活特别有品位。尽管它只吃桑叶，但必须是干干净净的，桑叶只要有一点污染，或者沾上什么气味，如香水味、风油精之类的味儿，更别说是农村里偶然会闻到的恶臭，蚕就会因此而送命。记忆中，每次妈妈在喂蚕前，都要先洗手的，而且养蚕的房间，不允许其他人随便进出瞎逛。最让人不可思议的是，蚕在长大过程中，要经过三眠才走完做茧前的旅途，而每一次眠睡，就像一次劫难，有些体质稍弱的蚕，就不一定能再醒过来。有意思的是，即便死了，蚕的尸体也只是风干缩小，直至成为一条黑线而已，从不腐烂，看起来十分整洁。看到这一情景，让我终于明白蚕丝织品为什么那么名贵了。

三是人们常常以作茧自缚来嘲笑蚕，但谁知这是蚕自身的一次蜕变升华。其实，作茧以后的蚕并没有死。茧是从外到里不断变厚的，在半透明的时候，可以隐隐约约地看到蚕在里面不断地吐丝，直到与外界完全隔绝，而自己却躺在"天堂"里享受着那份难得的舒适与宁静，同时也为孕育自己的下一代做好准备工作。过了数天后，那蚕就蜕变成一只只漂漂亮亮的飞蛾，从茧中飞出来。大部分都停在茧的外面或那些枝叶上（为了让蚕们有地方做茧，我们特意在鞋盒子里放了一些干树枝、花叶）。等找到合适的对象后就开始交配产卵。再过上半个月，那一颗颗黄色的卵子，就变成了一个个小黑点，新一代小蚕的雏形又出来了，而且数量比原来的要翻好几倍。

昨晚，女儿特意让我去看看那些小黑点，仔细瞧瞧，那小黑点还会蠕动呢！看来是要喂桑叶了，但一直保存了好几个星期的三大袋子桑叶，两天前清理冰箱时刚扔掉，这下到哪儿去摘桑叶啊！至此，我终于明白蚕是怎样的睿智，用自身的蜕变升华抚育出下一代，这是何等的奇妙与伟大！

随记于 2011 年 7 月 7 日

人生如梦

人活着，就像做梦一样

正月里回小溪边时，时常听爸爸唠叨"人活着，就像做梦一样"。也许是他想起了年轻时自己的勤劳能干，而今却只能每天去镇上走上一两趟以消磨时光，别的什么也干不了而发出的感慨？起早贪黑忙碌了数十年的爸爸，可能从来也没想过自己有朝一日竟然会天天闲着，挖不了地种不了田。

从小家境贫寒、父亲早逝的爸爸，有三个兄弟一个姐姐，他排行老三，全靠着贤惠的母亲勤俭治家孩子们才健康长大。小时候因家里穷上不起学，他被寄养到浙酉的舅舅家读书。记忆中，爸爸带我去大姑妈家拜年时，都会特意去看望一下他的舅妈，送她一些礼物。在此上过多年学的爸爸，可曾想过长大后，自己仍会与这个浙酉村有着千丝万缕的联系？

爸爸曾在天台造纸厂做过数年工人、当过车间主任。那时的他，可曾想过自己会因精简人员的国家政策而回到农村，从此做一辈子的农民？有时我也会想：要是爸爸继续在纸厂工作，凭着他的吃苦耐劳和聪明智慧，说不定能谋个一官半职？加上妈妈的贤惠能干和精打细算，那我们兄弟姐妹的起点就会完全不同、童年的生活就会多姿多彩、我们的人生路就会走得更加顺畅？抑或退休时，他也能在城里住上小别墅，院子里可以种菜栽花？

而妈妈呢，我向来认为她可以做一家大公司的 CEO。她满脑子的窍门点子，上学时成绩优异，小升初时是全县两位保送生之一，若不是生在农民家，她会不会继续学业考个顶尖的大学，随后做个企业的高管或者是大学里的教授？与爸妈有着类似经历的公公婆婆，若不是受着原生态家庭的影响与束缚，他们的人生又会是怎样的不同？

爸妈那一辈人，在新中国成立时，都是才十多岁的学生，整个国家经历着翻天覆地的变化，他们的人生轨迹也随着大环境的改变而改变，即便有聪慧的天赋、勤勉的习惯，也没有太多的选择而成了农民。

当然，这一切只是夜深人静时突然涌上我心头的一种思绪而已！转而想想，一个人一辈子能把一件事做好也是非常不容易的。就如爸爸，他这一辈子就是将自己能够支配的那一亩三分田管理好，种出最好的蔬菜、稻谷。而妈妈，则管理好自己的家庭，让整个家和睦温馨、蒸蒸日上，同时配合爸爸做好助手的活。这种配合，最为典型的事例就是培育秧苗。

先是由爸爸在已成熟即将收割的稻田里，带着畚斗，挑选最为饱满漂亮的稻穗，直接用手摘下，交给妈妈翻晒保管珍藏。到了第二年育秧季节，由妈妈拿出保存完好的稻谷种子，浸泡在大缸里。这需要算计好浸泡的时间，同时要挑选好散谷种到秧田的时日，最好是风和日丽的时候，而且随后几天也不会有暴雨、大风。种子浸泡到水里后，爸爸负责整理秧田。秧田本身的泥土要肥沃、表面要平整、放水排水要方便。要不然，刚长出白白嫩嫩小芽儿的稻种散播到一行一行的秧田上，来场暴风雨，娇嫩的秧苗自然会遭殃。要是秧田的表面不平整，可能低的地方，秧苗会淹死；高处的秧苗又会干死，而且也不利于控制秧田里的水量。在管理秧苗时，自然越勤快越好，不说一日必须去看上一遍，有时在天气多变时，可能需要好几遍。爸爸照看秧苗，实实在在得就像用心养育自己宝宝的妈妈们那样，白天黑夜心心念念，一刻都不放松。当然，这么优质的秧苗，是爸妈密切合作的结果，谷种在家里浸泡的时间、温度等是妈妈的活，出田后就全由爸爸来管理照看。也是在多年后，我才明白这些因素的综合作用才会有稻谷的好收成。随着年岁的增长，我也越来越认为：无论是哪一行，要做到顶尖水平，除了天赋，还要勤奋才成。"业精于勤而荒于嬉"这句谚语，对老农民来说也不例外。而人生苦短，就像做梦一样，转眼间就梦醒而一切消散，或许这就是爸爸年岁渐大时对人生的感悟？！

随记于 2012 年 2 月 27 日

家

　　曾几何时，"常回家看看"这首歌风靡大街小巷，搅动了多少人的心湖。

　　家是一个人魂牵梦萦的地方，但何谓"家"，却又见仁见智各赋其义。多年来，在我心中，父母生活劳作着的小溪边就是我的家，那是我在外漂泊疲了倦了累了而深感前途渺茫时唯一可以汲取前行动力与勇气的地方。在异地他乡孤独地打拼一段时间，每当我厌烦了世俗社会中的勾心斗角、尔虞我诈，深感疲累时，就会找机会回小溪边在父母身边待上几天。看着父母在刺骨寒风中挑土剪桔枝削麦草，春寒料峭时在水田里耕作插秧，夏日炎炎时在热水烫脚的田里割稻子捆稻草，秋叶纷飞时又忙着收割晚稻种麦子，冬雪漫天时父亲在家忙着修理锄头、铁耙、镰刀等农具或自己编做草鞋，母亲则忙着纺线做布鞋织毛衣……这些场景常让我感慨自己的福分就是父母修来的，自己哪能不继续勤勉让他们可安度晚年呢？！

　　事实上，从年头到年尾，不论是"双抢"还是农闲，他们总有干不完的活忙不完的事。就这样从天亮一直忙到天黑，日复一日、年复一年地劳累着，含辛茹苦地养育着四个孩子，尽己所能地给他们吃饱穿暖，还时不时地搞点家庭建设：70年代初建了70多平方米的泥墙屋可以关牛养猪放农具打谷仓储存粮食；再过5年，就做了满堂红辣辣的家具，包括雕花床、雕花碗柜、扁箱、开箱、床头柜等，四五位木匠师傅雕花师傅加起来忙了70多天；1984年时又开始建了当时最为时髦的三间两层楼砖瓦屋。渐渐地，我们家就成了村里名列前茅的殷实人家。

　　父母从不偷懒，面对生活的磨砺与残酷，也从不抱怨，那种勤劳、朴实以及对生活中的喜怒哀乐处之泰然的人生态度，从小耳濡目染的我便知"人生本是含辛茹苦"的含义。刚工作时，每次回家与妈妈同床而眠时，妈妈就会说说村里发生的种种趣闻，我也聊聊自己目前的处境。在小溪边待着，只要天气晴朗，那连绵起伏的高山上就飘浮着朵朵白云，那轻柔、如絮的白云，那么安安静静躺在蓝天下，那份安宁、满足，总会让我对未来的日子重新充满信心，相信眼前的一切不如意都是暂时的。踏上归途时，回家前的那份迷茫早就随着北面山顶上的白云迎风飘散了，同时也明白自己下一步该做什么。

在无数次的回家中，印象最深的是1989年自己大学毕业的那个暑假。在省城刻苦修炼了四年英语又学了法语的我，因成绩优秀被分配到台州师专英语系教书，而那些成绩一般家有门路的同学则去了外贸局、旅行社等好地方，自己又感生活阅历太浅不太喜欢教师这一职业（尽管事实上，能当上大学老师在当时已是很不错的工作），但整个家族世代都是农民毫无门路可走！当自己心情郁闷、一脸黯然回到家里时，一生节俭的爸爸竟然顶着烈日，特意骑着我上大学后第一个暑假用举办英语培训班赚来的小钱买的那辆粉色自行车，去镇上买了二斤杨梅，补偿我一下，说："运气还不错，这是最后一批杨梅了。"爸爸的这一举动顿时让我心里暖烘烘的，这就是那个永远向你敞开为你避风挡雨的家！尽管已过旺季，杨梅大多是酸的，但感觉上却增添了几分甜味，心里也多了几分温暖！随后，弟弟又买了一斤桃子，嫂子上街时还买来西红柿和西瓜。那天中午，从小喜欢钓鱼，水平一流的弟弟还钓来一条二斤半的大鱼。"今天真有点过节的味道。"我忍不住感慨道。家里热热闹闹的，在浓浓亲情的包裹下，对工作的失望之感也消了大半，心想至少离家近又有寒暑假，可以多回几趟家啊。

吃着美食大餐，享受着家人的关爱，那低沉的心情也随之渐渐晴朗起来。晚上纳凉时，风清月明，与爸爸、姐姐坐在九龙桥上，聊起那时的政治形势和学潮运动，这一话题竟然连远在江南偏僻小山村里的村民们也十分关心，可见其影响之深远。出乎意料的是，他们能理解学生们的举动，真是令人欣喜。此后，忙完了一天的农活，等到晚上一起聊天时，爸爸总是宽慰我说："现在我们家没靠山没门路，你只好先去教书。要是过几年，你还是不喜欢，就再想办法换工作，到时总要比现在的路广一点。"

　　能有一份稳定的工作而且还是大学英语老师，在一辈子与黄土为伴的父亲看来已相当不错了。是啊，整个家族世代都是农民，自己又刚走出校门，除了服从分配，还能有什么出路呢？只是在多年后，我才深深地明白一个大学本科毕业生仅凭国家分配就能去另一所大学教书而不必自己费心劳神投简历面试找工作，那是怎样的福分！

　　就这样每天帮爸妈干点农活，到了 8 月底，我还是无可奈何地去了台州师专当了一名英语老师。因原来任教英语语法的老师要去读研究生，系主任陈彩忠老师让我接手这门最枯燥最难教的语法课，他还说："若能将语法课教好，其他的课就不在话下了。"慢慢地，我竟然开始有点喜欢老师这一职业了，年龄相仿的学生，一个个成了我要好的朋友，他们亲切地喊我"小季老师"，约我一起去看电影、秋游，我教她们跳舞、织毛衣、说说外面世界的故事……

　　此后，每年暑假，我都及时赶回家帮父母"双抢"，直到新的工作不再有寒暑假，村民们的生活也越来越富裕，不再种双季稻，而改为一年一季的杂交水稻。

　　随着父母年岁的增长，我回家的频率也越来越高，自打父亲在京城迷路那一年后，只要在国内，那些节假日都成了我回家陪伴爸妈的时光。每一次，眼看着爸爸一点点地老去，自己却无能为力，那份无助感就让人痛彻心扉……先是他说自己的膝盖疼，咨询搞外科的亲戚立贵医生，说是老年性常见病，是膝盖里的骨头长年磨损的结果，无药可治；过了半年，爸爸走路时，背也越来越驼了，问问颇懂养生之道的朋友小莹，说是人老了阳气不足之故，也没什么特效药可以让人重新挺拔，只能多晒晒太阳；又过几个月，他走路越来越不稳，整个身子向前倾斜，快速地踩着小细碎步，鞋底磨着地面，一旦刹不住，就会摔倒，尤其是后退，还没转过身，就摔地上了。我们特意为他买了好几根雕有龙头漆成暗红色的漂亮拐杖，但一生要强的他，嫌拄拐杖走路丢面子，总是不愿拿着做帮手而四处乱丢，结果又总是时不时地摔倒在地……

2013秋末的一个夜晚，当我待在纽约皇后区租住的一个小房间里，想着接下来是漫长的冬天，白天时间太短，不适合出门考察，是否先看书做点研究或写点小文章，或者真的可以写写爸爸的人生时，就给弟媳妇电话。她正好在前丁家里，就让爸爸接电话，我问他：吃早饭了吗？他说：早饭吃过了，马上就要吃中饭了。此时，他的脑子还是清醒的。这是我出远门后，第一次跟爸爸通电话，让他惦记着女儿，有个盼头，将身体养好一点。年底，我再给嫂子电话时，那天正好是镇上集市，店里的生意有点忙，她说这几天老爸能走到她的店里并坐了好一会儿，这真是难得的好消息。我还以为爸爸这辈子再也不能自己走到鞋店了呢！看来，他的身体也有所好转啊。

只是才过半年多，他就越来越瘦。原来健步如飞、日行山路五六十里的爸爸，出门卖虾皮、以爹拐兑橡，常常半夜12点从家出发，有时带着哥哥，先步行至林加山，再走到前王、里王坑、路田，绕到乌岩坑、慈凹、田芯，赶回家晚上七八点左右，这么能走路的爸爸，就这样一点点地变老变弱，直至除了吃饭，日常生活也需要人服侍照料。

目睹了一个人衰老的过程，我也渐渐明白了人生中有多少事儿，是自己无能为力而只能顺应天命的。又过半年，无论我们怎样悉心照顾，怎样的不舍挽留，爸爸终究还是走了……

随记于 2015 年 3 月 28 日

爬　山

　　传说中的前山，是神仙挑炭滑了一脚，将一头炭倒在那里的地方，另一头炭则倒在方山顶。这前山与方山顶隔空相望世世代代，成了上下村庄的地标。早晨，太阳从前山升起，傍晚夕阳从方山顶落下。站在家门口远眺，前山就像一堵弯弯的墙，顶上平平坦坦的，太阳就从左墙脚升上天空。在童年的眼中，那是远在天边、遥不可及的地方。而今，满山满坡种满了桔子和杨梅，成了一座果园，始丰溪绕着山脚缓缓流淌。这山清水秀的地方，现在是街头镇的祖辈们长眠的风水宝地（小舅舅就躺在那里的公墓里）。

　　一条两米宽的水泥路从山脚蜿蜒至山顶，我带着妈妈慢慢走着，不时地回头看看两山间的村庄，哪村的新房子又高又多一目了然。山坡上松树林立，但唱主角的竟然是茅草秆，一人多高，密密麻麻，入冬后成淡黄色，但仍能想见曾经绿油油时的繁荣。不少地方几乎覆盖到路中央，看来也是很久没人打理这条山路了。走到拐弯处，妈妈还记得那年大年初一，老老少少一家六人来游前山，她走到这里不小心绊了一脚，在地上打了一个滚，却安然无恙的情景。那天早晨，爸爸捧着香在老房子的二楼祭拜祖先时，在楼板上一脚踩空跌到一楼的卧室里，也毫发无损，那是怎样的幸运！而今，爸爸离世快一个月了，家里其他人都出门办事去了，正月初四中饭后，我特意带着妈妈故地重游，让一个人独处时一脸落寞的她，除了看电视上的越剧外，生活还能丰富一点。在山上，偶尔会遇到父亲带着儿子来爬山或一家人来此游玩，但这片山已少了往日刚修建时泥土的芳香、山路的整洁与春节时的热闹，那破败的景象被四处疯长的茅草秆昭示无遗！

2009年的大年初一，我组织一家人去爬前山，在山顶上拍了一张合影。

近处看山顶，那山头就像两只大狮子趴着。狮子脚下全是黑炭似的一块块大石头。站在山顶上俯瞰四周，始丰溪依然奔流不息，田园风光尽收眼底。一阵阵桂花香随风飘过，这里原本真是个爬山小憩的好地方，为何几年后反而破落了呢？是资金短缺了？抑或是换了村干部计划变了？妈妈和我都惊讶于东北面靠近街头镇小学的那一排排整齐崭新的高楼，房子都是三四层的，看来是统一规划后的结果。这些房子前后留有空地，有些人家种了一些花草，但大多都种蔬菜了。虽然不如墨尔本房子前后都是花园的精致漂亮，但在农村已属少见的富裕，比其他地方东一栋房子西一栋高楼的要好多了。在自家的道地种菜，长得绿绿的、嫩嫩的，既美化环境，又具实用价值，这一点侨居海外多年的华人也依然不改本色，在纽约国人的聚居地法拉盛随处可见。

我拉着妈妈的手一步一步沿着石板台阶下山，那荒废的景象越走越浓，这么一处可以登高远望、风景秀丽的地方，不是说要花大钱修建成一处休闲健身之地吗？为何如今却是一片荒凉呢？这一疑问从上山开始就一直萦绕在我的心头。到了山脚，因妈妈不敢走铺在溪水中的石头过河，只好重回半山腰绕道走下面的玉泉桥。出乎意料的是，那边下山的路全是泥土路，昨晚下过大雨，泥土路黏黏的，走上几步，那鞋底全粘上黄泥，重重的，粘得两脚如拖着好几斤重的脚镣。我们只好走几步就在路边的干草上清理一下，再走几步。幸好妈妈穿的是雨鞋，不会弄脏鞋子，而我穿的是布鞋，连鞋面都满是黄泥。离桥最近的山坡是街一村的公墓，躺在青松翠柏中的逝者们，能感受到春天的气息吗？溪水清澈见底，柳芽儿冒出尖尖，桃花盛开，娇艳欲滴。天，阴沉沉的，开始下起毛毛细雨……

随记于 2015 年 2 月 26 日

你了解爸爸吗？

数天来，一直想为爸爸写点什么，但感觉无从下手。原以为自己对爸爸十分了解，可细想起来，却又是那样的陌生或者说是整体的模糊。相反，倒是小时候的事情，至今想起来仍历历在目。

爸爸的勤快在上下三村是出了名的。春夏秋冬，年复一年，无论风和日丽还是严寒酷暑，爸爸每天总是天刚蒙蒙亮就起床，先到自己负责的田头转上几个小时，看看是否要放水或加水，杂草是否要清理削掉，然后才回家吃早饭。

记忆中的爸爸，做事从不偷懒。在我们小的时候，村里的田地还没有包干到户。爸爸白天干完生产队里的活后，还经常起早摸黑种自留地和方山人那儿的瓦厂坦，同时还在门前屋后溪边田岸，种上洋角豆、丝瓜、西葫芦、圆金瓜等。有了这些粮食和蔬菜的添补，再加上妈妈的心灵手巧，善于治家，每年到了三四月份青黄不接的时候，村里不少人家缺粮食，有了上顿没下顿，而我们家却向来衣食无忧，偶尔还能吃顿炖猪肉。那时的妈妈还自己织毛线衣毛线裤给我们穿，不少人家都只能穿自己织的棉丝衣棉丝裤，在保暖性上差远了。每次与兄弟姐姐说起童年时的种种往事，心里流淌的还是那些幸福时光。

爸爸是种庄稼的能手。我上初中时，村里开始实行包干到户。分给我家的几亩田中，有一丘叫十七箩的，属于烂泥田，走到田里壁，烂泥就能没到大腿根。但就是这样的差田，没过几年，就成了村民眼中的好田，因这丘田种出的稻子是村里数一数二的。也许，这与爸爸是个有文化识字的农民有关，农闲时会看看介绍栽种农作物经验的报纸书籍。加上他做事讲究，追求完美，种田呢，要求无论是竖的还是横的，都要对直。除了我们几位他亲手教出来的徒弟外，其他人种的田，他都瞧不上眼。

除了几亩田外，爸爸管理的几亩地，在村里也是出名的。那几亩地，二十多年前，爸爸改种了桔子，他采用科学的方法嫁接、剪枝，每年都能摘上好几千斤，即便每斤才七八毛钱，也能卖上好几千元，是一笔相当可观的收入。自己吃的就更不用说了，妈妈年年都会特意珍藏不少，等我们春节回家时品尝。遗憾的是，那么一大片郁郁葱葱的桔园，几年前因为平整土地，被连根挖起，抛荒数年后重新分地，成了别人家的了。而今一想起当年那片挂满桔子的溪滩地，就让人感慨不已！当官的为了政绩，几时考虑过老百姓的辛苦与需要？

尽管从世俗的眼光来看，爸爸是位地地道道的农民，但与绝大多数农民不同的是，他不但知书识字，而且能写一手漂亮的毛笔字，还当过多年的村干部。年轻时他曾在县城造纸厂里当过数年的工人，还当过车间主任。也许因其人生经历与一般的农民不同，在重男轻女传统风气浓厚的小山村里，爸爸从来就没有过这样的思想。我读小学的时候，有一次，他说："君，只要你能读书，读到哪儿，我都支持你。"后来，果然一直让我从村里读到镇上再读到县城，又从县城到省城，继而又到了京城。就这样，我离爸妈越来越远，陪伴在他们身边的时间也越来越少。

就这样，一晃几十年过去了，爸爸也渐渐老了，而今已七十好几了。所幸的是，他的身体一直不错，向来无病无痛，一年到头，也极少感冒，只是天天从早忙到晚。尽管他经常挂在嘴边的一句话是："我这一生都干了几辈子的活了。"可多年前，我们让他别种田了，他又舍不得那么好的田荒了或租给别人种。就这样，他年复一年地在田里耕耘着，天天日出而作、日落而息，农忙时干累了，就嘟嘟囔囔几句。但每天，他还是那么勤快，毫不偷懒。

让我深感内疚的是，这么多年来，自己从没真正照顾过爸爸的饮食起居。近几年来，爸爸一再说要到北京看看我们的新房子，去年奥运会时，

爸爸在溪滩地里栽种了桔子，他又在空地上种了葱。照片中的爸爸在松土。

人太多，爸爸又不喜欢体育运动，我就劝说他等今年新中国成立 60 周年大庆时再来吧，那时的京城会到处鲜花装扮，最为漂亮。

爸爸终于如愿地在国庆节前半个月到了北京，但每天待在脚不沾地的钢筋水泥楼房里，他极不习惯。在我心目中一直那么能干、是位种庄稼能手的他，这次来北京家中小住，在陌生的环境中却惊讶地发现他无所适从、一点都不能干了。而且他依赖性特别强，除了生活上不必照顾外，开始时连出门都成问题，他不知道怎么找回家，在他眼里每栋楼都长得一模一样，也确实是一模一样的。

尽管多年来，经常听人家说老人与小孩一样，都需要照顾，但说实在的，在此之前，我并没有任何切身的体会。爸爸来家里才几天，就让我明白了这个"一样"的深刻含义：原来人在生命中的最后几年里跟小孩刚出生时的前几年是一样的，一切都需要人帮忙、料理、关照。不一样的是，老人越老越弱，小孩却越长越强。同样一件事，教小孩几遍会觉得是理所当然的，但换成老人，就可能会感觉太费劲了。

"父母在，不远游，游必有方。"事实上，孝顺父母也是说说容易，做起来不易的事。从爸爸身上，我看到了自己老了时候的生活：无论如何要有事情做，而不是整天无所事事地消磨时光。我将这样的感想告诉洋爸，他说："我老了可以看书。"这也是一种生活方式，若到时给子女增添太多的麻烦，时间一长，小孩们肯定会厌烦的，自己也不会舒心。反思自己的心态与行为，要是照顾年老的父母有照顾女儿时一半的耐心和细心，父母就会幸福满满。在先生和女儿看来，只要我爸爸在，我对他们俩都不如对爸爸好，只是这样的日子毕竟太少了。

本以为把爸爸接到北京可以让他享几天清福，事实上，天天在家待着，什么都不用干，什么都干不了，对他来说也是一种活受罪。人一旦觉得自己活得毫无价值时，心情也会随之沮丧的。经过数天来的观察，发现真要孝顺的话，还不如我回老家去陪他们几天，在他们熟悉的环境里，他们才会心情舒畅，才会感觉自己生活得有滋有味。

随记于 2009 年 10 月 23 日

游　京　城

父亲这一生绝大部分时间，都生活在小溪边的那个小山村里，无论春夏秋冬，他总是有忙不完的活儿。但因他的小女儿到北京上学工作，这些年中，他曾三次游过京城，坐过飞机，这对小溪边的一个老农民来说实属难得！第一次是我在北大研究生快毕业的时候，妈妈临时建议的结果。第二次是他陪着他的哥哥（我的大伯）受朋友之托来家里。那时，我的女儿小洋洋出生还不到 5 个月，他说正好趁机来看看他的小外孙女。第三次是经特意安排，让弟媳妇带着他一起来看看我们家的新房子，以了却他再来一次女儿家的心愿。

第一次：说走就走的旅行

1997 年 6 月中旬，在顺利完成硕士论文答辩后，我趁机回小溪边一趟。当我突然出现在家门口时，出乎爸妈的意料，他们非常高兴。但只待了一个晚上就要离开，他们就舍不得了，我离开时，他们俩眼圈红红的，一直送到九龙桥，我安慰他们说，回京前会再回来看他们的。过了几天，我带着年初时用过的厚被套回小溪边，趁第二天阳光灿烂，可以让妈妈帮忙一起到溪滩洗被子。洗完后，晒在溪滩干干净净的石子上，半天就干，被子闻着，就会有一股暖暖的阳光味道。在外工作读书多年，千里迢迢背被子回小溪边到溪滩清洗，是我最爱干的事儿，也是特讲究干净的妈妈最为认同的事儿。

那天一大早，我们就出发去溪滩了。因妈妈太讲究，漂洗的时间太长，原本清澈见底的溪水，突然间竟然变成了混浊的黄水，可能是上游有人开始挖沙子的缘故。无奈之下，只好到对岸姐姐村那边的溪水里再洗，幸好有姐姐帮忙，要不漂亮的被套没洗到让妈妈满意的份上，不知她要难受多少天呢？！

洗被子时，妈妈建议让爸爸跟着我去北京旅游一趟，由她出爸爸的旅游费，这真是太难得了！因爸爸多年来总要天天忙着起早摸黑干农活的，这回竟然可以抽出时间出游了，最为关键的一点是还是妈妈自己先提议的。我虽不知回京后毕业前会忙些什么，但感觉住在北大校园里出游可能要比工作后更方便一些，就满口答应了。第二天，恰好是香港回归的日子，我们在家看电视，看着升国旗仪式时，那四个小伙子动作整齐潇洒，英姿勃发，举国上下扬眉吐气，让人终生难忘！平稳地收回香港，洗刷了中华民族的国耻，身为国人，没有人不佩服邓小平的战略目光与超人智慧！

7月1日上午，爸爸自己一个人来城里找到我的住处，真是不错。下午一起出发到杭州。晚饭后，在杭州做生意的哥哥、弟弟过来将爸爸接走，这样晚上睡觉方便一些。因带着爸爸出门，万事要考虑得周全些。第二天上午，我们去超市采购了不少好吃的东西。晚上到了火车站，帮着买火车票的朋友客气得不得了，又送我们一大袋吃的东西。实在是太多了，根本带不走，只好挑选一些，其余的全退回，这一份热情客气让爸爸甚为感动！

一路顺利到了北京。但朋友帮忙预定的宾馆在北大西门，太远，只好退掉，让爸爸住在北大小南门对面的旅馆里。

7月4日上午，我先去系里问清楚毕业前的活动安排，竟然有四天没任何事儿，运气好得不行，马上带爸爸去游天安门、大观园和天坛。我特意从同学张慧霞那儿借来相机，为爸爸拍了不少漂亮照片。可遗憾的是，毛主席纪念堂不开放，爸爸在家时就说有人在谣传因香港的事儿可能会不开放，果真被爸爸说中了，只是原因不同而已。早知如此，等以后或明年来就好了。不过，既然我留京城工作了，以后总会有机会的。只是爸爸最想看看"躺着"的毛主席却未能如愿，这一趟京城游的价值似乎就大打折

1997 年 7 月香港回归时，爸爸来看天安门。这是他此生第一次京城游。

扣了。

事实上，京城那些著名的旅游景点，在求学的这四年中，我曾带着同学朋友们一次又一次走了好多遍，实在是太熟悉了，每一次都会总结经验不断修正路线。至此，那几条旅游线路已日臻完美，可以在短时间内以最便宜的花费游遍最具代表性的所有景点，但又不像旅行社那样走马观花、起大早赶黑路。

7月5日，我们去最远的长城、定陵。说到长城，若不是陪自己的爸爸，我还真懒得再去了。因爸爸待在北京的时间有限，又一个人住在旅馆里，就不得不安排天天出门游逛。从长城回来后，向来说自己最会走路的爸爸，一天能从小溪边走到东横山日行上百里的他，也感觉累得不行了，说："没想到出门嬉嬉比在家种田还累。"

7月6日早晨，我起来后先到校园里拍几张照片留念，去旅馆接爸爸的时间稍晚了一点。结果，爸爸自己已经出门了，害得我紧张地找了好一会儿。幸好，爸爸很聪明，自己返回旅馆门口站着等我，总算是有惊无险。这天，出游的主要景点是故宫、景山和北海。路线是从故宫的南门进北门出，再进景山公园南门，往右拐走到公园东门，爬上山顶的万春亭俯瞰故宫全貌，出西门，穿小巷进北海公园东门，往左走到南门看历代的名家墨宝，再坐船到西北角，由西向北看小西天、园中园等，出北门，正好有公交车直接回北大。这一天游览的内容丰富多彩，既有历史文化、宫廷建筑，又有湖光山色、皇家园林，还能坐船逛酒吧，而且还不感仓促疲累，可以说是一日游的黄金路线。

7月7日，我安排游逛圆明园和颐和园。大清早，我们就出发去逛圆明园。在拍大水法的遗址时，一片清静荒芜，让人深深地感受到了历史的那份凝重，我也拍到了梦寐以求的"接天莲叶无穷碧"的照片。后来，又多次到过这一地方，但再也找不到这种独特的感受了。

上午，我们骑自行车去颐和园，60岁时才学会骑自行车的爸爸，骑得飞快。我们从东门进，右拐先去苏州街，从北面爬上佛香阁，南门下，步行至十七孔桥。这样走一圈，基本上不走重复路线，但万寿山、昆明湖的各处美景及最佳拍照地点都一一囊括了。中午，去清华园吃我最爱的砂锅饭，这香气扑鼻的鸡肉砂锅饭是我与海波、叶菁等好朋友时不时来改善一下生活的首选，顺便将清华园也逛了。这几天连续紧赶猛走，爸爸早就受不了啦，一再说："没想到出门嬉嬉也会这么累。"好在此时他还算年轻，睡一觉，第二天就恢复得差不多了。下午，我要去拍班级、年级的合影照，就让爸爸好好休息一下。

这时，已到了毕业离校的日子。7月8日上午，我们忙着整理行李打包，下午举行毕业典礼。最为遗憾的是，毕业典礼时，事先不知道家长可以一起去参加，因国内的学校通常并不在意家长参加孩子的毕业典礼，我就让爸爸在寝室里等着。等到发现有专门的观众席时，已无时间回寝室叫上爸爸了。要是让他看看女儿穿着学位袍与校长合影，感受一下那欢闹而激动人心的场面，一向以女儿为骄傲的爸爸肯定会开心不已的！毕业典礼后，我带着爸爸逛了逛北大校园，这一次京城游就基本结束了。

毕业前的事情虽然不多，但到了要离校的日子，大家的心情开始有点浮躁起来，也带着些许落寞。我一边忙着办理离校手续，一边要去工作单位高检院报到。此时，我已无时间再陪爸爸看风景了，就买了7月9日的票让爸爸回杭州。爸爸第一次游京城，待的时间虽然不长，我身为学生，能招待爸爸的条件也是最差的，只能吃食堂，但好在爸爸腿功不错，是一位特别能走路的人，他常说自己"走路，脚后跟都不着地的"。数天内，主要的景点基本上都跑遍了，我也为他拍了不少美照留作纪念，此游给爸爸留下极为深刻的印象。此后，乡亲们与他聊起北京时，他就多了一份实实在在的亲切感，而他的下一个心愿就是此生能坐一次飞机，当然有机会还是要看一眼"躺着"的毛主席的。

第二次：意外之旅

第二次爸爸来北京有点出乎意料。那是2000年11月初，女儿小洋洋出生还不到5个月，我一个人在家带养她，没有任何帮手。先生每天上班早出晚归，加上那时的女儿晚上总要闹腾几次，睡不好觉，我们俩忙得有点晕头转向。头天，弟弟来电话说爸爸与大伯他们第二天要坐飞机来北京，结果还真来了。因大伯的朋友找我们有点事儿，爸爸就陪着他的哥哥一起来，其实他是想着可以趁机看看出生后一直还没有见过面的小女儿的女儿而已。这次，他们待的时间不长，前后才6天，来去匆匆。

这是爸爸平生第一次坐飞机，大伯说爸爸在飞机上吐得厉害，也许是他的身体差了之故——尽管爸爸才65岁。几年后，我带着这个年纪的妈妈从杭州飞到北京，她也吐得一塌糊涂，脸色煞白，浑身无力，差点都到不了家门，我才明白晕机是怎样的难熬！那晚爸爸半句未说旅途的辛苦与难受，大伯说起时，他只是在旁边笑嘻嘻地听着。他们父亲去世早，大伯就成了当家的，爸爸向来特佩服自己的哥哥，对他可谓言听计从。大伯是远近有名的能干人，无论是干农活、养鸭子，还是操持机器碾米磨粉、做小生意，都是一把好手。已70来岁的大伯，天天在家自编竹篮、畚箕等，每到镇上集市，他骑着三轮车去卖掉。爸爸在家中排行老三，上有姐姐、哥哥，下有一个弟弟（我们叫小舅舅），三个兄弟长得很像、浓眉大眼、英气逼人，家中曾有他们年轻时的一张合影照，个个俊美；大姑妈更是秀气靓丽，80多岁了，晶亮的眼睛、俊俏的脸庞，满头银发，穿着素净合身，表姐们说她像外婆。大姑妈怎么看都是位大美人，一生勤快，治家有方，灶台上向来都是一尘不染的，人见人夸。

与三年前相比，爸爸确实老多了，看起来还不如大他四岁的大伯年轻，想必是他在家里干农活太辛苦之故。我们曾好多次劝说他和妈妈来京城跟我们一起生活，这样就不至于那么辛苦、那么累，但爸爸舍不得丢下那几亩田。尽管每次见面，他都叨唠说自己有干不完的活，太辛苦，快干不动了，可真要他闲着什么都不干，那他一天也待不下去。他们到家时已晚上8点多，说在飞机上已吃过晚饭，我们就做了小溪边的米干汤，让他们喝上一些，胃就会舒服一点。

爸爸他们带来了不少老家特产——豆腐皮，这是催奶水的上好食品，足够我吃上半年了。两个月后，有一次北大同学来串门，她养的儿子与我的女儿差不多大，说自己天天炖猪蹄吃，吃得一看见都要吐了，可奶水还是不够，儿子基本上是喂奶粉的。我就煮了一碗鸡蛋豆腐皮粥给她喝，临走时又让她带走一些豆腐皮，并告诉她做法。从此，她就有足够的奶水喂饱儿子了。这是题外话。

出乎意料的是，一连哭闹了好几个晚上的女儿，自从爸爸在隔壁房间里住着后，就不哭了，白天的表现也不错。昨晚，爸爸他们来时，她自己一个人在小床上躺着，不哭不闹，等到他们吃过晚饭，她就开始哭了。难道这么小的小孩就知道如何把握时机？真是太有意思了。

爸爸他们是11月9日周四晚上到的，第二天是周五，因坐飞机太累了，我就让他们先休息一天。吃晚饭时，发现爸爸那一口洁白整齐的小板牙已掉了好几颗，不少菜都咬不动了，米饭硬一点也不行。突然发现要把他们招待好，还真不容易——尽管他们自己一点也不挑剔，还生怕给我添太多的麻烦。爸爸总是放心不下家里那几亩田，一出门，就会时不时地不由自主地念叨着哪一丘要放水了，哪一丘要除草了。其实，真要出门不种了，村里谁会说闲话呢？不过，从身体角度考虑，还是待在家里空气清新，每天干点体力活更有利于健康。因此，我从不主张让爸爸到自己家里来长期生活。让他天天待在脚不沾地气的水泥房间里，下楼了也不会用普通话与同龄人自如地交流聊天，他根本就适应不了，对他来说，日子就会如坐牢般的难受。

周六那天，我决定带大伯和爸爸去天安门逛逛，对他们那一辈人来说，毛主席是他们心目中的太阳。游京城，毛主席纪念堂是首选之地，而且大伯是第一次来北京，年近七十的他，以后再来的可能性不大。但因有了女儿，忙这忙那，把女儿安排妥当后再动身出门，就10点多了。坐地铁到了天安门，我们直奔毛主席纪念堂，只见门前冷冷清清的，看来运气不好，今天是周六，不开放？在广场上游逛拍照时，我时不时地朝那边看看，都不见有人走动。

1997年那次，爸爸来游京城时，恰逢纪念堂正在修缮不开放，就没看成。心想：这次只要开放，总会有时间让爸爸实现这一心愿的。于是，我们就先去看天安门城楼，再到人民英雄纪念碑那儿拍照。这时，爸爸说：

"看到有人在走唉。"我一看，确实有一帮像游人的样子从北门进去。我赶紧跑过去问警察，说是 11：30 关门，这是最后一批，周六只开放半天，周日不开放。

看来，我们已错过机会了。要是爸爸他们周一就回去，这次又看不成了。后悔之余，就极力劝说大伯多待一天以便能了却多年来他们想看看毛主席的心愿。大伯就答应了。但他心疼我花钱太多，到了人民大会堂买票的窗口时，大伯一再说不愿意进去看，因爸爸上次就看过了，家里的女儿还等着我早点回去，第一次让先生一个人在家带那么小的女儿，我是有点不放心的，就没再坚持劝说他们进去看一看。

我们赶回家时才下午 1 点多，正好可以吃中饭。到家时，以为先生会诉苦几句呢，结果他却说："女儿整个上午都特别乖巧，连奶粉都没喂过，乖得让人感动。"这个小洋洋，刚满月时就是这么乖巧的，那天去妇产医院检查来回三个多小时没喂奶，她都不哭不闹，好像一旦有什么事儿，她的表现总是特别好，看来以后会比我们有出息！

下午，大伯和先生一起出门去看看感冒了住在饭店里的老乡。我与爸爸聊天，让他了解一点我生活和工作中的一些事儿，爸爸也说了家里的一些情况，如晚稻收割时间的安排、小麦播种的地方、处理村民之间的纠纷等。言谈中，爸爸对妈妈的说话水平还是很佩服的。妈妈是村里有名的能干人，记性好，有文化，说话到位，做事讲究，比如让爸爸带给我的米干，她会先用塑料布包好，干干净净的，而不像一般人直接放在纸箱里。

周日，我特意带大伯和爸爸去逛动物园里新建的海洋馆，这需要大半天的时间。但有了昨天的经验，今天再让先生带女儿也就放心多了。

我们 8 点多就出发。海洋馆的门票是每人 100 元，但一看说明，满 60 岁的老人可以折半。从上学时就发现首都在旅游方面比较大气的一点是，学生和老人可以在门票上打半折。

海洋馆，先生去看后曾赞不绝口，可我一直没机会去逛逛。一进门，就被五彩缤纷的鱼儿吸引住目光，我不断地拍照。尽管那高山流水、小溪木桥等都是仿造的，对来自江南农村的我们来说，没什么新奇感，但清澈见底的流水还是让人顿感神清气爽。各色各样的鱼儿，也让人大开眼界，如蝴蝶鱼、美洲豹、吃人鱼等，尤其是精彩的海豚表演，真是前所未见，将观众送上了欢乐的顶峰。海豚们在训练师的指挥下，如舞者般表演各种高难度动作，一只只从容不迫地从水中腾空而起好几米高，再重重地跌入水中，浪花飞溅，观众狂呼！最后还排列组合，两只、三只、四只一起接二连三地跳跃，在空中飞舞，逐渐增加到五只、六只，表演的难度越来越大，也越来越神奇精彩。没想到笨重的海豚能表演如此绝妙神奇的动作，整个观景台顿时成了欢乐的海洋，简直难以置信！

可惜，前面海狮表演时，我已为聪明伶俐的海狮拍了太多的照片，到了最精彩的海豚共舞狂欢场面时，已无胶卷可拍了。今天这一游，大伯他们都说太值了。我们打车回，到家也才1点左右，跟昨天的时间差不多。先生说小洋洋的表现也不错，仅在10点多时喂过一次奶粉，很好带！

也许是家里突然多了几位老人比较热闹之故，这几天，小洋洋时不时地高声尖叫，想要急于表达什么。先生说再过几天肯定要说话了（后来才知小孩说话没那么早的）。爸爸在家里才待了几天，就对小洋洋很有感情了，这是因为血缘关系？女儿的眼睛双眼皮，大大的、黝黑靓丽，人见人夸，是爸爸家族最显性的遗传。爸爸总是忍不住夸小洋洋聪明，还说："以后读书像她妈一样好！"

爸爸一出门，就天天念惦记着家中田里地里的庄稼。昨晚打电话给妈妈，说家里这几天正下雨，也干不了农活，爸爸就可以安心地待着而不必着急回小溪边种小麦了。

这一次，因特意推迟回去的时间，大伯和爸爸总算等到了毛主席纪念堂开放的机会。游京城，看一眼毛主席，是父亲这一辈人的最大心愿。先生说大伯和爸爸各买了一枝鲜花送给毛主席。但爸爸说："还没到，就叫你将花扔下了。"对此，他们说起时仍愤愤不平。但无论如何从北门进南门出走了一趟毛主席纪念堂，也算是了却了他们平生的一大心愿。

随后，他们去游故宫。爸爸回来时说，这次没看到九龙壁。也许是他们没有再买票去看珍宝馆的缘故，好在第一次游京城时，我已带爸爸看过。

另外，他们还说相机出了问题，闪光灯不亮。大白天，光线好，闪光灯自然不亮啊。

下午 2 点多时，爸爸他们回来叫开门时，我正在给小洋洋喂奶。听到门铃响，我就说："宝贝洋，外公他们回来了，妈妈要去开门，你先把妈妈放开，好吗？"不知是听懂了，还是心有感觉，话音刚落，女儿竟然就张开嘴放我去开门，真是太乖巧、太有灵性啦，让人惊讶不已！

晚上，我们为爸爸他们打包裹收拾行李，非常简单，就一只纸箱。我就让他们带走一些家中现有的香菇、红枣、香油等，还特意买了几盒北京特产果脯，方便他们回去后分给邻居们。第二天，爸爸他们一走，家里又恢复了往日的安静。因先生带了两天，小洋洋睡午觉的时间就推迟到 2 点左右，睡前还要闹一闹，我只好一首接一首地背诵唐诗宋词来哄着她，一天下来，最辛苦的就是中午这段时间了。而且，晚上又开始闹腾了，难道是刚出生时家里人多热闹而今就我一个人带着她太冷清之故？

第二次，爸爸陪大伯而来的京城游就这么匆匆结束了。15 年后，爸爸在春节前走了，过年时，我特意去给大伯拜年，他说："我听说他不会走了，以为过段时间就会再走，没想到就这么走了。"一听此话，顿时让我泪流满面。大伯还聊起同游京城时的情景，说："周边像我这么大年纪的人，有几个坐飞机去过北京啊？！"话说得震天响，因他耳聋得厉害，生怕别人听不见。是啊，已 80 多岁的老农民中，有几位能有这样的福气呢？

第三次：京津游

第二次游京城后，爸爸的日常生活依旧，还是天蒙蒙亮就起床洗衣服、察看每一丘庄稼，从早忙到晚，只在盛夏时午睡片刻。实在忙得太辛苦太累了，他会感慨："我这辈子做了人家三辈子的活。"

其实，岂止是三辈子呢？

此时，弟弟已成家在杭州经营衬衫店，生意不错；哥哥一家在小镇上开了家鞋店，日子也一天比一天红火。我们都劝他要是感觉辛苦，就可以少干活或者干脆不干活，好好享清福，但他又放不下那几亩田地，说要是自己不干活，田里都长了杂草成什么样子？！租给其他村民耕种，他又担心自己辛辛苦苦调理得肥肥的田地被种贫瘠了。就这样，日复一日，年复一年，爸爸的日子还是过得与80年代初刚分田到户时一样，一个人忙着种全家的田地。力气单薄的妈妈向来是总管负责筹划，干活上只能打个帮手，而农忙时，能帮他一起干活的人却越来越少。

村里的年轻人，一年到头基本上在外做木匠、养蜂、做生意，平日里只有屈指可数的一些老年人，在村里守着马路两边的那些田地。慢慢地，因劳动力越来越缺，而料精（尿素等）化肥越来越贵，要是种稻谷去集市上卖，哥哥说连本钱都换不回。于是，不少人家开始只种一季水稻，这样可以少干一半的活。农忙"双抢"时，也不再像种两季水稻时那样需要起早摸黑、披星戴月赶时间了。

不少时候，爸爸只是每天去田头转转看看。要是能放得下心，其实几天不去也无所谓的。于是，随后的几年里爸爸就一再说："这辈子，要是能再去北京一趟，我就心满意足了。"其实，我知道这只是他平淡生活中的一个心愿而已，他并没有什么特别的事儿要做。可养了女儿以后，一直没找到合适的人可以帮我们带一带，加上我的工作要时不时地出国学习做翻译，先生和我还要继续读书，打拼的日子也是辛苦而忙碌，实现爸爸这一心愿的时间就一拖再拖。直到2009年，才有合适的机会，就让弟媳妇将爸爸带到北京，这一年恰好是中华人民共和国成立六十周年大庆，京城里大街小巷花团锦簇，迎风摇曳。

他们路过天津时，弟媳妇的姐夫庞学海特意抽时间带爸爸去转了塘沽等地。周六那天中午11点多，弟媳妇带着爸爸到家了。这时，女儿已9岁多，她在家闲着无聊，一会儿去超市给小波（弟媳妇的小儿子）买好吃的，一会儿又骑车去接小舅妈和外公。我做小溪边的米干汤给他们吃。这么多年来从没好好照顾过爸爸的饮食，还真不知道他爱吃什么，想想还真有点愧疚！饭后，让老爸洗澡休息，他说："我这几天没出汗不用洗。"原来在他的观念中，只有出汗了才需要洗澡。我说："坐火车，灰尘大，洗一洗，会更舒服一点。"他就同意洗了，但又不敢用喷头淋浴，而是习惯将水放

在脸盆里擦洗。这个时候，我才真正意识到老与小都需要人照顾的真切含义！（9月19日）

爸爸还是跟在小溪边时一样，早晨5点多就起床了，吵得习惯要睡到7点左右的我们都没睡好觉，他自己好像也没想到要照顾别人一下。也许，对他来说，离开了脚踩泥土、自由自在的田野，一天到晚待在钢筋水泥胶合而成的火柴盒里，也是一大挑战？眼前除了自己的女儿和几位亲人外，什么都跟老家不同了，甚至连别人说话都听不懂，有种虎落平阳、什么本领都使不上的无力感。

他整天说："不习惯，待上几天就回去。"同时，又惦念、牵挂家里的稻子没人管理。真不知特意接他来京城生活一段时间让自己有机会尽尽孝心，是对还是错？

此时的爸爸已74岁了，看着面庞清瘦、精神矍铄、脚步轻捷，并无任何老态之感，出门走路我都赶不上他。但他不会说普通话，也不太听得懂别人说的话，为免他一个人出门时出现意外，开始时，我特意写了家庭地址和电话号码插在他的上衣口袋里，以防万一他找不回家时可以拿出纸条找人帮忙，同时一再告诉他该怎么找回家。

那几天我正忙着驾照的理论考试，先是让弟媳妇带着爸爸和小侄儿小波，在周边转转或者一起去接送学唱歌的女儿。第三天，我感觉考试已复习得差不多时，自己带着爸爸在小区里转了一小圈，将小区的情况详细作了介绍，让他熟悉一下周围环境，并特意告诉他自己家住在哪儿该怎么找。等到周六时，我再带着爸爸和女儿一起去华联边上的花坛拍照，那儿的鲜花摆放得十分漂亮。路过稻香村店时，为爸爸买了一些他爱吃的细沙月饼，但爸爸说不是他在老家买到的那种。没过多少时间，爸爸就开始说天要黑了，该回家了。天黑了，要回家，这是他多年来的生活习惯。

于是，我就让女儿带外公先回家，自己一个人去华联为他买裤子之类的，让他提升一下服装的档次。其实，爸爸在穿衣方面向来是相当讲究有品位的，他特别在意什么场合穿什么衣服：干农活时，穿差一点的或缝补过的旧衣服，说弄脏了也不心疼；去镇上赶集市时，他就穿纺绸衫、西装裤。

2009 年 10 月爸爸游京城，在锦簇的鲜花前留影。

他穿着得体、合身，即便是干活的旧衣服，看着也干干净净、平平直直的，在农村中颇为突出显眼。

过了几天，他已能一个人自由出入小区边上的华普超市了。但出于谨慎，我们还是邀请在苏州上大学的大侄子季浩峰，在"十一"放假期间来家里陪伴爸爸。侄儿小时候曾与爸爸一起生活过多年，爷孙俩感情很深，他又细心勤快，由他来专职陪伴爸爸，我自然以为是万无一失了。过了几天，又来了外甥女高涵洁，家里就更热闹了。国庆节刚开始那几天，一家人大大小小带着爸爸去雕塑公园看烟火、逛景山北海公园和颐和园这些地方。我惊讶地发现，爸爸在坐公共汽车时，竟然也会晕车呕吐，看来他还真是年纪大了，身体不如从前了。

这一次爸爸待的时间比较长，我们带他出游的安排就不那么着急了，主要以前两次没逛过的公园为主。10月3日上午，侄儿他们带爸爸去雕塑公园转了转。下午3点左右，我带着老老少少一家人去天安门看花车，那真叫人山人海呀！还以为到了第三天游人会稍微少一点呢。虽然每年国庆节时，天安门广场上的人都会很多，但从未见过像这次这么多的，几乎都是前胸贴后背往前慢慢移动的。结果，刚走到贵宾楼前面，没过两分钟，再回头看时，已不见侄儿和爸爸了。

幸好，已有多年国内外旅游经验的我，一开始就实行责任分包制，每一位老人和小孩都由专人负责盯着。可是，碰巧我又没带手机，等转悠到浙江省的花车边上时，就想着他们一定会来看看自己省的花车的，想借别人手机发条短信给先生，让他告诉侄儿我们就在浙江省的花车边上等着。第一次说明情况，请一位跟女朋友在一起的男生帮忙发条短信时，他一脸冷漠地说："你去找警察帮忙吧。"那说话的神态和语气好像我是个骗子似的，而我的身边还站着9岁大的女儿和3岁的小侄儿呢？天底下会有这样的骗子？只骗发条短信？当然，他是没有义务帮我这个小忙的，虽然只是举手之劳，但刹那间的感觉是：若我是他的女朋友，绝对不能嫁这么没有同情心的男生，连这么点小事儿都不愿意帮忙，可见其心地根本就不善良！我呢，根据自己以往的生活经验，还以为跟女朋友在一起的男生会比较乐意助人呢。看来，这一次是看走眼啦！

又等了几分钟，看到旁边有位男生正在发短信，我过去跟他一说情况，他就非常热情地答应帮忙，让我等一会儿等他把自己的短信发完后，就帮我发。就这样，侄儿接到先生转发的短信后，就带着爸爸过来了。一家人重新聚在一起拍了几张与花车的合影照。看彩车时，爸爸才感觉到北京的人真多，国庆节实在是太热闹了。这一场景似乎给爸爸留下了深刻印象，多年后，我在病床前照顾他时，他总会问："北京人还那么多吗？还那么热闹吗？"

10 月 4 日，我想着家里人手多，正好有小舅妈、外甥女俩人可以帮忙，就决定做小溪边人人深爱的大餐——饺饼筒。可就因为这顿大餐，做累了的我稍微休息几分钟，加上各种因素的巧合，爸爸一个人出门先转转时竟然意外迷路了。事后反思，这一天似乎注定要发生点什么事儿，要不怎么可能会那么凑巧？

这就是爸爸第三次京城游。几天后，他竟然安然无恙地回到家中，看着他坐在餐桌的同一位置上，津津有味地吃着我专门为他做的排骨炖萝卜，顿时让我明白此后该如何孝顺爸爸了。"父母之年，不可不知也。一则以喜，一则以惧。"难道这就是上苍让爸爸意外迷路的目的之所在？

随记于 2009 年 12 月 15 日

迷　　路

　　每个人在一生中难免都会意外迷路，尤其是在人生地不熟的异国他乡步行的时候。这样的经历，我自己在国外游学时曾不止一次遇到过，但每次都能幸运地得到好心人的帮助而有惊无险。但我从未想过自己的爸爸，会因迷路而消失整整四天四夜，结果又安然无恙地回到家中。

　　新中国成立 60 周年大庆时，整个京城大街小巷四处红旗招展、鲜花摇曳，可以说是京城最美的金秋时节。我想着让爸爸在这个时候来家里住上一段时间，以实现他多年来说要再游一次京城的心愿。国庆节前十多天，美莉就带爸爸从小溪边来到家里了。

　　刚开始时，我们想着不会说普通话的爸爸出门不方便可能会迷路，除了一再告诉他要是出门，必须有人陪着，还将写了电话号码和家庭地址的纸条插在他的上衣口袋里。同时，为保万无一失，放假时，我又特意邀请侄儿来家里陪伴爸爸。我们曾一遍遍地告诉爸爸家里的地址和具体路线，每次他都说记住了。我以为这样安排后应该不会出什么差错了，而且爸爸在家里已待了半个多月，带着他进进出出无数次，他对周边的环境也比较熟悉，下楼去边上的超市或在小区里走走时，他也能自己回家了。就这样，我们在心理上放松了一点。

第　一　天

　　那天，趁着有涵洁和美莉的帮忙，我决定做小溪边最盛大最繁琐的大餐饺饼筒。在小溪边，一年之中，通常只在清明节、七月半、大年三十这三个重要节日才做。那天一大早，我们就开始准备各种食材，炒了十几个荤素搭配的菜，加上糊皮，足足忙了三个多小时，饺饼筒倒是咸淡相宜、美味无比。但爸爸说自己的牙齿咬不动不爱吃，我就另外煮了昨晚包的粽子，这是爸爸的最爱。爸爸最喜欢吃糯米类的东西了，他来我家一次不容易，加上待的时间又不长，我就尽可能变着花样做他喜欢吃的菜。

也许是爸爸一直生活在农村，天天在辽阔的田野上自由自在惯了，一天到晚在百多平方米的火柴盒似的房间里待着，他说就像坐牢，根本待不住。但出门旅游没多少时间，他又着急想回家。真不知应该怎么陪他打发时间！侄儿从早到晚陪了他几天也开始有点烦了，说下午想跟涵洁一起去逛逛街，小年轻一起总会好玩多了。

中饭后，美莉要带着她的儿子小波去天津她姐姐美芳家，我让他们顺路送一下，一大帮人就一起结伴出门了。女儿送他们到地铁口就回家，因睡不着午觉，过来跟我聊天。我在收拾厨房时，爸爸已睡醒午觉，美莉他们出门时，爸爸还一起送到电梯口。回来时，他看我想要休息一会儿的样子，就说："我再回去睡一会儿。"他就回小房间睡觉去了。

在我和女儿聊天时，听见隔壁有动静，可能是爸爸起床了，我就让女儿到门口去看看。女儿说："外公站在客房门口看着呢。"我说："外公很体谅女儿的。"我就让女儿跟外公说："您先下去在小区里转一会儿，等一下，我就带您出去玩。"就这样，爸爸自己先出门了，躺在客厅沙发上休息的先生看着爸爸走出自家的大门。

我在床上迷糊了十来分钟，就起来带上水、月饼，还有爸爸的中山装，想着黄昏天气转凉时，他可穿上免得着凉。出门时，女儿说要梳头，又忙了几分钟。下楼后，左看右看没看到爸爸的身影，就以为他自己转着嬉去了。我们从小区里穿行一直找到东北门，边走边看，但没看到爸爸的身影，心想：他也许自己走到哪儿坐坐了。我们就先到雕塑公园的中门为公交卡充钱，再进公园往西门走，看看有什么漂亮的花儿。到西门时，还是没有看到爸爸，就发短信问先生："老爸回家了吗？""没有。"前后都一个多小时了，还没回家，这就有点奇怪了。

他能转到哪儿去呢？我们马上回家，在回来的路上仍一路东瞧西看寻找他，到家时，老爸还没回来，感觉就有点不对劲了。先生一听，马上拔腿出门骑上自行车去找，我也骑车出门找，先在小区里转悠，再绕小区外一圈，然后往北骑到老山公园，再去华联，就这样绕了一大圈也不见爸爸的影子。就这么点时间，而且说好了先让他在小区里转转的，他不应该走到哪儿去啊？满以为先生会突然来电话说找到了，但这样的电话一直没响起。再回来时，马上给侄儿发短信："赶紧回来帮着找爷爷哦！"他回说："已经在找了。"

这时天已黑，6点多了。我在家等着细想想老爸会去哪儿呢？他是天一黑就要回家的人，要不他就会紧张的。要是晚上回不来，那就太惨了！等了一会儿，还没接到先生说已找到的电话，我就打110报案，说一会儿会有人到家里来。过了十分钟左右，果然来了三位巡逻的警察，我向他们介绍了父亲的长相特征：花白头发，白衬衫、藏青色裤子，草绿色解放鞋，身高一米六左右，我还从相机中找出照片让他们看上一眼。他们说："知道了。"但年纪大一点的一位建议说："你们自己也去各个小区门口找找问问，我们找到的概率不大。"听他这么一说，心里就凉了半截。但心想：国庆节期间，大街小巷满眼都是警察，应该比较容易发现爸爸吧，他的特征又那么明显！

已到天津的美莉来短信提醒说去查查小区的监控录像。我马上联系物业管理中心，说录像就在家边上的西门口，但按规定需要警察陪同才能查看。于是，又不得不联系警察，来的还是刚才那几位，他们嘱咐了几句，就自己忙着查旅馆去了。我一个人待在录像监控室里，让值班的工作人员帮着查找。看着录像时发现，爸爸在3：45时慢慢悠悠地一个人走过小区的东北门，再继续往东走，与我和女儿一路找他走到东北门的时间仅差5分钟，擦肩而过！

发现爸爸往东走后，我又报警打了110，告诉他们最新情况，那三位巡警又来到录像室，我问领头的那位："像我们这样的情况还能做什么？找不到爸爸，心里着急啊！你们比较专业，能否帮我想想办法？"他只是

1997 年 7 月 爸爸第一次游京城时，在北大西门的留影。那时的他，健步如飞，浑身是劲。

建议我给周边的几个派出所都打电话，提醒他们的巡逻警察在路上转悠的时候留意一下你爸爸这样的老人。"于是，我就给青塔、海淀、永定路、丰台和卢沟桥这几个派出所都打电话报了案。除此之外，也没什么更好的办法了。

随后，我再去二区查看录像，但那里的小伙子操作水平一般，什么也没查到。回家时，看到先生躺在沙发上，他说："既然已经走丢了，就按这样的思路去找。要是早知他会走丢，下午我看着他出门时，早追出去了。"我也后悔当时没有及时陪他出门去转转，到楼下没看到爸爸时，也没马上四处去找他，还以为只是一时没看到他在小区里哪个地方逛逛而已。

我们一直忙到深夜12点，还是没任何消息，只好让涵洁带着女儿先睡觉。先生和侄儿再打车出去再找，西到五环、东到五棵松、南到青塔那边过铁轨，都找了，就是没有发现爸爸。这么大的一个人，难道就从地球上蒸发啦？他们一直找到凌晨2点多才回来。而我根本不可能睡觉，只是躺着琢磨着爸爸可能会去哪儿？秋天的夜晚那么冷，只穿着白衬衫的爸爸，难道就这样露宿街头？

第 二 天

一夜未眠。好不容易熬到早上5点，天还是没亮。我心想：多年来，习惯天亮就起床干活的爸爸，可能会出现走在街头上，我也天亮就出门去找他。先问在西门口趴着的第一辆车，一听说是去找人，就不愿意去。我只好往北走到马路口，打了一辆出租车，是一位小伙子开的。他非常友善地带着我绕小区转了一圈，但清晨的街道上冷冷清清的、空无一人，还是什么也没发现。感觉开车寻找的范围要大很多，就让先生找几位有车的朋友帮个忙，他找来了两位老乡。

第一次出门寻找无果，我回家后，就写好"急找爸爸"的寻人启事：

我家爸爸朱正溪，74岁，身高一米六左右，头发花白，身穿白衬衫，藏青色裤子，草绿色解放鞋。只会说浙江方言，听不懂普通话，于昨天下午4点左右在远洋山水北门往东走时迷路，至今未归。若有好心人遇见，请打电话：×××或手机×××；或送回远洋山水×号楼×门×室。多谢费心，必有重谢！

随后，马上找复印店打印了20张，2元一张的也无所谓了。再去洗照片。让女儿帮忙在小区各个门口张贴起来。我继续去查看录像，想着要是能从录像上看到爸爸行走的路线，那寻找起来就更有方向一些，要不京城那么大，东南西北，他会走向何方呢？上午去二区查看时，遇到一位很能干的小伙子帮我查，从东北门的3:45一直跟踪着爸爸昨天下午走过的路线，从东北角拐弯，再到南门，他走到小区的门前时，每次都停留一下，抬头看上几眼却不敢进门，就这样一直慢悠悠地走着，到离家最近的西门时就不能再看了，那是一区的录像范围。我只好再回一区的录像室，开门后发现昨晚和早上帮我查看过的那位小伙子换班了，眼前站着一位中年男子和另一位小伙子，听说我要查看录像，那中年男子就说："没有警察陪同，不行。"我先耐心地解释说我爸爸昨天下午从小区走丢了，我已来此查过两回了，警察也来过，总不能每次我来查都叫警察吧？他给经理打电话，也说不让查，还不允许我在机房里打电话给警察，很粗鲁地赶我出来，说要不然会扣他们工资的。我气愤地说："就为了那点钱，我补给你怎样？真是官僚主义！"让人感觉你爸爸走丢了，跟他半毛子关系也没有，他要机械地遵守规定而免得自己的那点利益受损，其言谈举止中表现出来的那份冷漠与自私凉透你心底！

平生最恨将自己手中的一点小权力发挥到极致的小人了！这一下气得我满腔愤怒，马上就给八宝山派出所打电话，让他们派警察来一下，同时还找了物业管理，接电话的又是一个官僚主义者，什么糗事都撞一起了！我就说要找他们的经理，说要等一会儿。在等待时，警察来了，我跟他们说了自己的遭遇和愤怒，"真想一刀把他们宰了！"警察一听我的气话，就劝我别生气，这也是他们工作的要求，让我进去时态度好一点。

我心想找爸爸要紧，就退一步跟那个中年男子说："不好意思，刚才心里着急，态度不太好哦！"听我这么一说，他也说："你的心情我们能理解，但这是规矩，我们也没办法，我们也挺难办的。"就这样，我又查到爸爸走出西门口的时间是 3:33，而我们下楼的时间是 3:30。正好我带着女儿下楼后，爸爸消失在西门口外了，怪不得没看到他的背影。再往下看，发现他环小区走了一大圈，绕回到西门时，他已经辨不清哪个门是对的，没进小区继续往前走，从录像上看好像进了 6 号楼 1 单元，心里一下子充满了希望。让女儿和先生赶紧去那儿找找，他们从 1 楼找到 9 楼，都说没有。又一次从希望的顶点跌入了绝望的低谷！

再继续看录像，发现在华普超市的北面底商，爸爸还清晰地出现过，他还是背着手慢慢地走着，时间是 4:45。此后，再看北门和东北门，就再也没看到爸爸的身影了。这表明他并没有继续往东走。那他又会从哪儿走丢呢？在他慢慢地背着手走在热闹却无人相识的路上时，他的心里在想些什么？他为何不找门口的保安或路人问一问，甚至就站在那儿等着我们去找他？曾嘱咐过他无数次，要是不认得路不知道怎么走了，就站在那儿不动，我们一定会去找您的。难道他什么都不记得了？明明是从西门走出去的，这地方他曾走了半个多月，每天进进出出总该有点印象啊？

心急如焚又无计可施时，就像落水的人以为能抓住一根稻草就能救命。我又回二区查录像。那里的电脑上看小区东北部的情况看得特别清楚，甚至连马路上的车辆都看得一清二楚。但从 4:30 一直看到 6:30，既没看到爸爸走过，也没发现他走进小区的迹象。上午，从二区的录像中一步步看到爸爸昨天下午走过的足迹后，心中的希望越升越高，但随着太阳的西斜，那希望也随着夕阳慢慢降落直至消失。

在我查看录像时，来帮忙一起找爸爸的老乡还请来一位先生，按爸爸的生辰八字算了算，说爸爸不会露天，躲在大树底下或者藏在地下室的可能性比较大。于是，我们又一起发动小区的保安到各个地下室去查找。但侄儿说："看着地下室那么脏，一生特爱干净的爷爷不可能躲进去的。"我一想也有道理。可是，眼看着都快两个晚上了，爸爸又能躲到什么地方

1997 年 7 月 6 日，我带爸爸参观故宫后，从北门出进景山公园，爬上最高的万春亭，为爸爸拍了一张以故宫为背景的照片。

呢？他只穿了一件薄薄的衬衫出门，晚上那么冷，一个70多岁的老人，光挨冻就受不了啦，这么一想就忍不住泪流满面，只好在路上马不停蹄地走着转着，那个心痛呀！又自责又后悔，要是自己忍着累不睡午觉，不就没事儿了？要是出门时不给女儿梳头，不就在爸爸出西门前就看到了？要是下楼后在小区里找他不见时，马上就喊人去找，也许在出东北门时就不会擦肩而过，恰好撞上他了？

　　已到第二天了，再不告诉家人也不行了，弟弟发来短信安慰说："我们只能做我们该做的，别多想了。"几位好朋友也发来短信宽慰，其中一位说："别太着急，会找到的，可能是他在谁家喝醉酒睡着了吧？"我倒真希望是这样的结果，可惜爸爸基本点酒不沾哎。

　　我心想：要是爸爸真的找不回来，怎么办？唉，怎么就这样消失了呢？爸爸呀爸爸，您究竟在哪里呀？但转而又想：一辈子那么善良、朴实、勤劳的人，怎么可能会走得无影无踪而不能魂归故里呢？这么一想，找到的希望又冉冉升起……

第 三 天

　　爸爸已两个晚上没回家了，他到底走到哪儿去了呢？我也两个晚上未合眼。想起流浪在外的爸爸就忍不住心酸落泪！

　　6点左右天亮后，我就去永乐小区转了一圈，那里是我们曾住过多年的地方，爸爸也曾在那儿住过数天。我到早餐摊上，问他们有没有看到像爸爸这样的老人来喝过豆浆？他们都说没注意，不记得了。其实，通常情况下，谁也不会注意路上的行人的。说白了，时下的国人普遍比较冷漠。转了一圈，毫无收获。随后，再走到小区周围看看，也不见爸爸的影子。渐渐地，心里生出一个疑问：难道爸爸就这样离开我们了？难道我从此就真的没有爸爸了？就算看在爸爸一辈子勤劳善良的分上，也不应该让他流浪他乡啊？！爸爸向来对我那么好，他怎么可能会让我的后半辈子没有幸福呢？

　　7点多时，我又去一区的录像室，该查的录像都查过了，这次的目的是将有爸爸镜头的录像都拷到 U 盘里，要是爸爸真的找不回来了，亦可当作最后的纪念，尽管看到的大多是爸爸的背影。运气不错，这次值班的就是第一个晚上的小伙子，我一说明来意，他就非常热情地替我查找并拷到 U 盘里。二区的那位小伙子也特别善解人意，不但技术好，而且态度不错，昨天在为我查找录像时，一边快速地翻找，一边还时不时地安慰我几句。原来，好人还是会有的。

早饭后，我们又发动南北区的保安，又一遍彻底地搜找所有的地下室，但仍然一无所获！

10 点多时，先生找来更多的老乡帮忙一起找爸爸。我回家看看他们时，接到涵洁电话，说昨天下午 5 点左右时，一个小男孩在半月园公园看到过外公。这个小男孩已 11 岁，看人不会错的，还特意注意到那双解放鞋，学爸爸走路的样子，手背着，抬头看高楼，看来是爸爸没错！只要活着就有希望啊！

我让涵洁先留着那个小男孩，先生他们马上赶过去，再问小男孩，说的是同样的话，看来那绝对是爸爸无疑了！后又问，还说在小店里买过三根香蕉，打过电话。接着，涵洁又来短信说："又有一位老奶奶看见过外公在半月园出现过，是三四点钟。"那小男孩还说爸爸看着很精神，衬衫也不脏，于是又有了希望！

既然有了希望，就赶紧出发去找。我们分组去各小区张贴寻人启事，沿着高楼的路线走——因爸爸是知道我们家住高楼的。中饭就在老家肉饼店对付。付钱时，我记得明明给的是 50 元面值的纸币，但服务员还要 2 元，说我给的只是 10 元面值的，难道真的是我晕头了？

饭后，我拿着爸爸的照片，问问在那儿用餐的人有没有见过我家爸爸时，一个年纪轻轻的女服务员竟然过来制止我，让我别问，免得影响别人吃饭。这么冷漠无同情心的人，被我数落了几句，就不再吭声了。我问一句："大家好，你们有没有看到过这样的老头子，脚穿解放鞋的？"就会影响他们的食欲？说的话也太恶心太离谱了！

接着继续往前走，在张贴寻人启事时，旁边一位卖水果的中年男子说：

"就一个老头子走丢了，还赏 1 万元，太亏了吧？""你要是帮我找回来，就给你 2 万，怎样？给你 5 万也行！"我随口回敬他，他就不好意思再说什么了。找到朝阳医院时，那门卫说昨天碰到一位 80 多岁的老太太在这里躺了两个小时，问她话，说是"找儿子"，又说不清自己住哪儿，是我打了 110，把她接走了。我们怎么没有这样的好运气呢？

我们将医院边上的高楼全贴遍了，时不时会遇到张贴寻人启事的另一组人，真是人多力量大，甚至连复兴路边上的高楼也贴了。与我一组的亲戚学海，一直跑得很快，走路脚下生风，做事非常投入，让人十分感动！

晚上，大家分头去找，他开车带上我和涵洁找到铁路南面的河边时，在芦苇丛中，远看站着一个穿白衬衫的人，我大声喊："爸爸！"第二声后居然听到爸爸用老家话叫"美君"！我再喊，他又叫，我马上喊："涵洁，找到了，快过来！"我欣喜若狂，狂跑过去，到跟前一看，却是一块白色的牌子，原来是我看花眼了啊！

什么叫狂喜？什么是失望？刹那间，有了最最真切的体验！那一刻真是从兴奋的顶点猛然回落到绝望的深渊！但刚才我明明听到有人用老家话叫我的名字呀，一说原来是另一位老乡叫我的，凑巧了？正好在我喊"爸爸"之后，真是太凑巧了？！或者冥冥之中，真是爸爸在叫我？他的声音，我是听得出来的。我的感觉爸爸就在身边，只是一时还没找到而已。

美莉和浩峰他们就待在半月园公园，他们一边走一遍喊。我们找到万达广场，走了一圈又一圈，还是什么都没看到。难道那些人提供的是虚假信息？找得心里发慌实在没底时，我又去查看录像，想从录像中多看几眼爸爸的背影，也可以找到一点安慰，但看了好几个小时，也没看到爸爸再次走进西门！

今天来帮忙找爸爸的老乡又多了好几位，其中一位对我说："我们现在都是在瞎找。我们要根据他的性格和心理特点去找。晚上冷，你爸爸肯定一直走着，而到了白天太阳出来暖烘烘的时候，他可能就到公园转转走走，小眯一会儿休息一下。"听着也有点道理，但转而一想，对爸爸来说可能性不大，他怎么可能改变数十年来的生活习惯呢？他还是会晚上找个地方睡觉，白天再出来到处找家的。

　　找了三天，每次在路上遇到巡逻警察时，问他们，都说不知道我爸爸走丢这件事儿。北京的整个警察系统难道是互不通气的吗？抑或是中国人太多，少一个老百姓也没什么感觉？但一个人的丢失对一个家庭来说是多大的灾难呀！眼看着就三个晚上了，爸爸会待在哪儿呢？找到深夜时，先生发来短信说："杨半仙说，他是故意不让我们找到他且没性命之忧。"但我觉得说爸爸是故意躲起来有点不像，但无性命之忧，我倒是相信的。总感觉他不应该就这样无缘无故就从人间蒸发了！

　　今天寻找的重点是半月园公园和万达广场。在万达广场，看到一大帮警察，就特意过去同他们说了爸爸走丢的事儿，请他们在巡逻时帮忙留意一下，也拜托那儿的保安帮我们留意一下。但让人奇怪的是，今天再也没什么反馈信息了，不像前两天，会有陌生电话打到家里，说自己看到了我的爸爸，其实都不是，甚至是为了骗钱的。我们贴了上千张的寻人启事，难道谁都没有看见爸爸吗？（10月6日）

第　四　天

　　今天还是没有找到。但过了两个晚上后，心里就不像刚开始时那么着急了，躺在床上还能迷糊几个小时，理智上也明白应该恢复体力才能在白天继续找爸爸。开始的两个晚上，希望自己能睡觉做个梦，好梦见爸爸在什么地方，但就是睡不着。

　　第一个晚上，先生倒是梦见我找到爸爸了。昨天晚上还是没找到时，我就给家里的嫂子打了一个电话，因我担心爸爸自己走丢了，一着急心里想不开就会自己结束生命。但嫂子说不会。弟弟说他不会走远的。按理要是他脑袋清醒的话，是不会走远的，毕竟他知道我们家就住在这儿的高楼里！但谁知道呢？

　　早晨6点多，我出门去半月园和万达公园转了一圈，遇到的出租车司机还不错。一听说我是找爸爸的，就特别热情慢慢地转着圈儿开，又开到永乐小区去转了一圈，但还是没有收获。其他朋友也大清早开车出去转，也没什么结果。

早餐后，我骑着自行车去东边转转。先生来电话说：老家的算命先生说爸爸是在水边走丢的，已有好心人收留了，穿着灰色衣服，还说明天 6 点前会回来，是国家送回来的，现在找也白找，没什么用的。但即便如此，要我在家待着也根本待不住，出去转转总是有一线碰到的希望呀！

说到水边，唯一的地方就是雕塑公园里的那个湖了。我就进去转了一圈，发现老爸进这里的可能性不大。我贴了几张寻人启事，又碰到了满眼的警察，他们也不知道爸爸走丢这件事。回家后，我又打电话给救助站，这次接电话的工作人员态度不错，我就问他找 110 帮忙的条件是什么？他说有人报警，比方说有人在路上昏倒了什么的，他们就把人送到救助站。"那怎么样才能从救助站尽早发现我爸爸呢？""有照片吗？给我们发个传真过来，这样就快一些。"于是，我就问了北京各求助站的传真号，让浩峰去发了传真。这样，也算是多了一份希望。

随后，我们坐上亲戚的车，再到八角那边去找。听先生说，早上有个老奶奶说看到一位穿白衬衣的老人躺在石凳上睡觉，昨天下午 5 点时也见到过他，问他不理睬。这听起来有点像爸爸。先生他们一帮人过去找，那老奶奶拉着他们去看时已不见人了。八角的地方，昨天下午我和亲戚来贴过寻人启事的，包括那边雕塑公园的那张，是我们手中贴的最后一张。小区里有些地方还不让贴广告，尤其是像石景山游乐园之类的。不少地方为了所谓的整洁而缺乏人情味，这寻人启事的单子怎么可能等同于一般的小广告呢？也有个别门卫，一听说是寻人启事就同意贴上几天。天底下的好人还依稀可见！

我们边找边问，走到老年活动中心，问一位纳鞋底的中年妇女时，她看了老半天的照片，说："看到过，就是他。昨天上午 10 点左右，在古城地铁口看到的。看着嘴唇有点干裂，好像要生病的样子，走几步停一下，走几步坐一坐。"听她这么一描述，感觉绝对是爸爸无疑，他肯定舍不得花钱买矿泉水，已经三个晚上了，自然是累得差不多了。我们赶紧电话把大伙儿召集到古城地铁站，分街道作地毯式的查找。到了古城地铁站才发现有个南北的问题，我马上坐人力车去找那位中年妇女想确认到底是南是北，但她已离开了。印象中，她建议我们到古城公园找找，那应该是在地铁口的北边。我们又赶往古城公园，一路问那些老头子，都说没看到过，又是空欢喜一场！

这时，在石景山游乐园那边找爷爷的浩峰来电话说：碰到一个小男孩，说看到过，在北角中里西边南门的地方，印象特别深：穿着解放鞋，看着很奇怪，像要发烧的样子。我们赶紧过去再问这个小男孩，他说得很肯定。这不明摆着就是爸爸吗？于是，又让大家集中到北角西里找，分两边一路搜过去，还是没见一点踪影。又继续找到北角北里，没想到那边的居民区有那么大的规模！随后，再到上午老奶奶说见到过的地方找，看到两位老头子在走象棋，问他们一下，其中一位头也不抬，生气地说："别问我，我什么也不知道，也不管！"老乡一听也来气了，说："过几天，你也走丢了，没人找！"

再去那边的雕塑公园（女儿小时候，我们曾多次来这里玩过的）和古城公园找了一圈。在古城公园时，碰到一位清园的老头子，让他帮我们好好看看，要是发现老人的话就打110。接着，又一路找到首钢，走到了马路的尽头，也没任何结果。又回到半月园，四处找找看看，还是什么也没发现。这充满希望的一天随着夜幕的降临又陷入了绝望之中！

真不知爸爸晚上是怎么过的？他会在哪儿呢？回到家里已10点多了。晚上天太黑，找人的效果不好，就算了吧。老乡朋友一大帮，都放下手中的生意来帮忙找爸爸，这份热心实在难得！远在外地的好朋友们每天来短信安慰，这份情谊也让人感动，尽管他们帮不上任何具体的忙！

数天了，每天天刚蒙蒙亮，我就背着小背包出门一路走着去找爸爸，白天黑夜都在路上走啊转啊，足迹遍布家四周东南西北好几十公里，希望能在某个转弯处或街角惊喜地发现爸爸，想象着再次看到爸爸时的那份狂喜，但终究还是一个失望连着一个失望。但每天天亮时，希望又从心中慢慢升起，总认为爸爸不应该就这样离开自己的……

第 五 天

　　早上，我还是天一亮就出门，先打车到北角中里一带找一遍，再去北里，碰到一位老头子，说已有人问过他了，感慨道："这样走丢了，多让人着急哪！"在北里，我又张贴了几张寻人启事，尽管明知道没多少希望，也知道会停下脚步看启事的人很少，但为了寻找一份安慰，如大海捞针一般，还是要试一试的。让人奇怪的是，顺着高楼再往北走时，看到一片高楼，其建筑风格与自己居住的远洋山水特别像，旁边也有一个公园，设计得相当不错。走进公园，问一位正在锻炼身体的老太太，她说好像在大街上看到过这样的模样，但也说不清楚了。于是，我赶紧出门打车去转转，碰到戴红袖章的人就下车交托几句。车一直开到太阳岛，我突然感觉要下车再到老太太说过的发现爸爸躺在石凳上的那个公园里看看，同时也给当地的居委会打个招呼，让他们吩咐志愿者帮我们看看。再走时，朋友景琦来电话，因我昨晚发短信给她，让她帮忙联系《北京晚报》和北京电视台。但她联系后说今天没人值班，要等明天上班后再说。为能尽点力，她想出来帮我一起找，但我觉得太辛苦了不需要，帮我联系《北京晚报》就行了。

　　等我走到古城地铁站时，接到学海的短信，问："要不要接你回来？"我就让他开车接我回来。在回来的路上，同办公室的同事魏武，得知此事后也来电话问有什么可以帮忙的。我就说帮我问问《北京晚报》可不可以登寻人启事。随后，她回说："说要到明天上班后组稿，后天才能发出来。""那太晚了，听算命的说，我爸爸下午 3 点前能找到的。要是还没有的话，我再给你电话或短信吧。"

　　回到家，景琦也赶过来了，正好可以拿爸爸的照片去登寻人启事。我吃了点饭，10 点多时，正想着去地铁口张贴寻人启事时，来了电话，一看号码有点熟悉，我接了电话，一个男中音说："我是海淀救助站的，你爸爸在我这里。""他还活着？"我脱口问道。"挺好的。""穿解放鞋？"我将信将疑。"是解放鞋。""白头发？"我进一步确认。"白头发。""头发竖起来？"都是肯定的回答，我有点不相信自己的耳朵。"是的，他自己说照片上的人是他。但名字叫季正汗。""到你们哪儿怎么走？"我迫不及待地问。"坐地铁到……"他话还没说完，我就打断说："我们马上开车过去，说地址吧。"然后，他就告诉我救助站在农业大学的边上，颐和园的北边，我写下地址，马上告诉先生这一特大好消息，再让学海的车马上开回来。

放下电话，冲出家门。下楼后，我们决定还是打车更快一点，毕竟是本地车路熟悉，让学海的车跟在后面就行。后面的车子上坐着先生、女儿、新明和浩峰，还有景琦跟我一起坐在出租车里，一路上，她一直负责联系怎么走。而我则说："别到时候空欢喜一场，因他说的名字不一样。"我将爸爸的名字说成老家方言给他听，她说："溪"字听起来就像"汗"字。反正有心理准备，到时候就算不是，也不至于太失望！说的也是，就像那天晚上的情景。

一路顺利，到了大门口，说只有一个人可以进。我就进门走到办公室，给管事的看爸爸的彩照，他说："没错！"但我心想，为何不让我先见见人让我心里有个底呢？他找名字时找了老半天也没找到，后来发现"季正汗"就是爸爸"朱正溪"。真是奇怪，名字怎么会搞错呢？爸爸是识字的呀！原来是爸爸将自己的姓改成与我的一样"季"，将"溪"写成简写的"氵"加"千"，看起来就成"汗"字了，他以为改成我的姓，我就容易找到他了。复印了身份证，我签了字，办完手续，一回头就看到从平房里被搀扶着走出来的爸爸，居然真穿着一件灰色的西服。后来，侄儿浩峰说保安一看身份证就说是爷爷没错，他们已经激动过了。

就这样找回了爸爸，四天四夜那么多人的费心辛苦最后在救助站得到了完美的回报，就在上班前一天！上车后，我坐在爸爸身边问他这几个晚上是怎么过的？他说："第一个晚上就一夜走到天亮；第二个晚上，在垃圾堆中找到了一大堆的蛇皮袋，垫着软软的躺在人家的走廊上睡了一晚；第三个晚上，我看到一家小店里的沙发不错，跟她说：你这位大姐，可否借你的沙发让我睡一睡？那妇女不同意，就叫来警察把我抓走了，说会送我回家的，结果把我送到这个冷堂里。心想这下这一生完了，要老死在这

爸爸安然无恙回家后，我们观察调养了数天，感觉他确实一切都好好的，就为他买了飞机票，由侄儿陪伴着回了小溪边。

个冷堂里了。没想到中午就见到你们了。运气好，运气好，还能见到你们。真是做梦也没想到。"再次见到亲人们，爸爸开心不已，这几天的风餐露宿，他好像毫不在意了。我问爸爸，不是说好先在小区里转转，为何要走出小区？后来又走到什么地方去？在哪个地方的小店被110带走的？他都说不清楚了，也是的，京城那么大，他又那么陌生，怎么会说得清楚呢？！他只说自己一路上走累了，饿了，就买点饼干之类的填填肚子。

回来的路上，我给所有关心过爸爸迷路和帮着一起寻找的朋友们发短信报告了这一好消息。其实，我们从第二天开始就每天给各救助站打好几次电话，问他们有没有收进像爸爸这样的老头子，他们一直说没有。6日那天上午，我们给各救助站发了带爸爸照片的传真，那天晚上，爸爸就被110送到救助站了。但一直到8日上午，才有一位负责任的工作人员，拿着我们发的传真给待在救助站里的那些老人们看，爸爸才有机会看到我们发的传真，并走过去跟工作人员说："这个人就是我！"幸好他自己识字，最后还是他自己把自己找回来哦！

就这样，失踪了四个晚上的爸爸，居然就这么完好无损地回来了，什么问题也没发生！我们还以为找回来后会大病一场，需要送医院几天呢！爸爸回家后清洗一下换了衣服，让我惊讶不已的是：他竟然从裤袋里取出一大沓钱，说："零钱放着用，大钱不露白。"我一数，居然有一千元，这么多钱，他要想住旅馆绝对没问题，但做了一辈子农民向来节俭的他，是绝对舍不得花这份钱的，而且也不去找警察帮忙，因他害怕警察。就这样，肚子饿了买点吃的，一天到晚不停地走着，还希望在大街上能碰到我们。他也曾打电话，说："美君，你派浩峰到大街上转转把我找回去。"他以为这里的大街跟小溪边的街头一样，上街下街来回走着就能互相遇到呢！但他是按照在老家的习惯打电话，在前面加了010的区号，语音提醒他不用加区号，他以为电话通了。在小溪边时，多年来，他曾多次打我们的电话替朋友们说事儿，但他还真不知道在北京拨我们家的电话应该不加区号。他有许多种方法可以找到我们，比如原路返回或站在小区任何一个门口不动，或打我们家的电话或找人问路或干脆找警察保安等，但他只知道不停地走啊走啊，从白天走到黑夜，又从黑夜走到天亮……难道他在迷路的困境下神志不清了吗？爸爸的这次迷路实在是太蹊跷啦！

中午，我太激动兴奋了反而睡不着。爸爸睡了一觉，我问他："有什么不舒服的地方吗？"他说："没有。"晚饭吃得也不错，从表面上看一切正常。为了加强营养，我让他喝老家人最为推崇的营养品立钻牌的铁皮枫斗晶，还有他自己来时带来却一直没喝的肌苷葡萄糖。就这么焦虑、紧张、疲累了几天，一切都回到原状，爸爸吃饭时常坐的那个固定位置上又坐着爸爸了。或许正如爸爸常说的："就像做了一场梦！"梦醒时，一切依旧……

随记于 2009 年 10 月 8 日

妈妈远行

自从我到京城读书，随后又留京工作后，爸爸已先后来过两次京城，但妈妈却一直没来过。他们俩呢，一致认为不能两个人同时出门而家里多日无人看管关门上锁。其实，无论是老屋还是新屋，他们在家时，从不上锁的，家里除了锄头、铁耙等农具外，也没什么特别宝贝的东西。但既然爸妈都这么认为，我也就不勉强他们一起出门了。

妈妈是家里的定海神针，她出门可不比爸爸，得很早就计划安排好家里的种种事儿才行。因而，好几十年里，她基本上没出过远门在外过过夜。至多是去步行一两个小时就能到的村子里看戏。

2006 年 8 月底，我先带女儿、涵洁，还有小莹和她的女儿周尚美一起去游雁荡山。早安排好回京时，一起带着妈妈来我家小住一段时间的。出发前一天，我回家时，惊讶地听妈妈说，隔壁的水仙小婶突然去世了。说是与另一位阿姨一起在山上摘野菜，天气炎热，阿姨眼看着她滑下去，马上就上前拉她，就拉不起来，走了。妈妈很是伤心，小婶年轻力气好，是妈妈多年来的伴儿之一，加上阿姆，三人时常会结伴去看戏，不管路途多远，她们都是步行去的。为表示哀伤和一份心意，我让妈妈送去二百元礼金。

小婶那爽朗的笑声，"你都吃了两个麦饼头，还要吃啊？肚里有蛔虫啊！"的喊叫声，好似犹在耳边回响，她却不再大声喊叫、不再开怀大笑了。说实在的，若不是我早买好了机票，妈妈绝对就改变主意不再出远门了。但我想着这件事太意外，睹物思人，太让妈妈伤心了，还是让妈妈离开一段时间比较好，就劝说妈妈既然小婶没有任何痛苦就走了，也是她几世修来的福气，你待在家里也帮不上什么忙，还是按原计划跟我去北京吧。

此后，妈妈就经常回忆与小婶一起出游看戏的事儿，说：有一次去爬青山桌，你小婶夫妻俩一起去的。走到陡峭的地方，小婶就扶着我走。数十年的女伴儿突然离世了，确实让人一时难以接受。

辛苦的旅途

第二天，我们按计划出发。不会坐车的妈妈，从小溪边到城里的路上就开始吐车了。稍作休整，我想着让妈妈躺在小车的后座上，妈妈还是吐得不行，实在是太遭罪了。好在到杭州萧山机场的路不算远，不到两个小时就到了。我去买了十元一碗的方便面，让妈妈和女儿分着吃，喝点咸的汤水，胃就会舒服一点。妈妈煞白的脸色也恢复了一些。

上了飞机，本以为没事儿了。没想到妈妈在喝雪碧时，又吐得一塌糊涂。这真是前所未有的事！但出乎意料的是，原来一坐车就要吐的女儿，今天却一点也没事，要不然一老一小都晕车，我还真不知该怎么对付。

也许是吐得太难受了，下了飞机，我去提托运的行李，让妈妈稍等时，那么聪慧的妈妈，竟然以为就到我家了。我说还要坐一个小时的大巴车呢，妈妈一听腿都软了。但大巴车还是不得不坐的，妈妈自然又吐了。好在女儿乖巧，自己一个人坐在后排，我可以全力照顾妈妈。过了半个小时，女儿也累了，过来与我们挤在一起，她们俩就一左一右靠着我的肩膀睡觉，此时的我真成了她们的依靠！好不容易熬到大巴车的终点站公主坟，就让来接我们的洋爸带着妈妈去坐地铁回家，我带着女儿直接打出租车。

这一路走得实在是有点辛苦！原来带妈妈出门一趟真是太不容易了。在妈妈直吐清水时，真有一种回不了家的感觉！妈妈到家后，稍喝点粥，洗个澡，马上就去歇息睡觉了。但愿她很快就会恢复体力。第二天晚上，爸爸就来电话问候，这是爸爸第一次主动打家里的电话。看来，妈妈第一次离家出了远门，爸爸还是挺牵挂的。妈妈不在家的日子里，说好爸爸每天到镇上嫂子家吃中饭，然后带回晚餐，自己热一下就可以。这也是妈妈事先安排好的。

游天安门、故宫

第二天，女儿要参加五一小学的开学典礼，她开始上小学了。我就让洋爸带着女儿去。我在家边打扫卫生，边陪着妈妈聊天。睡了一晚，妈妈的感觉好多了，但我也不着急带她出门看风景。说好了，要在我家待上一段时间的。我先帮妈妈去办理家门口国际雕塑公园的月票，再带妈妈去菜市场买菜。让妈妈先熟悉一下周边的环境，同时也让她知道我平时在忙些什么。

第三天，弟媳妇美莉就带着楚和小波从天津她姐姐家回来了。她的儿子小波才八个多月，正是学爬好玩的时候。她的女儿楚，比我女儿小一岁两个月，一下子有三个小孩在家里闹着玩着，妈妈就有忙不完的事儿，也不感孤单了。

我先带妈妈去看天安门广场。妈妈的运气比爸爸好多啦，第一次来天安门，就恰逢毛主席纪念堂开放。我们先去纪念堂，再去逛故宫。这故宫，十多年来，我曾陪不同的人来了好多回，可以说角角落落都相当熟悉。但就是这么熟悉的地方，我们竟然错过了珍宝馆而没有让妈妈看到故宫里的九龙壁。等我们再回头去看时，已过 4 点说要关门了，有点遗憾。好在，妈妈不在意，我答应改天带她去逛北海时，补看上一模一样的九龙壁。

在故宫，我为妈妈拍了不少漂亮照片，可以说将我以前拍过的认为能代表故宫特色的点儿都让妈妈拍了。妈妈呢，也特别配合，我让她坐着她就坐着，让她站着或侧着，她就照做不误。在镜头下，我发现这个老农民妈妈其实很会摆 pose，而且还特别会配颜色。出门时，她坚持要拿着那个我买衣服时带回的 GUESS 纸袋儿，原来这鲜红的颜色与妈妈身上穿的淡青色多襟衣和黑色裤子衬得恰到好处，同时亦可避免两手无处安放的木然。就这样，这个鲜红的纸袋一直陪伴着妈妈游遍京城的主要风景点。

因妈妈说好要在我家待上好几个月的，有这么长时间，一起待着的侄女楚也应该去上上幼儿园才是。我就带着美莉去联系女儿曾上过的老山东里幼儿园。因老师们都很熟悉，一说就成，被子等生活用品还可以用女儿原来的。

2006 年 9 月 20 日，我带妈妈逛天安门，妈妈特意带上一个红色的袋子做道具。拍照时，笑容满面。

家里有了两个年龄相仿的孩子，就不必发愁要怎么陪小孩玩了。她们自己就可以结伴出门在楼下玩得昏天黑地。有意思的是，她们俩玩的时候很开心，但转眼就会闹矛盾，甚至是打架。她们在楼下玩时，不知什么原因两人都不高兴了，女儿跑在前头，一进家门，就把门反锁上。楚进不了门，就在门外哇哇大哭。随后，女儿又把药打翻了，被我说了几句，她就把气出在外婆身上，走过去把外婆房间的门关上，拿走钥匙，说要丢到楼下去，嘴里还说要赶外婆她们走。妈妈一看女儿这副样子，好没礼貌，也生气了，就大声吼女儿，说："我们都走，就你一个人留在家里。美君也走，她是我的女儿。"妈妈这么一说，洋洋就满眼泪水！我终于明白，原来妈妈带养女儿的时间短，没有那么深的感情，而侄女楚是妈妈从小带大的，感情自然就不一样了。同时也让我明白，所谓的爱屋及乌，也不是那么容易就自然发生的。

游 天 坛

原想着家里来了能干的妈妈，我就可以把家务基本交托给她，而我呢，就可以多花点时间撰写博士论文了。但出乎意料的是，在小溪边时事事做主、慧心精明兼具的妈妈，到了京城却无所适从，一点也不能干了。习惯于去田野里想吃什么菜就拔什么菜的妈妈，因不会说普通话不会去菜市场买菜；在小溪边时可以随意去隔壁串门聊天，在村里到处转悠的她，一天到晚待在矮矮的水泥房里，无所事事而深感无聊，不少时候，她就坐在小板凳上，隔着栏杆看着窗外小区路上的行人来来往往，或者干脆就发呆；晚上睡觉，她又说周围环境太吵灯光太亮，睡不踏实；带她出门旅游，一坐公交车，就吐得稀里哗啦；打车呢，要看师傅的水平，开得平稳、刹车和缓的，就稍好一点，要是来个急刹车，她绝对就完了。说实在的，要让在青山绿水的小溪边生活了一辈子，走惯泥土路的妈妈适应大城市的生活，真是太不容易了，或者说根本就不可能。

但不管妈妈能不能适应，周末时，我都会特意带妈妈去菜市场一起买菜，当然也没指望她哪天会自己一个人去买菜。在菜市场，妈妈看着熟悉的菜，她想要的，我就买回来，这样，她就知道怎么做。我是想着，要是她一天到晚不忙点什么，不能帮我做点什么，那她的时间就很难打发，自然在我家也待不久的。渐渐地，妈妈开始为大家做早饭，熬点粥、蒸点包子之类的。后来，她就开始做家乡的美食，如炒米干、摊麦饼、做冬至圆等。

9月初，刚开始上小学的女儿，虽因聪慧乖巧，常得老师表扬，天天拿五角星回来。可是第二个星期的周三晚上，女儿说肚子痛。我以为是她自己睡觉时翻来滚去踢了被子着凉的缘故，就没理她。到了后半夜，女儿又说痛得厉害，我就用妈妈教的土办法在女儿的脖颈上揪了几下，女儿说好多了。第二天早上，女儿继续去上学。在学校时，她又不讲究喝了自来水，肚子就更痛了。老师来电话，洋爸马上去接回，直接去石景山医院。医生说是感冒引起的肚子痛，开了三种药。但我感觉不像。果不出所料，女儿吃了药，睡到凌晨3点多时，又叫肚子痛，而且痛得直打滚、嗷嗷叫，看来这医生开的药根本就不对症。

周五早上，我带女儿去儿研所，挂了专家号。我把女儿肚子痛的表现详细描述了一番，王医生说是小孩子常见的肠绞痛，开了一些胃康胶囊，加上蓝芩口服液。中饭，我做了汤面，女儿吃了满满一大碗，再吃下药。下午，女儿就说肚子再也不痛了。晚上，我炖了排骨萝卜汤，多放了一些生姜，让女儿喝了两碗汤。女儿就没再叫肚子痛。看来，以后带小孩看病，还是应该直接去儿研所，省得耽误时间又折腾。

女儿的事儿忙得差不多了，我还是要带妈妈出门看看名胜古迹的。9月16日那个周六，吃了早中饭，我就带着妈妈和美莉、女儿、楚和小波一大帮人去逛天坛。在家门口就有958路公交车直接到天坛南门，挺方便的。可没坐多少时间，妈妈就吐得一塌糊涂了。这个妈妈啊，坐车对她来说，实在是遭罪！但妈妈一路上没说半句难受或抱怨的话，在逛天坛时依然笑容满面，帮着推小波的婴儿车。后来，女儿也想体验一下，就坐到婴儿车上，让我们推着玩儿。

我们从南向北走在去祈年殿那条宽阔的大道上时，我跟妈妈说起多年前带婆婆来游天坛时的情景。也是走在这条大道上，走在我们前面的是好几位与婆婆年纪差不多的外国老太太，婆婆一时好奇，就问："美君，你外语那么好，那老太婆，外国人是怎么叫的？"我就说："你可以叫Madam。"婆婆就脱口大声叫着："Madam, Madam……"前面的外国老太太听见喊声就回头了，我马上解释几句，她们听了很是开心，主动跟婆婆一起拍了合影照。还说她们是悉尼来的，其中一位从包里找出登机卡，给我留下电话，说："哪天你来悉尼时，就打电话给我，我请你吃饭。"妈妈听了这个有趣的故事后，就笑着说："你婆婆是个有名的能干人。年轻时吃了不少苦。为挣钱，到处卖白药。有一次，路过村里时，找学梅的老婆考珍嬉一下。她们俩都是下前王人，从小关系很好。恰好考珍不在家，我就招待她到家里来坐坐，喝了点茶。"

考珍婶才 36 岁就去世了，这时的婆婆也去世半年多了。考珍婶的大儿子文标曾与表哥明强一起帮我们装修了第一套房子，文标的木匠水平相当不错。到了装修后期，婆婆也来一起帮忙。原来，人生的缘分真是早就注定了的。

回音壁正在整修，我们只看了圜丘和祈年殿。我带小波才一会儿，两个女儿在祈年殿下来的台阶上就打架了，而且洋洋还流着眼泪受了委屈的样子。当然，稍作劝解，她们俩又和好了。俗话说：小孩子的脸，春天的天，一忽儿雨一忽儿晴。说得真是形象之极！

回来时，我们打车，一路绿灯，运气真是好得不行，妈妈也例外地没有吐车。看来，只要车子一直走着，而不是走走停停，妈妈就会没事儿。这也是今天游天坛所得的一条经验。

做冬至圆、饺饼筒

妈妈来家里三个多星期后，可以说在家里时，她已能应付自如啦。除了做早饭外，她还会时不时地想着做些老家的美食让家人品尝一下。那段时间，恰好有新疆来的同事朋友李玉莲在国家检察官学院培训。机会难得，9 月 23 日这个周六，就邀请她来家里品尝妈妈做的冬至圆。

2006 年 9 月 16 日，我带着一大帮人一起逛天坛。走在这条大道上，当年的婆婆曾脱口大叫 Madam。

冬至圆，顾名思义，就是冬至时吃的美食。这一美食，程序还是比较复杂的。先是头天晚上要将整粒的糯米放在清水里浸泡充分，至少要三个小时。第二步是炒好香喷喷的馅儿。这馅儿，可以依个人喜好来放料，但要将所有的菜都切成小小的丁，越细越好，如精肉、豆腐、豆泡、乌笋、土豆、花生米、荸荠、冬笋等，放在一起炒熟后，再加点韭菜调颜色。第三步是调糯米粉。但不能全用糯米粉，要加适量的籼米粉，否则就会太粘手而做不成。调的时候，要用滚烫的开水，那粉才会成团。做的时候，摘一小团调好的粉，左手托着右手挖洞捏薄，边捏边转做成一个小碗状的半圆形，底部要厚一点，将馅放进去，包好收拢，椭圆形的那边粘上已充分浸泡的糯米，收口的朝下，放在蒸锅里蒸到糯米熟，就可以吃了。这糯米有两个作用：一是冬至圆是否蒸熟的标志；二是稍一冷却，就可以拿在手上吃而不粘手。

冬至圆，是小溪边的美食之一，在粮食紧缺的年代，只有在冬至这一天，妈妈才会做一次。而今，条件好了，想吃时就做。因京城的超市里只卖糯米粉，回老家时，姐姐常让我带点籼米粉回来，我就放在冰箱里冷冻着。这样，哪天想做冬至圆时，就随时可做。

冬至圆可以说基本上是糯米粉做的，爸爸呢，只要与糯米相关的美食，他都喜欢。妈妈呢，做糯米类的美食也最拿手。去年刚搬进新房子时，我曾请单位的同事们到我家来吃冬至圆。他们都说好吃。看来，真正的美食，无论来自北方还是南方，大家都会喜欢的。

过了半个月，10月7日那天，恰好是中秋节，洋爸从杭州赶回一起过节，还说要邀请老同学来家里吃饺饼筒。妈妈、美莉和我就忙了整整一个上午，总算按计划在1点左右吃上。在京城，能吃到老家的美食饺饼筒，大家都很开心。做饺饼筒，除了食材丰富耗时间外，最大的难点也是最为关键的一点是糊薄薄大大的皮。我第一次学糊皮，是多年前在杭州时跟婆婆学的，这次又跟着妈妈进修了一下，妈妈强调四个手指要并拢伸直，速度均匀地挪动，这样糊出来的皮厚薄才会均匀漂亮，皮上也不会留下一个个明显的手指印。另外，在摘粉时，要把握好适当的量，糊一张刚刚好，不需要第二次添加，速度就快，中间的也不会太厚。跟着妈妈学做美食，她总是一说就说到点子上。我试了几下，就彻底过关了。

中饭后，我们一起去海波家看他刚出生几个月的儿子洛洛。逗逗的妈妈帮着带小孩，还有阿姨打帮手，逗逗是一脸的幸福与轻松。看来，养小孩，要是有得力的人帮忙，就不那么辛苦。当年的我，有表哥和他的妻子惠肖帮忙养女儿，我也闲得可以每天学法语。海波他们非常好客，热情地邀请大家一起晚餐，说可以让他的丈母娘做老家美食麦饼吃。但我感觉难得与妈妈一起过个中秋节，还是赶回家了。虽然在老家，尤其是农民，中秋节并不讲究。晚上，除了饺饼筒外，妈妈和我们还是一起象征性地吃了点月饼。北方的夜有点冷，大家也懒得出门去赏月。

曾记得年少时，我们喜欢带着月饼爬到山坡上，大家边看月亮边吃月饼边侃大山，其实享受的只是那种心态和气氛。据说，在老家天台山，有两处最佳的赏月地点：一是百丈坑，又叫琼台仙谷中的仙人座。传说因铁拐李每逢中秋节之夜，来此赏月而得名。仙人座是琼台峰上的一块石头，长得像一把椅子，在皓月当空的夜晚，坐在石椅上，眺望月下群山，四周繁星闪烁，恍如仙境，"琼台夜月"的景点也由此而来；二是小溪边往西十多公里出的寒山湖，因唐代隐逸诗僧寒山子曾在此徜徉而得名。从娄金岗由南边山坡而下的半山腰上，还有寒山子抚琴台。寒山湖水质清澈、群山状如展翅飞翔的蝴蝶，月夜下，在波光粼粼的湖面上影影绰绰地游动，更是灵动而飘逸。当然，也有好友喜欢约上三五哥们，带着石梁啤酒，上桐柏宫那边的山上，颇有"举杯邀明月，对影成三人"的情趣。

或许，赏月是需要心境的。而今的自己天天为工作生活忙碌着，过去的就永远过去了？！

游景山、北海公园

9月底，我去杭州参加诉讼法年会数天，家里就交给美莉操心，幸好这时的妈妈已基本适应日常生活了。美莉出门买菜时，妈妈就帮着看管三个小孩。等我出差回来时，已到国庆节，这时的京城到处鲜花盛开，天气适宜，可以说是一年中最美的时候。

10月2日那天，我带着妈妈、女儿、美莉、楚、小波这一大帮人去天安门看鲜花。人自然是多得前胸贴后背。广场两边以奥运为主题的花坛姹紫嫣红，在精心设计装扮下，看起来就如一座座山坡上长满各类花草树木，有三角梅、荷兰菊、波斯菊、金鸡菊、一串红、石竹、金鱼草等，粉的、红的、黄的、白的、紫的，一行行一圈圈相间而长、层叠盛开，美轮美奂！尤其是以布达拉宫为中心的花坛，四周鲜花围绕，雪山相衬，大气而壮美！中心花坛的大喷泉在全部喷发时，也十分壮观！从未一下子见过这么多鲜花的妈妈，甚为惊讶，算是大开眼界了！我趁机为妈妈拍了不少美照，妈妈在照相时，相当注意细节的完美，她总能找到合适的点儿站着，让自己看起来高一些。这时，小波睡着了，妈妈抱着小孙子拍照时，也会特意让他的脸儿露出来。原来万事追求完美的妈妈，拍照时也不例外。

妈妈毕竟快70岁了，天天出门旅游也吃不消的。我就计划着逢双日出游。10月4日，还是这么一大帮人出门。路过天安门时，又让妈妈与天安门城楼合了几张影，红旗招展，喜气洋洋。路过菖蒲河公园时，那桥边的柳枝长长的、密密的、绿绿的，如一扇厚厚的绿色大门，我为她们拍了数张合影照。女儿穿着玫瑰红的短袖衫，妈妈是淡青色的上衣，加上楚的白兰色条纹衫、波的小花淡色衣服和美莉的绿色圆领T恤衫，这些颜色搭配得恰到好处，让人眼睛一亮。

从菖蒲河公园到景山公园就这么点路，我们打车走，妈妈又吐车了。即便如此，到景山公园后，妈妈还是哈哈大笑着与两位小姑娘合影。与浑身充满活力的孙女外孙女在一起，加上八个多月大的小孙子小波，你逗他笑一笑，他就皱起鼻子眼睛笑上半天，妈妈自然也跟着从早笑到晚，整天乐呵呵的。我呢，只是做好摄影师的工作，除了拍照片，还要摄像，一路忙得不亦乐乎。公园里四处鲜花摇曳，尤其是石榴，在万绿丛中点缀着，又大又红，甚是漂亮，妈妈也觉得好看，我就为她拍了不少美照。

2006 年 10 月 4 日，妈妈在景山公园的柏树林中，留下一张颇能代表其个性的倩影：笑对人生，独立而坚毅。

景山公园，春秋两季时，我也会偶尔抽时间去拍拍花草的。园内花卉草坪占地面积1100平方米，一年四季，松柏葱郁、生机盎然，其最大特点是站在山顶的万春亭上可以俯瞰整个北京城：南面是金碧辉煌、结构工整的故宫，西门是烟波荡漾、游船悠悠的北海公园，北面和东面为现代的京城模样。

我们轮流抱着小波，慢慢爬上万春亭，依山而上，看到的五座亭子，都建于乾隆年间。从西边下，走到西门那边的柏树林中，我为妈妈拍了一张最为得意完美的照片，那时的阳光从树林间洒落在妈妈身上，衬托出妈妈的脸分外秀美，妈妈呢，还是一如既往的表情，笑眯眯的，但能深切地感受到她身上的那股沉着与坚毅。五人合影照也因神态各异、鲜活生动而堪称摄影佳作。

出景山公园西门，进北海公园东门前，我选择在景山西街的金宝运餐厅吃午餐。出乎意料的是，那服务员的态度特别差，大概是看着我们老老少少的像个外地乡下人的缘故，我最瞧不惯这种人了，就拉着脸说："有你这样做服务员的吗？你要是自己不高兴的话，不要把气撒到我们身上！我们是来吃饭的，不是来找气受的！"听我这么一说，那姑娘就收敛多了。妈妈和美莉都说这里做的面条和炒饭味道还不错。

北海公园的满塘荷花虽已过季，但茂密的杨柳、宽阔的湖面、红色的走廊、白色的塔、绿色的树，构成了一幅绝美的画面！美莉说比上次看到的漂亮多了。看来，同一个地方，不同的季节、不同的心情，风景也就不同了。我们绕白塔寺一圈，再坐船到小西天看五龙亭，也让妈妈看到了"九龙壁"，弥补了在故宫那天错过的遗憾。然后，从西南门出，打车回家。此时，从镜头里看妈妈，她的表情已略显呆滞和疲累，逛了大半天，一路走着，也确实累了，即便有孙辈带来的开心与慰藉。这一日游，是我总结多年旅游经验后，规划的最为经典的路线，让妈妈看到了我国现存的最古老、最完整、最具代表性和综合性的皇家园林风貌。以妈妈的记忆力和表述水平，回小溪边后，她足可以与邻居们聊上半天了。

游 颐 和 园

也许是每次出门一坐车就要吐车的缘故，妈妈也是能不出远门就不出远门了。但我想着妈妈好不容易来京城一趟，不会坐车，去那么远的长城是不必考虑了，但市内的颐和园、圆明园之类的还是应该走一走的。10月6日这天，我就劝说妈妈再出门一下，她爽快地同意了。

这次，我只带妈妈一个人，动作就快多了。出乎意料的是，颐和园里竟然闻到了桂花香。这桂花是杭州的市花，前两天在杭州时，曾特意带着新疆来的星月和同事刘卉，与师妹王晓霞一起去满觉陇，在桂花树下喝桂花龙井茶聊天。说起奶奶对孙子孙女偏心这一话题时，那故事一个比一个精彩，原来奶奶疼爱孙辈具有普遍性，也是人性的必然啊！不少人就在桂花树下喝茶打牌，享受着难得的悠闲时光。空气中弥漫着一股甜甜的桂花香味，漫步在桂花树下，微风吹过，一股股清香扑鼻而来。没想到在京城也能闻到这一熟悉的香味。原来这里是桂花的培植基地。边上还摆放着宣传牌，介绍桂花的习性和种植方法。看来科技的发展让花卉的移植更加容易与可能了！我就让妈妈在桂花树下留影，以带走这一片花香。

颐和园，是以杭州西湖为蓝本修建的皇家园林，有万寿山、昆明湖、十七孔桥、佛香阁、700米长廊、排云殿等著名景点，即便走马观花似地看个遍，也要好几个小时。妈妈看风景，颇得章法，除了听我这位业余导游介绍外，她常会亲自去看看边上的地图和说明。这里的各个角落，我也相当熟悉，知道哪个点哪个角度拍照最美，而最让我欣赏的是，其英文翻译是我见过的景点介绍中最有水平的。当年在北大读书时，门票才2元，一有时间，我就喜欢约着同学一起骑车到颐和园找个安静的角落看书，也时不时看看那些高水平的翻译。

那年带爸爸来时，游人远没现在这么多。近十年过去了，老百姓的生活水平提高了，出游看风景的人也越来越多。好在，我总能找到合适的地方为妈妈拍到漂亮的风景，又能避开与陌生人合影。妈妈也配合默契，从不提任何疑问或反对意见，让我过足了当摄影师的瘾。让我惊讶的是，平

2006 年 10 月 6 日，
妈妈在颐和园的桂花
展区前与繁花合影。

时生活中，向来都唱主角，特别有主见的妈妈，换了一个环境，做不同的事儿时，她竟然也愿意听女儿的话、服从指挥做做配角，这难道就是禅语所说的"要活在当下"的另一层含义？妈妈也深谙此理？

从颐和园到圆明园的路不远，但必须坐三轮车或打车。记得 5 年前的 8 月初，我带外甥女涵洁游颐和园后去圆明园时，被骑三轮车的人讹诈了一把。他先说是每人 4 元，到圆明园门口时，说要每人收 40 元。经过一番理论后，最后给了他 10 元。气愤之余，我曾写投诉信给《北京晚报》，但如石沉大海，毫无动静。那举报信为：

《北京晚报》编辑同志：

你们好！今早，我怀着非常愤怒的心情向你们举报三轮车师傅讹诈事件，事情的经过为：昨天下午近三点时，我和我的外甥女从颐和园东门（正门）出来想去圆明园旅游。边走边琢磨着怎样去比较方便时，抬头看到几辆三轮车正停在那儿叫客，心中顿喜，没想到这儿也有三轮车服务（我家住八宝山附近，那儿的三轮车服务特别好，想去那个公园，一坐就行）。

于是，我就上前问其中一位师傅："师傅，去不去圆明园？""去。""多少钱？""4 元。""两个人，4 元？"师傅没作答，用手势表示并说："上来吧，上来吧。"我们就坐上了车。在路上，我还纳闷，这儿的三轮车倒一点也不贵，这一段路要在八宝山那儿该要六元才差不多。

大约十五分钟后，车到了离圆明园正门还有三百米处，师傅就停下来了。我问他"为什么停在这儿？"他说："前面不能走。"反正不远了，下来就下来吧。我递给他五元钱，出乎意料的是，他竟然说，"你这是什么意思？""你不是说 4 元吗？"他手指着三轮车前面牌子上的字说："每人 40 元。"

我被吓懵了，怎么一下子变成 40 元了？我马上意识到今天倒霉遇到恶徒了，就说："从颐和园到圆明园这么点路，你要诈每人 40 元，也太黑了点。这地方我熟悉得很，我在北大读了四年书，你别以为我们是外地人就好欺负？"经过几番唇枪舌剑，他从每人 40 元降到两人 40 元，又从两人40元降到20元，最后，我说："算我买一次教训，最多给你10元。"在论战时，我心里其实挺紧张的，怕他过来抢我的钱包或相机，他人高马大的，我们两个女孩肯定要输。但我也知道，他心里也虚，怕我大声嚷嚷，故最终等着我去买门票后将大钱化开，拿在手里的10元钱就被他恶狠狠地抢走了，他嘴里还老大不高兴地嘟囔着。我也反击说："北京还申办奥运呢，像你这样的人，到时会给北京丢尽脸的！"

回家后，我想着这样的恶徒每天在颐和园或圆明园门口敲诈游客，不惩治他一下，不知会害惨多少人？又会给京城带来怎样的恶劣影响？其实，他那每人40元的字是在骑车的途中偷偷挂上去的，事先根本就没有。贵报素有伸张正义的美誉，读者又多是本地人，故特向你们投诉反映一下我们的遭遇，不知你们能否派记者抽时间去考察一下，为民除害？

有了上次被讹诈的教训，这次带妈妈坐三轮车时，一开始，我就特意说清楚拉到圆明园门口，俩人总共10元，等师傅明确同意后再上车。当然，过了5年，车费也上涨了。我们去看了大水法等主要景点。但因游人太多，不少人还喜欢站到断墙残垣上拍照，让人看着生烦，加上满地尘土飞扬，我们稍稍转转，就离开了。逛了大半天的妈妈，也该回家歇息了。自然不能像带小年轻出游那样，一下子顺带把清北也逛了。

游 香 山

国庆节后，我被领导安排到外事局帮忙参加在天下第一城举行的国际反贪局联合会成立大会暨第一次年会，除了干一些具体的筹备工作外，主要为高检院的领导们在会见各国代表团及宴会时做翻译。会后，我又带罗马尼亚团去河南顺访数天。等我再回到家时，就已10月底了，妈妈着急回家去。我就劝她，既然已经到了看香山红叶的时候，那就等看了红叶再走，以后即便有机会再来，也不一定会在这个时候。她一听就同意了。

11月1日这天，我又带着大大小小一家人去香山看红叶。坐了那么多

2006 年 11 月 1 日，我带着妈妈、楚、小波和美莉一起去看香山红叶。这是在镜湖边上的合影，阳光明媚、红叶灿烂。

次车的妈妈，还是不会坐车。一坐车，就说要吐。或许这在很大程度上是心理作用的缘故。到了香山，才知道什么叫人多，连买门票都要排长队。妈妈恰好带了身份证，可以买半票，她知道后挺高兴的。

香山红叶，适合远观。不像在墨尔本的 Yalla Valley 时见到的红叶，层次分明，红的、半红的、绿的相间而长，色泽鲜亮。我们走在山脚的小路上，可以看到远处山顶上有一大片的红树林，我用摄像机拉近镜头看得就更清楚了。这香山，我来过好多回，记忆中的红叶总是枯黄的。但今年长在路边的红叶居然也相当润泽。也许是管理跟上后，浇水多了，水分充足的结果。

抱着小波，我们走不了多少路，也爬不了多高的山。大家就在双清别墅前的那片红叶边上，拍了一些美照。楚捡了一些圆圆的红叶和黄色的银杏叶，说要带回家去送给小朋友们。说得也是，记得当年在杭州上大学时，老同学蒋锦志游香山后，随信夹了两片红叶寄给我，从未去过京城看过香山红叶的我，当宝贝似的珍藏了好多年。

到了中午，小波睡着了。只好让美莉抱着坐在石头上等着，我带妈妈去看看毛主席住过的双清别墅。这是每次逛香山的必游之地，幽雅的环境、挺拔的松柏、古朴的建筑以及相关的展览等，都让人收获不少。但每次的感受都有所不同。2002 年国庆节前，单位组织爬山比赛，我还得了奖，奖品是一套四件套的天蓝色床上用品。我趁机带着姐姐来逛香山，发现年纪比我大 5 岁的姐姐，体力比我好多了。这一次，我惊讶地发现园中有一棵高大的银杏树，长得特别茂密，金黄的叶子，灿烂一片，树枝覆盖周围好几十米，真可谓是遮天蔽日，亮丽而大气！我一时兴起，从不同角度拍了好多照片。在拍照时，发现以翠竹为背景的角度拍出来的银杏叶最灿烂，笑眯眯的妈妈也相当漂亮，可以想见年轻时的妈妈是怎样的俊俏模样！一直以为自己长得像爸爸的，但从合影照上看，居然也蛮像妈妈哎！

回来的路上，买了一些油煎饼和山东的薄饼先垫点肚子，我还特意买了几斤栗子，记忆中妈妈最喜欢做猪肉炖板栗这道菜了。很少吃零食的妈妈，看到栗子，马上就剥开尝尝，看来她真是挺爱吃栗子的。回到家，已两点多了。这次香山游，作为妈妈游京城的最后一站，可以说是心满意足！

妈妈的京城游，前后算起来有两个多月，中间虽因我两次出差两个星期左右，但也可以说是我上大学后陪伴妈妈时间最长的一次了。特意邀请妈妈来家里多待一些时间，当然不仅仅是想着可以带她到处走走看看风景，另一重要目的是想着能否以京城最好的镶牙水平为妈妈整整牙齿。10月13日那天，我曾特意抽出时间带妈妈去北京大学口腔医院看牙，查一查能否镶牙。我挂了一位主治医生的号，排队轮到妈妈时，先去拍片。回来后，医生说要先拔掉妈妈剩下的那三颗牙才能镶牙，同时又不能保证镶完后的牙齿能咬硬的东西。妈妈就死活不愿意拔掉自己的那三颗老牙。我们只好先回家，妈妈向来是特别有主见的人，她要是自己不同意的事，谁说了都不能算，我只能说说镶牙和缺牙的利弊，但也不能勉强妈妈非镶不可。回家的路上，妈妈解释说她这三颗老牙还是可以咬硬的东西的，只是速度慢一点而已。我就说："那就等你自己的牙齿全掉完了，再镶牙，好吗？"我心里想的是，这件事，只能等妈妈自己想通了再说。但也有可能，她一辈子都不会想通的。

妈妈还说她的右耳朵也越来越聋了。多年前，有一次，我回小溪边时，妈妈也跟我说耳朵有点听不清了。她说："有一天，我问你阿姆，你家打石头老师今天没来干活啊？你阿姆说：'在啊，他们叮叮咚咚打得这么响，你没听见？'"她才发现自己的耳朵聋了。我马上带她到镇上的医院作了检查。医生说是被耳屎堵了。医生帮着掏空清洗干净后，妈妈说能听见了。11月2日那天，我就带妈妈去石景山医院看耳朵。通过测试做检查后，医生说是年纪大了的缘故，属老年性耳聋，没什么药可治的。

妈妈这次来京城，原想着要看的牙齿和耳朵，结果都没得到治疗。牙齿问题是因为她自己不愿意拔牙而没有镶牙，耳朵呢，是没办法医治。或许，人老了，就只能这样了？

回家的路上，我特意去肯德基店买了汉堡、鸡腿、薯片之类的，让妈妈尝尝。在小溪边，问楚她们考试考好了要什么奖励时，她常说要去城里吃一次肯德基，对此，妈妈也印象深刻。只剩三颗牙齿的妈妈，吃得慢一点，但真的什么都可以吃、都咬得动的，我也不那么着急劝说她镶牙了。跟妈

2006 年 10 月 6 日，我带妈妈一个人游颐和园、圆明园时，在圆明园门口拍了一张母女俩的合影照，妈妈也带着这个红纸袋添彩。

妈聊天时，我说你要是愿意，能待多久就多久，但你要是真的想回去了，那就买票送你回家。说实在的，妈妈一辈子没出过远门，也没住过酒店，离开过家，这次已被我哄着出来好几个月了，她自然想着要回家了，这我能理解。再说，从小生活在江南小山村的妈妈，不习惯喝水，北京天气干燥，她常咳嗽也不是办法，想想还是让她回去吧，就为妈妈和弟媳妇她们买了11月5日回杭州的软卧票。

在回小溪边前，妈妈是花尽心思变着花样给我们做各种美食，尽其所能帮着干各种家务。每一次，妈妈都用心做，事后会总结经验，不断完善。其实这些美食，她都做了数十年了，但即便是驾轻就熟的菜，妈妈都认认真真地做好每一细节，将平常的菜，做出不同的意味来。做菜时，她还会说说与此菜有关的故事。如炒米干时，她就说起浙酉下洋表姐美莲的丈夫广治的故事，他是浙酉大姑妈的二女婿，特别能干，长相英俊，属于第一批盖得起三层楼买得起摩托车的人。妈妈说："刚开始，他来拜年时，常常不吃饭就跑了。后来，我问你大姑妈，才知他不喜欢吃炒米干，也不吃炒年糕，只喜欢吃炒面。但一般人家都不会主动做炒面的，他又不好意思说。后来，他再来，又说要走时，我就说你先坐下，我做炒面给你吃。他就留下吃饭了。"

想着家里热热闹闹的日子已屈指可数，我也先不写什么博士论文了，只陪着妈妈做好吃的，借机跟着妈妈将各种厨艺再修正或提升一下。同时，也将最近拍摄的上千张照片，精选出一部分，冲洗出来，插放在一本本小相册里，让妈妈带回小溪边，也带回她在京城生活了数个月的记忆！

随记于 2006 年 8 月 29 日至 11 月 6 日

你知道我是谁？

寒风萧瑟，我站在二楼的走廊上，凝望着天空中的圆月在片片黑云中穿梭，一会儿明亮澄清，一会儿乌云遮蔽，心想：月有阴晴圆缺，人生又何尝不是如此。

春节刚过，自己特意趁寒假从美国回小溪边的目的，就是在家多陪陪爸妈，因而，能不联系的朋友就不联系，尽可能让自己处在"隐居"中。近几年来，每次回家，我最想问又最怕问爸爸的话是："你知道我是谁？"幸好此前的爸爸每次都能准确地答对。也许是这次离开的时间实在太长了点，第一次见面时，他真的不认得了。

2月11日那晚到家已10点多，爸爸早已经躺下睡觉了，我只是从窗口远远看了他一眼，只见他安静地侧卧在床上，就没进房间打扰他。第二天早上，他起床后，我进去为他穿袜子，边穿边问他："你知道我是谁？"他笑眯眯地说："你是爱玲哎。"爸爸说的是大伯的大女儿的名字，是我的堂姐。我笑着说："咦，她怎么会来帮你穿袜子呢？我是你的小女儿美君哎，这下知道了吧？"他点点头，又笑眯眯地说："知道了。你不是在北京工作吗？"原来他还是知道那个小女儿的，只是没有将眼前的人与那个名字对上号而已。我转述这一场景时，美莉说他可能想说的是大女儿姐姐爱芬的名字，与堂姐就差一个字，结果说成了堂姐。

终于到了他不认识自己女儿的这一天（或者只是一瞬间），尽管我早就有心理准备，但当爸爸真的连自己心爱的女儿都不认得时，刹那间，我的心底还是掠过一丝悲凉。心有不甘，过了几个小时，再问，他总算准确地说出了小女儿的名字，我的心中顿时多了一份温暖，感觉自己特意飞越千山万水赶回来服侍照顾他几天也值了。

事实上，不管是白天还是黑夜，只要爸爸睡在弟弟特意为他建的小房子里时，我都会牵挂着他是否睡得安好，总会时不时地推开窗户看一看，要是他安静地侧卧在床上，我便放心地走开，干点别的事，帮他洗洗衣服、打扫卫生等。有一天上午，我再去看他时，他已坐在另一张床上，我就推门进去。他就说："肚子饿了，没什么可吃的。""那你等一下，我去拿点饼干给你吃。"他边吃饼干边抬头环顾房间，说："这房间严丝合缝。""是啊，是季新明特意造了给你住的。你知道季新明是谁吗？""是我的小儿子。""那你知道我是谁？""是我的小女儿。"这一刻，他的神志是清醒的。我就说："你的福气多好，儿子女儿都待你这么好。小女儿还特意在过年时从美国回来看你。你知道美国吗？""知道的，但从来没去过。"他非常肯定地说。接着，他又补了句："美国比中国好。"咦，他是怎么知道的？当然，他说不明白美国究竟哪儿好。他又说："原以为小女儿去了北京就不回来了，结果还常回来看看我。""是啊，怎么能不回来看老爸呢？"

随后，我想找点话题跟他聊聊，就问："你还知道方前吗？""知道的，跟自己家一样。"他自信满满地说。说得没错，多年前，他经常去方前赶集市，去那儿卖自己种的芹菜、大葱等蔬菜，也曾贩卖过小猪。小时候还去那儿贩卖过盐，说是：从城里买50斤盐挑回来，街头只卖一毛六、一毛七，方前能卖到一毛八。贩盐卖时，他才十五六岁，就跟着大人到城里去挑盐买，可以赚点小钱贴补家用。

自小就熟悉小本生意买卖的爸爸，平生最喜欢的事就是挑点菜到街头镇上去卖，有时每天卖的菜还不到十元，他也乐在其中，他好像不在乎是否能赚钱、能赚多少钱，而是喜欢坐在街边看人来人往、与人讨价还价的那份感觉。因此，只要家里种的菜有吃不了的，他就会拿到街头去卖。在卖之前，爸爸总是要精心包装一下整得漂漂亮亮的，再拿到市场上去，他常说的一句话是"卖要卖相的。"结果，同样的东西，无论是芹菜、大葱，还是番薯藤、小菜苗，他的总是先被人买走。

2010 年 7 月 17 日

爸爸与小孙子锦波在路廊纳凉，那时的他神志清醒，绝对知道谁是谁的。

记得上小学时，大清早，一家人就忙着从自留地里将当天要送到集市去卖的菜整回来，如摘黄瓜、剪番薯藤等。通常情况是，哥姐帮着爸妈将带露水的番薯藤去剪回来，我只是帮着数数，然后交给爸爸放到捆番薯藤的夹子里，一捆一捆长短粗细搭配均匀，再用稻草绑起来一板一板整整齐齐地在笋筐里盘成圈。卖的时候，就一捆一捆地出售。因爸爸的番薯藤苗看起来漂漂亮亮的，要的价格也公道，拿到集市上，自然很快就出手了。从那时开始，我就明白，无论做什么事儿要想有好结果，就必须事先多下功夫，不管是卖菜、读书、考试还是做翻译、发言、讲课。

随记于 2014 年 2 月 15

假　牙

　　尽管在越洋电话中，家人会主动跟我说说爸爸的近况，但谁都没有跟我说起过爸爸在六十多岁时镶的假牙出了问题。五年前，爸爸来北京的家中待了近一个月，本想为他重新配一副假牙，因原来的那副不能咬硬的东西，但爸爸说：不知道还能活多少年，算了不用换了，也就没再坚持给他换掉。心想：老人的适应性会差一点，万一用不习惯也挺麻烦的。

　　那天晚上回家后，弟弟才告诉我：爸爸的下牙不见了，还说是过春节前就不见了。爸爸戴了近二十来年的假牙，怎么会突然间不见下牙了呢？但时间已过去那么久，要找也无从找起了。可没了下牙，他吃饭就更不方便了，而且脸的下巴也会凹进去瘦削成尖形。要是现在再劝他去换假牙，他还能合作吗？

　　虽然心里没抱多少希望能找到假牙，但隐隐约约地期待着会出现奇迹。第二天上午清理爸爸的房间、整理衣服时，奇迹并没有出现。今天是正月十三，是妈妈的生日，嫂子、弟媳妇和姐姐都在忙着准备中午的大餐，算起来全家族要有 16 位一起吃饭。我则负责照顾爸爸。拖地板时，挪走床尾的那双鞋子，惊讶地发现地板上竟然躺着爸爸的假牙。捡回、洗净、戴上，爸爸笑了，姐姐和弟弟都说：太奇怪了，我们到处找了，还找了好几遍，就是没找到。怎么你一回来，就找到了。我开玩笑说："找东西也要看缘分哦。"

　　过了几天，弟弟看着爸爸吃饭的速度快多了，说：有了牙齿，吃饭还是好多了，这几天，他的脸色好一些了，又说："真是奇怪，我弯下腰床

笑眯眯的爸爸在他自己种的桔子前留影，桔子正白花绽放，爸爸也笑脸如花，看到的牙齿就是他戴了20多年的假牙。

底下也看了啊，就是没看到。"我又笑笑说："可能是特意等着我来发现吧。"弟弟说："哥哥可能都没注意到爸爸的下牙不见了。"也有可能，他每天买早餐送来，晚上来给爸爸盖被子，并没有看到爸爸吃饭的时候。做儿子的，像哥哥这样孝顺服侍父亲，实在是挺难得的。擦身子、倒尿盆、拖地板等，这一套程序几乎每天都要做的，而哥哥从不抱怨说辛苦。弟弟也是。这么想来，爸爸真是很有福气的。

昨晚（2月19日），我们从街头散步走路回来，为爸爸脱衣服时，感觉他说话漏风，那下牙又掉了，夜里不好找，就想着等明天再说。早上，我去看爸爸时，惊讶地发现他的下牙还在，就问他："老爸，你什么时候找回牙齿的？"他笑眯眯说："睡觉时，特意拿掉。想戴时，就戴回去了。"原来，清醒时的他，牙齿是可以随意拿下上回的。

随记于 2014 年 2 月 20 日

找 资 料

20 刚出头时，爸爸曾在天台造纸厂工作过三年。

1958 年夏天，爸爸被招到造纸厂工作，那年的十月份，他的大儿子我的哥哥出生。哥哥长得人见人爱，可以想见当时那一家人是怎样的欢喜！1961 年，哥哥 4 岁时，因精简人员，爸爸回村里做了农民，就这样做了一辈子的农民。这次回家，听妈妈说村里曾在柑桔场工作过的学钗叔、在煤矿待过的敏溪叔等几位村民，每个人每月都能从政府领取五百元的补贴，当过兵的能领一千元左右，甚至连当年的赤脚医生、接生婆也能拿补贴，像爸爸这样照理也应该发点补贴的，让我去问问情况。

我一了解情况，发现真的可以拿补贴，但在申请程序上需要有一份当年的记录证明爸爸曾在造纸厂工作过，如当年发的工会会员证、粮油关系、户籍关系、1964 年人口普查的资料等，甚至是子女当兵上学时在表格上写过父亲曾在造纸厂工作过的也可以。要找这样的书面证据，说起来似乎比较可靠，也挺合理的，但仔细一想，对一个普通老百姓来说，难度也实在太大了，除了会员证，其他的资料都是官方保存的，而那么一本小小的会员证，要在五十多年后还保留着，这种可能性几乎为零。除非此人生活细心、善于收藏证件，而且很少搬家，这样的人在现实生活中能有几人？自己算是心细之人了，但才过三十多年，高中毕业证书早就不知去向了。

幸好，多年来，第一次进老家的县府衙门办事时，从大门口到办公室，一路上遇到的人都笑脸相迎，热情友好，尤其是具体的经办人员。已到午饭时间了，那小伙子仍耐心地向我介绍具体的要求以及从哪些渠道去找相关的书面资料。我问："有当年一起工作过的同事证明，行不行？"他说："光人证不行。有了物证，要是不够，人证再添点倒是可以。"想想自己多年来从事证据学的研究，通常情况下，一般人都会认为物证更可靠些，尽管物证也会说谎。

老同学金莲帮着拿到了那张申请表。那天下午，在施尚领、奚永槐等同学的帮忙下，我们又到县政府行政大楼的一层档案馆去找书面资料。弟弟和我一页一页，小心翼翼地翻阅细看回乡返乡人员登记表、粮油关系册等，好像平生也是第一次自己查阅历史档案，手指轻轻地翻着那一页页泛黄的纸张，看着那密密麻麻的小字，心中顿生敬畏之情！在我们查阅的几个小时中，不时有老百姓来询问查阅档案，两位年轻姑娘一直热情地接待并找出相关的资料供人查看，让我对老家的县府衙门多了一份好感！

尽管每翻一页都期待能出现奇迹，但最终还是没看到爸爸的大名。让人奇怪的是：在1964年返乡回乡人员登记表中，有同村人的登记，为何没有爸爸的呢？在粮油关系册中，当时其他单位如天台酒厂、天台柑桔场等，都一一写出每个人的名字，但天台造纸厂却只写某某等几人，要是爸爸就在这"等几人"中，那如何找得到？失望之余，只好先回家让妈妈翻翻箱底，看能否出现奇迹找到会员证。

妈妈听说后，马上翻箱倒柜，找出爸爸捆绑在一起的一叠证件。我和妈妈满心希望一本一本地翻看，有老年证、大孙子的独生子女证、接种证明、各种缴费单等，就是没有会员证。第二天，我们开始找人证，即便还健在，也都80来岁了，不少人已经去世。

我们先找到离家最近住在邻村下畈的爱竹夫妻俩。姐姐带我们去了爱竹阿姨家。她丈夫是当年造纸厂的文书，签字时一笔一横端端正正、漂漂亮亮的。他们俩当年都在天台造纸厂工作，80年代时，妻子复职丈夫拿补贴。从他们那儿，我们了解到仍健在的三位当年同事，我们就开车出门一一去拜访，包括家住茅园的景梅阿姨和在南屏的当年会计翁玲娥阿姨。

摄影：张国卫

从县纸厂被精简回来做了农民的爸爸，一辈子都甘心侍弄庄稼。1991年10月，家人一起拍的合影照，姐姐带着她的女儿涵洁和儿子逸波。边上就是始丰溪。

出乎意料的是，这么多年了，我一说出爸爸的名字，问认不认识？他们都脱口而出，说："当然认识，街头来的。"随后就说起有关爸爸的故事。原来，当年的爸爸干活卖力、工作出色，很快就被提升为车间组长，还代表造纸厂去宁波参加万人大会。对此，爸爸深感自豪，我小时候，爸爸曾拿出大会的合影照给我看过。当时的印象是黑压压的那么多人，居然能拍得那么清楚，真是太有水平了！但这张照片，现在也找不到了。

在找人证过程中，最让人惊讶的是，我们竟然找到了30多年前爸爸一直找不到的老厂长。我们通过在公安局工作的老同学爱武先找到厂长的儿子，再找到老厂长洪从虎老伯。见面后，我先问："您记得我爸爸朱正溪吗？街头来的。"他马上说："怎么会不记得，太清楚了。我先说个故事给你听。1983年时，我在街头工作组工作，早上跑步时遇到你爸爸，跟他说可以办生活补贴。他说：生活都忙不过来，政府哪有这么好心？他不相信，就没办，当时要办的话，我签个字就好了，根本不需要什么证明。最可惜的有两个人，你爸爸是其中一个。还有一个也没办。我跟他弟说让他来城里写个申请，其他的都我帮他办。他说：没工夫。"原来是这么回事，记得当时我刚上高中，曾听爸爸说起过这件事，但那时自己并不明白这事对爸爸来说有多重要。接着，厂长又说了下畈爱竹俩夫妻的事，说是他先给他们办了一个复职，后来另一个又办了补贴。

这位老厂长已79岁，但看起来十分健朗，脸色红润，声如洪钟。他越说越激动，越说越来劲也越兴奋。他非常乐意帮我们的忙，在担保书上签上大名。我特意问："那您有工会证吗？"他说："有啊！"还真有啊！"那能否给我们看看长什么样，我们回去好找一点？"他马上起身去找，拿出一大摞证件，有工作证、老年证等十多本，其中最古老的就是天台造纸厂发的工会会员证，1959年发的，照片也掉了一半了，纸张泛黄，但上面写的字漂漂亮亮的，还盖了经办人的印章。看来，生活细心的人还真能将当时的证件保存到今日，尽管对他来说一点用处也没有。但有没有用处，对当事人和旁人来说，意义是不同的，或许。

这一趟太有收获了！为了表示我们的敬意和谢意，我们带了一箱六个核桃和一盒野生山茶油作见面礼,但洪厂长推来推去死活不收,他儿子也一再说别客气免得又让他送回。看他们家住的是一栋漂漂亮亮的别墅,装修精致,条件很好,我们就不污染他的清白勉强他了,就真的带了回来。

至此,该找能找的几位证人,我们都找到了。剩下的就是办事的思路问题了。但愿一切顺利,这次能实现爸爸的一大心愿!

随记于 2014 年 2 月 28 日

房　契

　　为了却爸爸的一份心愿，昨天总算下决心自己去翻翻那些老箱子，看看箱底是否会压着申请精简下放人员补贴费所需要的当年的工会会员证。说实在的，只是抱着一丝希望而已。

　　在寻找过程中，趁机帮妈妈打扫了一下房间的卫生。正在打扫时，没打算请来一起帮忙的姐姐突然出现了，既然她不请自来，自然就一起打扫了。在一只旧箱子里，真的找到了一卷纸张发黄的资料，打开一看，原来是老房子的房屋买卖合同，因忙着打扫卫生，就没细看。今天再找出来一张一张翻看时，才惊讶地发现这些"宝贝"的年代竟然那么久远，居然有光绪、民国年间的房屋买卖合同，有好几张是关于老房子的，每张上都有中间人、执笔人，写明卖房子的原因、价格及房子东南西北的边界。那买卖合同，虽然只有几句话，却将整个事情说得非常清楚，那毛笔字整洁漂亮，写在宣纸上，可以说，这是我见过的最古老的买卖合同了。其中一份为：

　　立卖契陈历氏公子广清因缺币凑用大小商议，愿将自己祖父遗下所有厅屋一所上齐椽瓦下齐地基坐土前丁本居前厅地方四至税户关载于后，今托中立契出卖与季方叶……

　　随后写明售价为国币两百二十五元，公用中堂、道地、捣臼、麦磨等，还写清楚四个方向的位置：东至门楼，南至卖主田，西至弄堂，北至道地为界。最后，写上卖主、中间人、代笔人及日期，并按上手指印。从法

2012 年 4 月，为爸妈在家门口随意拍了一张合影，那时的他们笑容满面。

律角度来看，可谓是内容明确、程序合法。这份房屋买卖合同订立于民国三十年十月。

为留下永久纪念，我将每份合同都拍了照。有意思的是，农民之间的房屋买卖合同，连我这个法学博士都要细细研读才能完全弄明白。虽然有繁体字的原因，但也可见执笔人的水平之高。另外，还找到了两份屋基申请表、自留地产权证和哥哥的初中毕业证书。第一份屋基申请表是建造牛栏间，时间是 1972 年，我才 5 岁，弟弟还没出生。第二份是 1982 年，弟弟才 8 岁，这就是我们家的房产证，因农村并没有办理真正的房产证。

事实上，父母这两次建房子用的都是自家的自留地。那牛栏间的自留地与里道地的两户人家相邻，当时建牛栏间筑泥墙时，还因挡了另一家新房子的后门而两家打架，对此，我印象深刻。第二次建的三间两层砖瓦房，用的也是自家后门的自留地。这片自留地曾是我家零花钱的主要来源地，多年来，种植黄瓜、甘蔗、肖菜、乌菜卷、包心菜等各种蔬菜，偶尔，爸爸还种过几次水稻。1984 年春新屋刚建时，四周都是长年绿油油的菜园子，南面隔上二十多米的菜园就是老屋所在的两层楼的四合院，太阳从上山晒到落山，可谓是一处人人羡慕的靓屋。二十多年后，四合院的北面房子坍塌，陆续修建了一排三层楼，而今在寒冬时要到 10 点多，才能从路缝间透过阳光，那四合院也只剩下西边那一方，几乎无人居住。世事的变化从房屋的坍塌与兴建中亦可见一斑！

随记于 2014 年 3 月 4 日

栽　　树

　　春雨，细细软软地飘着，似有若无，那份耐心，足以让急躁的人没了脾气。虽然四处都是湿漉漉的，但已少了几天前那份彻骨的寒冷。自从去年将自家的菜地填平，成了半封闭的小院子后，围墙脚下那长十来米宽半米的花坛，就成了全家最关心的地带。秋天时，弟弟新明去买了一棵月季一株玫瑰花种着，结果月季活了玫瑰死了，只剩下嫁接的刺在苗壮地成长。

　　这次回家，我发现又多了一棵一人多高的桂花树。两兄弟早就盘算着要栽一棵刺柏，中饭后雨停，弟弟就约了哥哥、姐夫一起上山去找树。为了练车，我也开着弟弟的手动挡工具车到姐夫家。姐夫早已换上干活的衣服在家门口等着。弟弟和姐夫先上山寻找刺柏，哥哥随后也去了。他们三人各有所长：一流木匠出身的哥哥，虽多年不做木匠了，但对树木仍存一份痴迷，在山上看到好树，就想着可以做什么什么。二十多年前为我们做的书柜，放了樟脑丸，至今仍一点气味都跑不出来。姐夫是个泥水匠，力气大，熟悉自家门前山上的地形。弟弟的车技一流，在机械方面颇具天赋，谁家的冰箱水龙头煤气灶之类坏了，请他帮忙，他总能琢磨着修理好，功能如初。

　　他们三人上山后，姐姐和我就在她家包肉馅扁食。因今天是正月十八，按老家的风俗习惯，晚上家家户户都要吃落灯扁食。姐姐先剁碎自家养的猪肉，加了荸荠和豆腐，我帮着从家门口摘回一些翠绿的、嫩嫩的葱。透亮的葱叶上，那一条条细细的纹路都清晰可辨，已多年未见这么鲜嫩的葱了，我就多摘了一把带回家给妈妈做包扁食的作料。随后，我在肉馅中放了酱油、料酒、盐等调料一起搅拌。姐姐说我包的饺子好看，她就只包扁食。我包饺子的手艺是十多年前在墨尔本游学时，跟山西大学法学院的教授白红平学的，可谓得了真传。姐妹俩边干活边聊天，说起爸爸的身体、姐家孩子们的性格、工作、前途等。我们刚将放在锅上的蒸屉包满，兄弟们就回来，前后也就一个小时左右。姐夫的肩上扛着一棵长长的刺柏，这棵刺柏放到工具车上比车还长一倍。看到已放在锅里排列整齐的扁食和饺子，弟弟随口说："那放点水，蒸起来不就可以吃了？"说得没错，姐姐和我都没想到可以蒸着吃呢。姐夫马上烧火，过了20分钟，大家就吃上了爽口美味的扁食和饺子了。有人在外面干活，回家后就可以吃上热气腾腾的饭菜，这种家人合作各展所长的和谐幸福，无论何时，都令人赞赏！

随后，哥哥和弟弟回到家，就动手栽树。俩人你挖坑我挪树，你填土我扶树，你搭竹子我绑铅丝，三根竹子将小树牢牢地固定在那儿，免得被风吹得摇摇摆摆而成活不了。半个小时后，一棵笔直的刺柏已长在院子里。弟弟说："这棵树，真是越看越喜欢。"是啊，这棵刺柏虽然细细的、长长的，但笔直笔直的，有一种直冲蓝天的气势！正如台湾散文作家李乐薇所说的："树的美在于姿势的清健或挺拔、苗条或婀娜，在于活力，在于精神！"

我们四个兄弟姐妹长大后，各奔东西，一年忙到头，难得聚在一起。今天为了这棵刺柏，我们总算聚了一次。这样的时光实在是不多。

两年前的夏天，为了考察家乡的养老院，看看能否找到一家合适的可以安放年近八旬的爸爸。哥哥、弟弟带着我骑着电瓶车，将临近的几家养老院走了个遍，因条件不够理想而作罢，唯一一家卫生、饮食、环境等各方面条件还不错的，我们甚至认为等自己老了也愿意去待的地方，因要求入住的人必须生活自理，而自小只会干农活的爸爸，好像达不到这一要求，只好放弃。

爸爸曾在一个夏日的夜晚，摔倒在稻田里自己起不来，等哥哥嫂子他们找到他时已过了好几个小时，那时我正在长春为"预防刑事错案国际研讨会"做同声翻译。随后，我马上飞回家照顾爸爸十多天。为确诊爸爸的病因，哥哥、弟弟和我特意将爸爸带到杭州一家有名的医院，挂了专家号。

经仪器、问答等测试后，医生诊断的结果说爸爸的病处在路口，还没有走入那条路，让我们平时不要照顾得太周到全包干，他能做的事就让他自己做，这样有助于锻炼他的脑子。这一结果让我们在心理上多了一份宽慰。第二天，我就飞回京城忙工作了。但医生开的恢复记忆的药，花了近两千元，弟弟来电话说爸爸服用后就呕吐不止，连饭都吃不下，从此我们就不再相信什么专家了。事实上，我早就明白这年头难得遇到真正的专家，不管是哪一领域的，但病急乱投医，有时还真是免不了。人老了，记忆衰退是正常现象，才四十多岁的人，也经常丢三落四，更何况年龄翻倍的老人了。

为了家中的父母，兄弟姐妹会不约而同地放下手头的工作，特意抽出时间一起做事，这种特殊的合作方式，让人深感有一起长大的兄弟姐妹的好处，他们可以随时分担家中的忧虑、照顾父母的责任。心想：再过数十年，等自己老了，身为独生子女的女儿，她能找谁商量？又能与谁一起为自己的父母分担忧虑？

随记于 2014 年 2 月 17 日

洗　　澡

　　不知是不是小时候没见过水龙头喷水的缘故，还是人老了就开始怕水，一直在农村生活的爸爸，似乎不太喜欢淋浴，对水龙头里冲出来的热水怀着一份恐惧。即便到了京城，在我的家中生活一些日子，学会了用抽水马桶，但仍不喜欢淋浴，至今如此。向来特别注重卫生讲究干净的他，生活会自理时，这些生活中的细节，因无碍他人，倒也没什么不方便。

　　记忆中，一到夏天，干完一天农活的村民们都会到小溪里洗澡。冬天，就烧热水放在小木桶里洗脚、大木桶里洗澡。那时的冬天会下厚厚的雪，天气寒冷，很多人要生冻疮，爸妈就会在冬日的夜晚，煎姜杆汤给我们洗脚，一家老小，从来不生冻疮。

　　这两年来，脑子有点不太灵活的爸爸，时不时会弄脏自己，给他洗澡就成了一大难题。天气渐冷时，我曾特意嘱咐弟弟带爸爸去澡堂洗澡。弟弟说在澡堂里，爸爸死活不肯脱衣服，也不肯洗澡，还说自己要晕倒了。但有时是不得不让他站在水龙头下冲洗，要不然就很难擦洗干净，这时就得连哄带吼了，语气中需要带点不容置疑的"权威"。一站到水龙头下，爸爸就开始紧张，通常的对话为：

　　爸爸恼火地威胁说：再冲，人就要死了。

　　弟弟的声音带点权威：冲个水，怎么可能会死？不洗干净，那真的会臭死呢！

　　洗完后，弟弟问爸爸：不会死吧？

　　爸爸宽心地说：不会死。

2008年2月过年时，带爸妈重游国清寺，那时的爸爸健步如飞，哪想到在最后的岁月里，他会走路不稳呢？

弟弟问：舒服了吧？

爸爸满意地说：舒服了。

这个时候的爸爸，其实神志是清醒的，他只是害怕水龙头里冲出来的热水。让人纳闷的是：既然俗话说"老跟小一样"，那为何小孩子那么喜欢水，洗澡时，通常都不愿意出来，硬抱出来时就哇哇大哭，而同样需要照顾的老人却那么怕水呢？

平日里，要为爸爸洗脚，他也常说：不用洗，干净的，又没出过汗。我就说：不是洗脚，是泡脚，多泡泡脚，你的人就能站直一点。这是我随口哄他的话，只是我确实希望他能慢慢地再直起腰来。从去年秋天到今年春天，爸爸的背更弯了，都快成 90 度了。原本比我高半个头的他，现在扶着他走路时，已比我矮半个头了。人老了会自然缩小？抑或真的是肾出了问题才站不直？

一般情况下，听我这么一说，爸爸就会乖乖地脱了鞋子袜子，并自己主动将裤脚挽起，两脚对搓。但他没有泡脚的习惯，刚洗一会儿，就说："好了好了，擦干吧。"我也就不勉强他继续泡脚。这几天，他似乎已习惯了每天黄昏时洗个脚，看到我端来热水时，就不必那么费劲地劝说了。

随记于 2014 年 2 月 18 日

睡　觉

俗话说：老的跟小的一样。但事实上，若不是爸爸目前这个状态，对此话还真是很难有切身的体会。现在的爸爸，每天睡觉在二十个小时以上，真的跟刚出生的婴儿一样。晚上，6点多，刚吃过晚饭，端一大盆温水，让他洗脸洗脚后，再陪他闲聊一会儿，听听越剧，他就躺下眯着眼睡觉了。

爸爸睡觉时，总是习惯侧着右边，靠床边睡着，让你担心他一个翻身就滚到地上。为免发生这样的事，每次，我都特意让他不断地移向床中心，但再去看他时，他又躺在床边上了。另外，再次搬回新建的小房间时，哥哥特意将床整得低低的，这样即便摔下来，也不至于伤着哪儿。

爸爸呢，早上一般要睡到10点多才醒来，每天几乎是早饭中饭一起吃。吃过中饭后，他又说要睡觉，那就只能让他再睡。就这样一直睡到下午四点多，他才清醒一点，说要起来走一走。于是，我就扶他从小房间走到走廊的椅子上坐上一个多小时，看着家里的其他人忙进忙出。

有意思的是，只要他醒着，就要给他吃点什么，糖、米糕、糖精糕、饼干、苹果、梨、香蕉等，他实在是无所事事，一天到晚除了睡觉，就是吃饭，好像没有任何感兴趣的事情可做了。让他排扑克牌，从小到大，他没排几分钟就烦了。让他读报纸，读不了几行字，他就不看了。让他伸展捏紧五指，捏不了几下，也不愿干了。说实在的，陪伴他，那时间还真是绵长难熬。

以前，他还愿意回忆年轻时候的那些事儿，如到城里跟着大人挑盐卖赚点小钱、到方前赶集市卖葱、到乌岩坑挑炭、到小马坑捡柴株等。年轻时，那么勤快从不偷懒的他，现在行动不便了，竟然无所事事，那日子该怎么过？难道就这样慢慢地熬时日吗？

那年夏天，爸爸意外摔倒在叶宅人的稻田里，结果虽安然无恙，但为了给他的身体加点营养，哥嫂还是带他去医院挂了几天点滴，我得知后马上回小溪边看他，在医院只待了两天就回家了。晚上，为防意外，哥哥和我轮流睡在同一房间里照顾他。让人不解的是，一到晚上，爸爸就不睡觉，只见他躺下一会儿，又坐起来，将四周的被子塞塞窣窣整理一下，嘴里还念念有词。我让他躺下，他又躺下，没过几分钟，他又坐起来了，好不容易劝说他躺下，不到十分钟，他又说要起来。就这么一直反反复复……难道年纪大了，连最简单的睡觉都无法安旦了？……

于是，我就带爸爸去找做中医的老同学夏昭卿，他笑说自己有秘方打一针就不起夜了，效果特好。果然，回家后的爸爸就不再那么折腾了。只是没想到现在的爸爸，却是一天到晚迷迷糊糊的，清醒的时间才几个小时，全身又没什么病痛。这又是怎么一回事呢？

随记于 2014 年 2 月 25 日

饮　食

　　从美国最南端看尽沙滩大海椰子树回家看望爸妈已半月，深感照顾老人最难调理的还是饮食问题。你认为美味的饭菜，他却不一定喜欢并吃饱，你觉得没什么营养的白米饭加霉豆腐、豆瓣酱或咸菜，他却吃得津津有味。

　　一天中午，难得做饭的弟弟亲自下厨做了香喷喷的炒饭，里面加了绿色的小油菜、红色的胡萝卜、精肉丁等，大家都觉得味道不错，我特意给爸爸盛了满满的一碗，结果他只吃了三分之一就不吃了。这顿饭，他竟然没吃饱。相反，平日里，妈妈通常只做一个猪肉炖白萝卜，爸爸就吃白萝卜加米饭，却能痛快地吃掉满满一大碗；有时甚至干脆就是白米饭就着咸菜霉豆腐，他也能吃饱。

　　刚开始几天，我们想改善一下爸爸的饮食结构，按自己的心愿，根据所谓的科学饮食来变着花样儿做给他吃，结果不是他不爱吃、没吃饱，就是吃得太多而肠胃出了问题。从去年到现在，爸爸的背是越来越佝了，基本上已直不起腰来。常看医学书的老同学小莹说是肾出了问题，常吃黑米、黑豆、黑芝麻等对肾有好处，还送我一袋黑米。回家后，我马上煮了黑米粥给爸爸吃。第一次，他吃了一小碗。第二次，再端给他吃时，爸爸看着那黑乎乎的颜色，说是酱油，怎么劝说都不肯试着吃一口。终于，我们明白了：爸爸的口味，还是相伴了五十多年的妈妈最了解，她知道爸爸爱吃什么东西，不爱吃什么东西，事实证明还是妈妈的那一套最管用。

　　妈妈说：爸爸最能吃饱的是大白米饭，要是有猪肉炖萝卜，外加豆腐，这顿饭，爸爸就吃得很香。中饭，要是妈妈做自己最爱吃的糊拉粞，他就

只吃一张，自然不会饱，妈妈就给爸爸吃米饭。还有炒年糕、炒米干等老家特产，年轻时，爸爸都挺爱吃的，现在的他也只能吃个半饱。当然，妈妈用独家秘方包的粽子，一直是爸爸的最爱，从年轻吃到年老，哪怕是一日三顿都吃粽子，他也不嫌多。现在的他，只要我说等一下拿粽子给你吃，爸爸的两眼就会笑眯眯地放光，可谓百吃不厌。当然，妈妈包的粽子，味道确实不错，全家人都喜欢的。多年前，妈妈手把手教会我包粽子后，偶尔，我会包上一次，自称美食家吃饭相当挑剔的女儿也赞不绝口。

多年来，只要在外奔波的弟弟和我一回家，妈妈就会悄悄地先煮上一大锅粽子。自家种的上等糯米，加上腌过一个晚上的精肉，在大锅里煮上三四个小时后的粽子，一剥开粽叶，就满屋飘香，吃到嘴里，咸淡适宜，舌尖翻卷，热呼呼的，温暖全身。

出乎意料的是，自以为已学到妈妈包粽子真传的我，昨天晚上再包时，却被妈妈纠正了两个动作：一是两片粽叶对折时，尾巴要留长一点而不是叶头露得多一点，这样包出来的粽子整体上看起来要光滑漂亮许多；二是最后系的线不能太靠近粽子的尖尖角，要不煮熟后，那尖尖角就会弯起来。现在的妈妈，因牙齿已掉得所剩无几，包粽子的最后一个动作要用牙齿咬住线子一端，她没有了前门牙，已无法咬线了，包粽子的速度就大大减慢。因此，这一次三十多个粽子，就由弟媳妇美莉和我来包，妈妈只是站在边上严格地检查验收每一个粽子，看看有没有漏米的？要是线系得不到位，她就再加工一下。

包粽子时，嫂子和侄儿恰好来家里，他们就站在一边聊天。嫂子是大家公认的家族中做菜最好吃的，却不会包粽子。她的招牌菜有牛肉炖萝卜、红烧鲫鱼、肉丸子、炒面等，其实，出自她手的菜，都是色、香、味俱全的，一般的饭店厨师远不如她的厨艺。每次要是在家里庆祝爸妈生日，宴请做大餐时，嫂子就是家中的大厨，其他人都打下手了。平日里忙着鞋店生意的嫂子，也会时不时地做好美味的肉丸子，让哥哥送给爸妈吃，那一顿自然就成了爸爸的大餐。

随记于 2014 年 2 月 25 日凌晨 2 点

回　家

　　每到黄昏时，坐在自家走廊上或房间里的爸爸会时不时地说：我要回家。刚开始时，我感觉很诧异：咦，难道他连自己的家在哪儿都不知道了？我就说：这里就是你的家，你要去哪儿？"哦。"他再坐一会儿，又说：天要黑了，早点回家。听他一遍遍地说要回家，我就说：那你起来，我们走吧。他就颤颤巍巍地站起来，快步走向大路。去年暑假，爸爸说要回家后，他自己就会马上从椅子上费力地站起来，从目前住的新屋走到多年前住过的老屋，在老屋的堂前待上几分钟，看着鸡一只只进窝就回来了。

　　今天下午 4 点多时，坐在房间床上的爸爸又说要回家。我就特意让他带路，看他会走向哪里。结果，他沿着去老屋的路，一直向西走，说走到另一个村湖酉，就到家了。而他的娘家是在东边的街头镇，那湖酉跟他有什么关系呢？

　　当他走到村中央，水泥路走完了，连续下了好几天雨后的泥路太难走，我就让他拐弯走进横穿村中央的小巷，他一脚高一脚低在石子路上快步走着。走完小巷，我想让他右拐回家近一点，但他死活不肯，说要走到高爿地，再向左拐。我只好跟着他继续走。刚走到青丝塘背，他就说腰痛走不动了。我说：那你先坐一会儿？他又说：再不走，天黑了，就到不了家了。他还是说要走到高爿地，再走到湖酉，就到家了。他真的糊涂到连自己的家在哪儿都搞不清楚了？！

　　在青丝塘背的交叉路口，我感觉绝对不能让他再走向马路，就说：爸，你绝对搞错了，这路我知道的，你不要骗我了。我们的家就在路廊边上，你过来看看红旗飘飘的地方，就是路廊。要是不是，我们再回来好了。就这样，他听了我的劝，向右拐。刚拐弯没走两步，他又说走不动了。这时已走到积法家门前，那儿有岩石堆着，我说：那你先坐坐休息一下？他又不愿意，一脚一脚费劲地走着。我跟他说：你朝前面看，看到路廊，那屋顶上红旗飘飘的地方，就快到家了。他抬头看到了红旗，才明白自己刚才搞错了，现在走的路是对的。看到自己家的新屋时，我问：那是我们家的新屋，你认得了吗？他用微弱的声音说：认得了。下午，这一走，还真是差点回不了家！原来，他记忆中的那个家已不是眼前我们能看到的那三间二层的新屋和院子了。

随记于 2014 年 2 月 19 日

照　　顾

　　这一年中，每次回小溪边照顾爸爸时，都惊讶而心痛地发现他的身体在急遽退化：二三月份时，偶尔他将自己弄脏了，还可以让弟弟带他到卫生间，用淋浴器的喷头直接为他清洗干净，让他靠墙站着换衣服。每天，他还能用小细碎步走到村里邻居家去坐坐或到关公庙的石凳上歇一歇。十月份时，他就很少出门了，至多在自家的院子里走走，或扶他到走廊上坐着晒晒太阳。而十一月份时，他的日常生活就需要帮忙了，除了吃饭。十二月份时，天气转冷，爸爸的骨头也越来越硬，那天摔倒后，他就基本上躺在床上了。

　　但是，元旦时，外甥女高涵洁举办婚礼，我为新郎新娘做摄影师后回到小溪边，趁机替哥哥的班照顾一下老爸时，惊讶地发现他比想象中的状态好多了。原以为已躺床上半个多月一日三餐需要喂饭的他，从此就只能一直躺着吃饭了。但出乎意料的是，那几天，他竟然可以自己坐起来吃饭，且能一步一步在房间里挪动几米。哥哥说："看样子，等到春天来时，天气暖和了，老爸应该还会重新走路的。"我也满心期待着这一天的到来，要不然照顾他的人就太辛苦了，而他自己的生活质量也大为下降。

　　此前，因大脑逐渐萎缩平衡能力越来越差的爸爸，会时不时自己摔倒在地，有几次摔得那么重，大家都以为老爸可能要长卧在床不会走路了，医生也是这么诊断的。但过了几天，一不留神，他又奇迹般地从自己房间走到院子里了。但这一次，似乎有点不同，听哥哥说那天摔倒扶起来后，一动，老爸就忍不住一直喊"痛、痛、痛"，兄弟俩第二天就送老爸去医院检查，结果发现他的脊椎有一节摔叠起来了。另外，还有骨质疏松问题。就这样，爸爸开始躺在床上不再走路。

为了照顾方便，兄弟俩商量着开始启动轮流照顾制，每人照顾半个月。自此，爸爸的生活就有了专人服侍，加上妈妈做饭打帮手，照顾爸爸的难题算是有了妥善的解决之道。向来十分孝顺的兄弟俩，轮到自己照顾爸爸的日子就更加尽心尽力了，哥哥干脆就从镇上住到家里来，专职看守服侍爸爸。

元旦过节后，我就不得不天天在办公室加班忙碌着那些约稿文章。那天回到家时，我只是在给弟弟的微信里建议："要是可以，在照顾老爸时，饭菜，请她们搞得丰富一些哦。"（1月3日晚上21：39）因做饭一直是妈妈、嫂子和美莉的事儿。除此之外，我也没什么可要求的了。只是时不时地发条微信给辛苦照顾老爸的弟弟鼓鼓劲加加油而已。

过了十多天，我又发微信问候："我们的老爸还是老样子吗？我想着你们兄弟俩照顾辛苦，本来也有我的一份，我就按月出点小钱给你们，大家合作尽量轻松地渡过家庭难关。"弟弟回说："不用了，这是我们兄弟俩的事。"弟弟也会时不时地来电话或微信诉诉苦，说："现在的老爸，真的不太好侍候了。他的胯有一边有点开始烂了。"看来，让一个原本在外打拼多年开铁矿赚钱的弟弟，在家照顾卧床老爸的日常生活，实在是太难为他了！

我只能安慰他："哦，他要躺时间长了就会烂的，白天多让他动动，多关注他。烂的地方，擦点药膏，要不就太难照顾啦！"突然想着给爸爸加点补品营养，那烂了的地方可能会好得快一点，就说："家里还有铁皮枫斗，让浩峰再来点乌药，一起泡给他吃上几个星期，营养好了，可能就好得快一点的。"

"药膏今天买了，很难涂，都是擦在手上。"

"那就在他睡觉前涂上，再贴创可贴，试试？白天，多关照翻动他几次？其实，他跟我们在一起的时间已不长了，你说呢？""现在的照顾真是很辛苦的，你咬牙坚持一下哦，尽快将烂了的地方治好，要不就更难了啊！"

2015 年元旦，外甥女高涵洁举行婚礼，我趁机回了小溪边，也是最后一次见到并照顾爸爸。

其实，那天，我只是为了宽慰每天照顾爸爸感觉日子过得太漫长而不知何日是尽头的弟弟，随口说的一句心里话，却没想到半个月后，爸爸就永远离我们而去了……我虽然从来没有照顾过卧床不会走路的病人，但耳闻同学朋友们曾有过的类似经历，加上照顾还会走路还能自己吃饭的爸爸时的种种难处与辛苦，有时一天要换洗四五次，你得跪在地上给坐在床沿边的爸爸穿裤子袜子，几次来回，你就累得腰酸背疼了，经常是一天忙到晚，寸步不离还盯不住他而摔倒在地。而今，老爸已白天黑夜躺在床上，每顿饭要慢慢地喂上半个小时，哥哥弟弟照顾他时的心情与艰辛可以想象！但目前，国内尤其是农村的养老制度还不健全，照顾年老父母的责任只能落在子女家人肩上，且不说金钱支撑问题，那日复一日的生活起居上的服侍与晚上的陪夜，就将一个家族几个家庭一起拖入疲累的深渊！

随记于 2015 年 1 月 13 日

信　命

人各有命，这是妈妈挂在嘴边的口头禅。

从小，她就常跟我说："会做的不如会算的，会算的不如命好的。"年轻时，长相英俊又有文化写得一手漂亮小楷毛笔字的爸爸，之所以会离开小镇到农村的妈妈家来做上门女婿，也是他的母亲为他算命的结果。算命先生说爸爸只有离开出生地，这一生才会顺当发达。从爸爸的一生来看，结果似乎也确实如此。受父母的影响，我一直认为自己也是信命之人，但并非全信，说得更明白确切一点，就是我向来相信一个人的人生起点和终点是命里注定的，但过程中想看到什么样的风景是可以通过自己的努力去实现的。

从一月初开始，就轮到弟弟照顾爸爸了。因爸爸的身体越来越差越难服侍，照顾他的生活也就越来越艰辛。隔三岔五，弟弟就会来微信诉诉苦，我就说些宽慰的话鼓励鼓励他。心想：现如今，哥哥弟弟轮流在家倾全力照顾老爸，还有妈妈做饭喂饭打帮手，离家不太远的姐姐还能不时地来看望爸爸送点好吃的，爸爸住在新建不到三年的小房间里舒适又暖和（弟弟在房间里特意安装了煤饼炉取暖），今年又是暖冬，绝大多数日子阳光明媚，换洗的衣服也容易晾干。因而，无论从哪方面来看，爸爸都应该能安然无恙地度过这个冬天的，因他除了脑有点萎缩外，身体并无任何疾病。

元旦后，因手头堆满了需快速完成的约稿文章，已承诺了就得按时交稿，我只好天天在办公室加班加点忙着，但也预订了春节回小溪边的来回票。先生还建议说今年可以不回的，因刚刚回去过，女儿要中考，春节的票又贵又紧张太难买了。而我想了想说："或许这是老爸能过的最后一个春节，我还是回去陪陪他吧。"

事实上，自从老爸开始需要专人照顾他的饮食起居后，我最怕家里的电话骤然响起，总担心突然间会接到家人电话说老爸出问题了。幸好，半年多来，这种担心也只是担心而已。直到 22 日那天，忙碌了一天的我刚放下饭碗，就接到了弟媳妇的电话，她说嫂子和她偷偷去找了两位算命先生为爸爸算了命，俩人说法基本一样：先说老爸这一生就是要做上门女婿才会生活得不错，但跟妈妈的关系是两硬对两硬、铜锣对铁耙。这话，妈妈自己也曾多次对我说过，原来算命先生按同一八字算的结果都差不多。最后说按命相，爸爸这个月的初八到十二是个坎。要是过了这个坎，十八到廿二又是一个坎，一个比一个难过。若能闯过这两个坎，就能活到明年的清明节，那是怎么也过不了的。

尽管目前爸爸躺在床上，生活需要专人照顾，那是因为摔倒伤了脊椎，但并没有任何迹象表明他的五脏六腑出了问题啊？对算命先生的话，我是有点信但并非全信的。接了电话后，我马上在朋友圈里上发了一条信息：今晚意外接到嫂子电话，说起两位算命先生的话，再次深信一个人的命在出生的那一刻就定了。（1 月 22 日晚上 22:00）

巧的是，弟弟随后也来微信问："姐好！这几天忙吗？"我就直说："实在有点忙啊！嫂子来电话了，我心里有数。要是老爸出现异常，就来电话，我马上回来哦，工作总没老爸重要的。"

"现在脑子没有以前清楚。但身体没有大碍的。"弟弟说。

"美莉说了两位算命先生的话，最近你们一定费心好好关注，但愿能熬到过年后，最好能等到纸厂的补贴，也算了却了老爸的一大心愿。有可能，老爸的日子不会长了。你说呢？"为加快发补贴在程序上的审查速度，暑假回老家时，我曾特意找姚乐平老师帮着催促一下。姚老师听完我一程二过的叙述后，当场就电话相关同事了，这份热情相助与善解人意让我深为感动！但因程序本身的复杂，其速度好像赶不上老爸身体退化的脚步！随后，我想起元旦在家照顾老爸时，看到报纸上报道的一篇文章，那个孝

大孙子季洁峰，小时候常与爷爷同床而眠、感情深厚，几乎每次我带爸妈出游看风景，他都会陪着。

子辞去公司的会计工作回家照顾卧病在床的母亲三年多，领奖时，他说的一句话就是"与亲人在一起的时间没你想象的那么长"。当时，我就想着爸爸要是躺到床上了，那么爱走路的他，怎么着也不会长久了。

我答应第二天再电话好好聊聊，弟弟上午就来微信说："这几天吃饭时有点不一样。我们开始用纸尿片，照顾起来就好多了。""哦，那换点合他胃口的饭，试试？要是不会吃饭身体差了，感觉也就差不多了。"我想着等下午稍空时再电话，结果一直忙到下班也没顾上。

晚上，我微信弟弟："不好意思，下午忙着没时间电话啦。有事就来电话哦。"

"没问题，下午我也一直忙着。现在，老爸吃饭没以前那么利索，需要咬的，他只吃一两口就不吃了，神志是以前清醒。"弟弟说。

"哦，那看来是越来越差了。那吃点乌药之类的补品，试试？嫂子说算命先生说的：初八到十二是个坎，十八到廿二又一个坎，很难过，你和哥哥多在意点哦。"弟弟也知道算命先生的话了。我就提醒他："那你们要提前考虑做坟的地方，早作准备啊。"说到公墓的问题，我早了解到一些情况，就回说："我知道的，到时再想办法。最好是能过年关啦！"

"我想过年应该没有问题。"弟弟说得这么肯定，这么信心满满，而他又是天天在跟前照顾老爸的人，那应该可靠！我就宽心地说："那就好！但要早作准备了，要是不会走路，感觉就不会太长了哦。"过了几分钟，弟弟又来微信说弟媳妇帮忙给老爸换衣服时，说有点不对劲。我还说："嗯，躺时间长了，就会出问题的。"没想到这样的对话后才三天半，爸爸就真的走了，那天正好是初八！原来我是一直有感觉的，总认为目前这么躺着的爸爸不会活太长了，但又想着至少能等到春暖花开的时候，因为再过一个星期就是他的生日了，而那天又恰好是立春。为何我要一次又一次地说不会久了的话呢？难道这就是父女间的心灵感应？

随记于 2015 年 1 月 23 日

抉　择

人生从小到大，是一个不断选择的过程。在各种选择中，最为艰难的或许是面对父母生命濒危时的选择——是送医院还是在家待着？是紧急抢救还是放弃治疗？这一难题，多数子女都免不了总有一天必须面对。

尽管几天前从微信中了解到爸爸的身体状况在逐渐变差，吃饭也不如以前利索，但毕竟除了脊椎和脑有些问题外，爸爸的五脏六腑向来没有问题，而前两个问题又是八十多岁老人的常见病，且不会马上导致生命的终结。因此，我就继续忙碌着早就承诺了的白俄罗斯检察制度的文章，希望能早点完成交差，万一爸爸出现意外，也可提前回小溪边而不必等到春节前。

1月26日上午，弟弟来微信说："昨天开始发现爸爸喉咙有痰，今天准备去医院打针。"

这是以前从未遇到过的新问题。我马上回说："哦，那好的。看看医生怎么说？是什么原因引起的？"他说问了做医生的亲戚立贵，说是体质弱了。

"哦，有说怎么做会强一点吗？"

"他建议去医院住几天好点。"

"那就先住几天吧。我看看完成手头最急的文章后，是否可请假先回家一下。要是可以，问问医生，老爸的虚弱是什么引起的？若只是脑的问题，按理不应该这么虚弱的。要是五脏六腑哪一个坏了，那就走到生命的尽头了。"我又特意加了一句："如果有不好的情况，一定来电话，我马上赶回哦。"

弟弟说：“有情况马上通知你。下午在家打点滴，作用是消炎营养。”

我想知道现在的爸爸是否还会说话，就回说：“嗯，有作用就好。他还会说话吗？”

“说得听不太清楚，会说的。”

“哦，那等他清醒时，问问他还有什么心愿？”（1月26日下午16:14）弟弟说去镇上医院一看，那里什么暖气也没有，担心一出门折腾感冒了，反而会出问题，就犹豫着没去医院。但下午，特意请医生到家里来看了一下，给爸爸挂了营养消炎的点滴，以为就没事儿了。以前，爸爸身体虚弱不会走路了，去医院一挂点滴就会走了。这次，他们自然也是这么想的。我也认为：既然还会说话，就应该没什么大问题。

但出乎意料的是，到了晚上8点左右，嫂子又来电话说：“老爸好像情况不对，挂了点滴反而睡不醒，连晚饭都没吃。”他们想听听我的意见到底要不要送医院？

但事实上，我对医学问题并不了解，对爸爸目前的病情也不清楚，在缺乏相应知识和信息的情况下，怎么可能作出正确的判断提出合理的建议？我只能让他们马上打电话咨询一下经验丰富的内科医生后再作出选择。

在医生亲戚的帮忙下，他们又请了人民医院的医生来家里看了看爸爸的病情。哥哥在电话里说：“要出门送医院，天那么冷，实在是有点难。但要是不去医治，呼呼呼，转不了气，两三天就肯定走了。”既然如此，又不是什么大问题，我是想着让他们无论如何要送医院去看看的，要不然，如果真这么走了，绝对会后悔的！可是，天寒地冻的，确实不好搬动爸爸出远门。我就说：“你们再想想办法吧。”

放下电话，我想兄弟们应该能明白我的想法，先生说：“要是他们真想送医院，肯定会想出办法来的。”我想也是，若怕冻着，可以将爸爸卷在被子里放在车后座上，让人抱着送到医院啊。毕竟照顾老爸主要是兄弟俩的事儿，要是医治回来，爸爸又躺在床上好几个月，最后辛苦的主要还是兄弟俩。因此，最后的决定还是应由哥哥弟弟来作出。

这时已10点多了。我只能在家里焦心地等待着兄弟们的选择，从这个房间走到那个房间，与先生聊两句，又从那个房间走回这个房间。心里不停地琢磨着：今晚的爸爸会怎样呢？怎么会出现痰呢？医生亲戚在电话中解释说：卧床的人，最容易出现呼吸道感染和尿道感染了。但爸爸才躺床上一个多月，兄弟俩轮流悉心照料，怎么这么快就出现问题？有些人不是能躺三四年吗？难道真如算命先生所说的是他的大限到了，真要离我们远去了？一直好好的只是脑子健忘糊涂时说话有点不合逻辑的他，怎么会突然间呼吸道出现问题了呢？

半夜时，弟弟总算来微信了："我们把老爸送到人民医院了，应该没什么问题。"真如我所愿，一直悬着的心总算放下了。哦，天啊，没问题就好！我马上回说："哦，那就好！辛苦你们啦！按算命的说，要是能熬过这两个坎，就到三四月份，那我们就心平了。你说呢？我打算明天下午回家，明天订票后联系你吧。"想着家人都在医院忙碌着，我又说："晚上你们陪在医院会很辛苦哦。我们只能尽心，以求无悔啦！"

那颗悬着的心刚刚放下，就接到嫂子的电话说："刚才，医生说没什么大问题，但现在经仪器检查发现了新问题，老爸的情况有点严重，做 B 超发现他的肺一边已经烂了，另一边也出现了问题，正在准备吸痰抢救。"原来问题还是挺严重啊……看来爸爸真是出问题了，真是与我的预感差不多，要是身体的某个器官出了问题，那绝对是活不长了的。我马上开始翻看先生特意找出来的那本《临终自救备要》小书，急切地想搞明白一个人临终时是什么样子。凌晨 2:14 时，哥哥又来电话，问：要不要送老爸进ICU 抢救？

这个时候真是太难选择了！医生说这么大年纪了，抢救的意义不大。哥哥在犹豫着不知怎么办才好？而我想起婆婆当年送 ICU 急救时，满头满脑插满各种管子，最后当晚还是离世了，临终前还遭受那么大的痛苦，一直让我们内疚在心。心想：要是吸吸痰就可以多活几天，那就医治一下，若是插管急救就免了吧，这么大年纪的老人就不需要遭受这种痛苦了。电话中，我对哥哥说："不管你作什么选择，我都不怨你的。"正说着，哥哥说医生已在吸痰了，先过去看看。

只要不忙农活，就喜欢到大儿子的鞋店门口坐坐的爸爸，竟然那么快就走到了生命的尽头。

就这样，我焦心地睁眼等待着，一夜无眠。凌晨 3:23 时，我又发微信给弟弟，问："老爸的情况有好点吗？"但一直没有回音，就以为老爸的情况稳定下来了。事后才知，从这时开始，老爸的心跳开始加速，情况出现恶化，原来是老爸在传递信息给他的女儿，可她一直期盼着在医院里的老爸至少还能待上一两天！

随记于 2015 年 1 月 26 日

赶　路

　　昨晚 10 点左右时，兄弟们来了几次电话，说爸爸下午在家挂了营养消炎的点滴后，晚上一直睡不醒也没吃晚饭，商量着要不要送医院。我建议他们咨询一下内行的医生再作选择。他们就马上请医生来家里诊断，最后克服天寒地冻爸爸又不方便穿羽绒之类的难题，叫了 120 救护车将爸爸送到了天台人民医院。

　　刚开始，弟弟来微信说没什么问题。但随后，嫂子又来电话说经仪器检查后发现爸爸的肺有一边烂了，另一边也不太好。要是这样，就很难熬过多少时间了。半夜 12 点半时，哥哥来电话商量：要不要进 ICU 抢救。开始时，我也说不好怎么做才是最佳的选择，毕竟自己不是医生，对医学问题不太了解。突然想着算命先生不是说要是能熬过初八到十二这个坎，就可以活到第二个坎的十八到廿二吗？那要是不抢救，肯定是很快就走了，看来只有抢救才有可能迈过这个坎儿。正说着，哥哥说医生已经在那边为爸爸吸痰了，他就挂了电话先去看看。

　　接完这个电话，我一直无法合眼，难道爸爸真的就这样走了？要跟我们作最后的告别？跟先生商量的结果是，不管爸爸的结果怎样，大清早去办公室将约稿的白俄罗斯检察制度的文章发给编辑后，我就马上订最早的机票回小溪边。

　　吃早饭时，先生接到一个电话，只听他"嗯，知道了，好的"。他没说什么，我也没细问。去上班的路上，我突然想起给几天前从同学处要来的一位半仙朋友老陆的电话，让他想想办法有什么中草药可以给老爸化痰。他满口答应，说下午就送到小溪边。到办公室后，我马上打开电脑拷出文章及照片给编辑，随后就订上最早能赶上的一班飞机回杭州：12:40，国航，全价 1770 元。二十来年中，自己曾无数次往返京城与小溪边之间，却从没买过全价机票。

马上出发，先生开车直送机场，路上联系了接机的朋友后，就基本保持沉默，似乎一切的言语都是多余的。先生只说："你在国外时还曾特意回来照顾他一段时间，已尽到孝心，比我做得好多了。"但你想说而没说出口的是：孝心有边界吗？昨晚，多年研读佛法的先生特意找出《临终自救备要》的小册子让我带上，前两天我还在临睡前为爸爸诵念《金刚经》。一种让人奇怪的感觉是：一路上，我好像无法想到爸爸会渡过这个难关后的事儿。但以前，自己似乎从未有过他的人生路已走到尽头的想法。同时，又希望自己这次特意请了探亲假回去能好好照顾他几天。既然人已在医院，又只是痰的问题，总还能扛上几天吧。

一路顺利到了杭州机场，打开手机时，看到先生发来的微信：爸爸走了，你多保重！这八个字犹如晴天霹雳，顿时震得我泪流满面，一直难以抑制。虽然我并不在意是否能见到爸爸最后一面，但没想到他这么快就走了，我坐飞机都没赶上。一想到此，眼泪就夺眶而出。说好来接我的司机又晚了半个小时，我就站在机场外的马路牙上，阴雾沉沉、寒风刺骨，任凭眼泪流啊、流啊……流湿一张又一张面巾纸，就这么一路流到家门口。曾多少次设想过爸爸离世时的场景，却从未想过自己不在他身边时，他就永远走了，走得那么快、那么干脆！原本才 2 个小时的车程，今天却感觉走得离奇的慢，慢得你开始怀疑是否走错了路，而开车的却是好朋友的专职司机，但这一路就像永远走不到尽头似的……

在泪眼模糊中，从天亮走到天黑，下午 6 点多总算赶到家。

快步走进家门口，堂前里已黑压压坐满了人，堂兄弟堂姐妹表兄弟表姐妹们，都穿了全身的白色百褶衣服在守灵。爸爸穿着我和姐姐为他定制的一套天蓝色衣服，静静地躺在鲜花丛中，脸上盖着一张黄巾，我一直不敢揭开这张黄巾看看爸爸此时的脸色。既然他都不愿意与我告别，那就让

妈妈与隔壁的阿姆一起去赶集市，步履匆匆，爸爸在家门口看着她们远去。

我的记忆一直留着二十多天前，我服侍他时的那个模样吧，那时的他虽已瘦得皮包骨头，但力气还可以，能站起来双手紧握旁边的铁床围栏，还会自己起床去解手。

坐在门口的表哥曹宝地，他的爸妈（浙酉的姑丈大姑妈）去年先后都走了，看到我，马上说："大家都等着你呢！有好多大事需要你来作决定。"说得也是，亲戚们都知道我对爸爸好，我就说："今天的路实在太长了，有种走不到头的感觉。""那是你心着急的缘故。""是啊。既然老爸不愿意与我告别，那就永远活在我心中吧。""对、对、对……"他们附和着。看着堂前坐着十多人，我只能微笑着一一问候这些陪着爸爸的亲戚们，哪有场合可以伤心流泪！我马上拿出那本小书，想让坐着无事可做的亲戚们帮忙念念阿弥陀佛，但他们谁也不信，只有我一个人站在爸爸身边念阿弥陀佛。

过了一会儿，我出门去厨房吃点晚饭时，妈妈进来了，说："他们特意插着氧气带回家，就想着能让你见最后一面。"一听这话，眼泪又忍不住滚落碗里的扁食汤中。爸爸啊，您知道女儿的心有多痛吗？一直以为已过冬至的您，可以走过这个春节的，轮流照顾您的兄弟也一再跟我说您过春节是没问题的。我们都期待着春暖花开时，您可以再次下地走路呢！而今日，离立春仅剩七天！

随记于 2015 年 1 月 27 日

守　灵

　　按照农村的风俗习惯，人走了，亲人们必须为逝者守灵，也就是通宵陪伴着。守灵的时间有长有短，最短的就一夜，长的会有十来夜，关键看算命先生择日子，根据家人的意愿选择哪天出殡安葬。这时，院子上空（习惯称道地）已拉起大幅的蛇皮布，厨房也有不少人在帮忙做饭，掌厨的是邻居林萍，是嫂子的好朋友。走廊下，还有几位村民在打扑克。一派热热闹闹的景象！

　　在路上，泪流满面时，我只给两位最要好的朋友发信息：我爸爸走了，我还在回家的路上。凑巧的是，几天前，我还曾跟他们交流过照顾老人的种种难题。朋友说："我爸爸已坐轮椅十多年了，一直是几个姐姐轮流照顾，给他翻身时，因爸爸块头大，翻不动，急得她们直掉泪。照顾他实在太辛苦了，现在是每两天就换班。"我说："我爸爸还好些，但最近生活已不能自理，哥哥弟弟轮流照顾，每人半个月。弟弟还特意在房间里安装了煤饼炉取暖。总的说来，照顾得还不错。"但没想到的是，兄弟俩第二轮还没转完，爸爸就急匆匆走了。我再回小溪边时，除了为他守夜，已不必为他洗脚擦背换衣服，也不必像以前那样每次回来都为他买新衣新裤新被子了。

　　此时，朋友同学们的问候电话短信微信时不时地响起，但我已无暇顾及，那些宽慰的话似乎也无法消减我的心突然被割走一块的痛。尽管表面上看，爸爸一辈子从没生过什么大病，只是近几年因脑萎缩曾摔倒在路边水沟里稻田中，随后去医院挂几天点滴添点营养就恢复了元气。他的骨头特硬，只要有一点力气，他就喜欢走路，他低着头猫着腰，总是越走越快，后退时也刹不住车，这样就免不了会时不时地摔倒在地，却几乎从没受过伤。

前年国庆节时，我回家照顾他，正好有事外出一下。吃晚饭时，他想一脚跨上台阶却没成功，后退时一屁股直接摔坐在院子里的水泥地上。妈妈就在边上也来不及冲过来挡他一下。我们以为从此他要躺床上了，第二天带他去高中同学夏昭卿开的中医诊所看病，他为爸爸打了针开了一些药，说凭他的经验，爸爸至少要躺床上三个月了。结果，第三天，他就能下地走路了。就这样，他摔倒了无数次，左右邻居看见了就扶他起来，妈妈一个人力气单薄扶不起时，就找人来帮忙。若实在找不到人，聪明的妈妈就会让爸爸一手拄着拐杖，她拉另一只手，就站起来了。

有时候，若天气作阴作晴，一天内，他会摔倒七八次，但总是侥幸而没有受伤。直到 50 多天前的那一次，他又摔倒，他自己一直叫痛，兄弟们带他去医院一检查，说脊椎摔叠了一节，从此就躺在床上了。但出乎意料的是，过了一个月左右，元旦我回家看望他时，他竟然又会走一点路了。因而，我们有足够的理由相信他在春暖花开时，会再次下地走路的。不是一直说他的五脏六腑没问题吗？结果还是肺出了问题，这与他年轻时抽烟有关？

晚饭后，我就在堂前待着，坐在爸爸身边为他诵读那本小书念阿弥陀佛。寒雨飘飘中，堂前的人越来越少，到 11 点左右时，帮忙的村民们都回去休息了，亲戚们也早回家了，走廊上打扑克的人们也散了。灵堂前，只剩下由我安排陪第一夜的姐姐姐夫，还有表哥明强和侄子浩峰，兄弟们昨晚去医院已一夜未合眼，就安排在第二个晚上陪夜守灵。我本想先休息几个小时，但转而想着千里迢迢急匆匆赶回来不就是为了多陪陪爸爸吗？！同时，也想趁人少安静时，聊聊爸爸去世时的情况和他生前留在亲人记忆中的种种事儿。听姐姐说，爸爸走的时候非常平静安详，没有任何痛苦，只是嘴巴留出一点未能吸收的氧气液体，他临终前的回光返照也并不明显，也没作任何吩咐。也许是他心中已毫无牵挂了吧？！

我们四位大人不时地聊着爸爸生前干农活的事儿，躺在躺椅上陪夜的侄儿就插不上嘴，先去隔壁睡觉，说有事就叫他。说起爸爸干农活的认真劲儿，曾跟随爸爸干了好多年农活的姐姐是最有发言权的。姐说："爸爸强调种田就像写字一样种成四方眼，这样横竖都会直。"我们俩印象最深的就是每年夏天到双塘割稻，上下两丘，一大一小共1亩3分8的田，仅早稻一季就能收割20头谷，爸爸种的水稻总是全村最大的。这两丘田，一年种早、晚稻加冬天的草籽养田。家里就姐、弟、我和爸妈5人，一天就割完。月亮走下半夜的清晨3点多出发，8点吃早饭前就将稻子全割倒。早饭后，爸爸先帮着打稻，打满一担，他就开始专门负责挑谷去晒谷场，妈妈负责晒谷做中饭，我和姐姐一起打稻，才十几岁的弟弟帮忙递稻给我们俩。就这么分工合作，通常一天就全完成。第二收拾整理稻田，第三天就开种晚稻。晚稻快收割前就洒下草籽。等到满田的草籽绿油油、娇嫩嫩时，寒冬的风也刮得凉飕飕的，一如今夜的凄风苦雨！

　　我们就这么聊着，时间过得很快。先生最要好的朋友溪和惠珍夫妻俩都来了。走时，惠珍说："我明天来时多带点纸来可以叠金元宝，让老伯在那边好用。"是啊，爸爸这辈子喜欢做点小本生意，做事又勤快，从不缺小钱，去了天国也不该受穷吧。

　　深夜时，大雨倾盆，打在蛇皮布上发出浏浏的响声，似乎在替我们号啕大哭，撕心裂肺！蛇皮布没有完全拉紧，低凹处的雨水越积越多，四点多时，表哥和姐夫用谷耙去顶水，哗哗洒到道地上。我时不时地站在爸爸边上为他朗读小书中的文字。在飞机上，我已按提示特意为他编了一段他最容易听懂的话——爸爸：你的一生非常圆满，勤劳、朴实、善良、敦厚。到前丁来生活是您最佳的选择！您的子女们都非常孝顺、敬重您。现在，您什么都不要想，放下一切，周围无论发生什么都不要理睬。您只管跟着我一心一意念阿弥陀佛，然后跟着全身金光闪闪的阿弥陀佛到西方极乐世界，永脱生死轮回的痛苦！阿弥陀佛……

随记于 2015 年 1 月 28 日

送　别

　　爸爸去世后，妈妈按农村习俗请算命先生择日子，选的是第三天火化出殡，时辰为早上 5 点至 7 点。意思是必须在这段时间内，爸爸要真正离开他曾生活了数十年的家门。前两个晚上，大家轮流守夜陪伴爸爸，为他添香换长明灯，这最后一个晚上，全家人都不睡觉了，加上几位至亲的亲戚朋友都一起来守夜。我是一如既往地坐在爸爸身边诵读小书中助人超度去西方极乐世界的一段段文字，时不时与爸爸说说话，为他念念阿弥陀佛。

　　凌晨 5 点左右，夜色朦胧中，街头上王来的小云先生就来家里主持爸爸的离家仪式，先拆掉十多床名称各异的被子上的标签，如女儿的贴身被、媳妇的棉肉被……再让嫂子姐姐拎走 8 床红色的子孙被要分给爸爸的四个儿女。接着，先生让大家一对对捧香拜别爸爸，并将数十件日常生活用品以倒豆子的速度刷刷不换气地念出，如炉灰粽、芝麻秆、牙刷、毛巾、梳子及各种爸爸生前爱吃的小点心等，慌得头天已逐一准备好的姐姐手忙脚乱来不及从篮兜里一一掏出放在爸爸身边。兄弟们将爸爸从躺了两天多的木板床上搬移到火化的纸棺材中时，惊讶地发现爸爸的身体竟然还是软软的，弟弟为他穿松了的鞋子时，发现那脚也是软软的，难道这是我日夜诵念阿弥陀佛的结果？哥哥说爸爸的脸色饱满安详，看来爸爸真是心无牵挂地走了……

　　5:30 左右，在亲戚赛君的费心帮忙下，殡仪馆里最漂亮的灵车就到村口停在马路边。小云先生点着火纸，大喝一声，哥哥、弟弟、堂哥、表哥、表弟等抬起爸爸快步冲出堂前，一路向前，毫不回头，在鞭炮的噼里啪啦声中离开了家门。晨雾迷蒙中，我们的车子紧跟着灵车快速驶向全县唯一的殡仪馆，身后还有一条长长的车队。没想到可以有五位最亲的亲人在炉门前看着爸爸在烈火中一点点升天。先是满身火焰，有如森林大火烧着一大片高山上的密集树林，继而出现了一个人的清晰轮廓，对着我们的是爸爸的脑袋，能清清楚楚地看得见两个黑黑的眼窝和下巴。继续燃烧，就出现了一座座汉白玉雕塑，中间的如数位舞蹈者手拉手横着飞舞，或如拱门，或如小山，那火焰时而黄色，时而变成蓝色，转而又呈红色，就跟佛教书上描写的人去世后在 49 天内，佛化身出现的几道明净的光一模一样，难道火化的过程就是爸爸走向西方极乐世界的路？我目不转睛地细细观看着火炉内的种种变化，深深地凝望着，希望能永远记住最后一次目送爸爸升天时的每一个细节。

10 点左右，亲戚朋友们在殡仪馆向爸爸的遗像捧香一一拜别，大儿子抱着放着爸爸骨头的纸箱，包着红布，小儿子端着照片，长孙拎着灯笼，坐在面包车上，呼唤着爸爸，一路慢慢悠悠地回家。到村口时，早已等待在那儿的送殡队伍一起跟上，好几百人浩浩荡荡穿行邻村，路过一些人的家门口时，有几位妇女点燃卷起来的稻草，不知是什么意思。

天公作美，一路晴天。送行的村民们、亲戚朋友同学们踩着因前两天下大雨未干的泥泞路依次前行。走在队伍最前面的，几乎人人满身素白，两位儿子上身穿本色麻布衣服配蓝色麻布裙子，儿子辈的头扎白色的头白，腰系稻草绳；孙子辈的头戴红色带子，其他人就只戴头白。爬上山坡时，一个紧接一个，回头看那送殡队伍犹如一条长龙蜿蜒在茅草树林间盘山而上。从嵊县请来的吹唱鼓乐队敲锣打鼓、吹着唢呐，加上一路噼里啪啦的鞭炮声，在一派烟雾弥漫、热热闹闹的气氛中，爸爸的骨灰被送上了两天前我们为他选择的墓地。

这块地，爸爸生前曾多年栽种番薯，后来养蚕又改栽桑叶树。如今已荒废多年，前天，我们带着风水先生来看墓地时，满眼是齐腰深的茅草。山脚下是一条如玉带环绕的渠道，四十多年前，爸爸妈妈曾天天挖渠道，年少的我曾为他们多次送过中饭，历时半年多；前方是辽阔的一丘丘水田，爸爸曾耕种三十多年的十七箩稻田清晰可见；远处是连绵起伏如龙盘踞的前山。今天看到时，经挖土机和人工修整后已完全不同，新翻起的红色泥土带着一股清新和芳香，崭新的雕刻着红字的青色坟面安安静静地站在自己的位置上。几个人牵举起一块大大的蛇皮布将棺材盖住，一位长者帮忙将做了头手脚记号的爸爸的骨头排在厚厚的棺材里，盖上数层被子、衣服，最后，由木匠出身的哥哥表哥和几位村民一起用尽全力，将厚厚的盖板推上，最后一枚铁钉敲下时，大家一齐高喊"留钉、留钉……"

石板砌成的坟墓里烧稻草火，由儿子、孙子、媳妇、外甥女们跳入踩灭，再放入棺木，大家将随身带来的硬币抛入坟墓中，还有一直捆在身上的麻绳、头白等，我将爸爸最喜欢的几套漂亮衣服一件件叠整齐排好，一如他生前我服侍照顾他时那样，再盖上几年前，我特意为他置办的那床好被子。一切完美，盖上石板！

在香烟缭绕中，儿女亲戚们在爸爸的坟前一一捧香跪拜。这位小云先生，中等个儿，不胖不瘦，一脸机灵。他喝山时，成诗叠对，语词优美、口吐莲花，如"上保日月星辰，下保五谷园林；国保忠诚良将，家保好子贤孙；东南西北都顺利，钞票要赚几千亿；门前金狮子，屋后凤凰山；红包扁得得、钞票八万八"等。那么长的话，他能一字不差、毫不打嗝地用方言背出，说得流畅、抑扬顿挫、声音高亢、朗朗喊出，这份功夫与口才，让平时见惯发言滔滔不绝的教授们的我也深为佩服！原来干这一行的，也需要实力！随后，他端起放满各种糖果香烟毛笔瓜子的桶盘，向四面八方抛洒，将全场的气氛引至狂欢的顶峰，他向哪一边抛撒糖果，哪一边的人群就沸腾欢呼，高喊："抢啊、抢啊！""抛这里啊、抛这里啊！"他高歌的时候，大家喊"好"的声音越响亮，他就唱得越起劲，整个山坡成了一片欢乐的海洋。这，难道就是已离世的爸爸最大的心愿？抑或是乡村的风俗习惯就是要将丧事办成大大的喜事？当时的感觉是：这场葬礼办得风风光光，顺顺利利，爸爸入土为安，生者开开心心！

最后一道程序是每人手拿一支香，围成圈儿，顺三圈倒三圈，游魂……走着走着，大家就跟着哥哥弟弟一路走下山，爸爸就永远安睡在山上……

随记于 2015 年 1 月 30 日

望 山 日

爸爸下葬后的第三天，农村的风俗定为望山日，又叫复墓。除了要给爸爸送吃的以外，还可以将下葬当天来不及做完的活补一补，如坟头加土，整理花圈、花篮，描黑坟碑上的字等。去看山的，也是爸爸最亲的亲人们。事实上，安葬后的第二天凌晨，天亮前，两兄弟还给爸爸送去洗面水。

昨晚，妈妈和哥哥就将今天看山要用的东西全整理好了放在篮子里，六碗荤素搭配的菜加酒、鞭炮、香等。我们凌晨 5 点起床，5:30 准时出发。在夜色沉沉中，先开车到山脚下的渠道坝上。然后，深一脚浅一脚沿着深藏在茅草中的小径爬上山坡，幸好弟弟戴在头上的那盏工作灯特别亮，能照出好几米。走到爸爸坟前，放下小桌子，摆好饭菜，倒上酒，点上香，先请爸爸吃饭。

这时，又来了爸爸的同辈人湖酉来的本家根松叔和他的儿子，真是难为他们这么大老远起大早赶到山上！等了一会儿，然后一起来看山的 13 人轮流捧香跪拜，为爸爸加酒。东方渐渐露白，在晨色苍茫中，南面远处那连绵起伏的高山有如一条巨龙在沉睡。6:30 左右，天色渐渐微亮。真是多年没这么早爬过山，站在山上看风景了。心想：爸爸天天看着风景如画的田野，且正好能看到他曾耕种过多年的十七箩，远处灵动的巨龙清晰可见，视野辽阔、玉带环绕，又有熟悉的村民作伴，应该会开心而不寂寞的！

噼里啪啦的鞭炮响后，激起层层烟雾。随后，女士们将一对对菊花

这片金黄色的茅草地，是1981年时按定量分给我家的山地，现成了爸爸的长眠之地。

花篮整齐地摆放在坟前，男士们抬起一个个重重的鲜花花圈，将它们依次排列在坟头上，整个坟顿时成了一片花海！以我和先生单位名义送的那漂亮的纯白菊花花圈最后还是调整到最高的位置倚山坎而立，成为花海的中心！爸爸在世时，对我的工作深以为傲，虽然他并不明白我的工作究竟是干什么的，那就让他一如既往地骄傲着……永远，永远……

随记于 2015 年 2 月 1 日

饺 饼 筒

在老家农村的风俗中，最近几年演化的葬礼的最后一道程序是望山日那天做全村人的饺饼筒。饺饼筒是小溪边一道程序最为繁琐花费时间最长也最为客气的大餐。在粮食紧缺的年份，家家户户通常一年只做三回：清明节、七月半、大年三十。现已成为老家的一道名吃，不少饭店专做饺饼筒生意。若是一个人做，动作最快至少也要三个小时左右，其中技术含量最高的是糊又薄又圆的面粉皮。

这皮用来卷各种菜，如切成片的猪肉、猪肝、豆腐，切成细丝的笋、荸荠、红萝卜、乌笋、黄瓜、土豆，还有绿色的肖菜、芋艿、豆面、米干等。其实，谁要喜欢什么，就可以卷什么。因而，虽然做的都是饺饼筒，但每家的口味会略有不同。吃惯了自家妈妈做的饺饼筒，就会认为自己家的最好吃了。妈妈通常会做出十四五样菜，头天晚上，晚餐后就开始调好粉用水泡着、炖上大块肥瘦适当的猪肉，第二天一大早，早餐后就动手——炒菜、蒸芋艿等。在小孩们打帮手的情况下，经常要忙到下午一两点钟才能吃上。炒好的一碗碗菜排在八仙桌上，然后每碗夹一点，用糊好的皮卷起来，再放到糊皮的大平底锅（老家称鏊）上加点油翻热，待翻成金黄的颜色时，咬上一口，热气腾腾、香气扑鼻，一脸的满足！

也许是工序太复杂，一年难得吃上几回的缘故，似乎老家乡亲们个个都喜欢吃饺饼筒，哪怕是在海外学习工作多年的老乡，也会惦记馋这一口。去年暑假游学到波士顿时，就曾因高中同学陈碧华多年未回老家太馋饺饼筒了，我特意去她家帮着做了一回，幸好有她家能干的阿姨和朋友许娟教授做帮手，前后只花费了两个多小时。碧华连吃三片，撑得都快站不起来了。

今天，我们一大帮人望山后，回到家时才 7 点多，村里的妈妈们已过来帮忙做饺饼筒了。事实上，能放的菜，昨天就准备好了，包括糊皮的面粉，嫂子说担心不够吃，粉用了 60 斤，大约能糊 600 片。这时，二十多位能干的妇女，洗菜的、切菜的、烧窝的、糊皮的，分成一个个小组，各自做自己最擅长的事儿。看着这一热闹而忙碌的场景，刹那间，我就明白了要做饺饼筒的深远含义了：每个人家里有什么就送什么、能干什么就干什么，形成一个个合作的团队，既发挥了妇女们的特长，又让一场葬礼最后在喜气洋洋的气氛中结束。

我带着相机去各处糊皮的地方为这些能干的妈妈们拍照，共分三处，每处至少两人搭档，一人烧锅一人糊皮。最让我惊讶的是第三处，竟然有三人，除了一人烧锅一人糊皮外，还有一人专门揭皮，真是前所未见。那糊皮的和秀婶是村里有名的能干人，力气好、人勤快，是个快手快嘴之人，为人爽快、人缘好！仅凭在家与丈夫庞学士一起包田种庄稼，几年前也盖起了漂亮的三层楼。

真是人多力量大，这些人又个个能干、动作娴熟快速，上午 10 点左右，第一批饺饼筒就出锅了。一放鞭炮，村里人就知道开饭了。村民和亲戚朋友们三三两两、陆陆续续地来吃上数片，有些特别讲究的，就自己亲自动手卷自己爱吃的菜，翻热时做上记号，免得别人错拿。这里一堆、那里一群，院子里、走廊下、房间里到处挤满了人，或坐或站，大家都在开心地边聊天边吃着美味的饺饼筒，佐以各种饮料、酒。今天，就不像安葬那天那样坐在桌子上规规矩矩地吃了。但没有我们常配的薄薄的稀饭。或许是认为稀饭太不敬客了。

我自己去卷了一条。卷着卷着，眼前就浮现出有一年大年三十，和爸爸一起卷饺饼筒时的场景：一家人围着八仙桌卷饺饼筒时，眼忙手忙活儿又多，为增添乐趣，大家开始轮流讲故事。爸爸讲的是一个乡下小子去城里学本事，结果一知半解将肉说成菜的故事。大家听后，开怀大笑，原来去城里学本事也不一定能学到点子上。记忆中，爸爸讲的故事都是以城里人和乡下人为主题。跟着他割稻种田时，时常会听到一些有趣的故事，那烈日下枯燥的农活就显得不那么无聊了。

另一个故事也是从爸爸那儿听来的：一个城里人与乡下人是好朋友。有一天，乡下人去城里人家里做客，城里人用手画了一个大大的饼给乡下人吃，乡下人什么也没吃到，只好饿着肚子回家。过了一段时间，城里人到乡下人家里做客。乡下人非常客气煮了一大碗美味的面条端给城里人吃。那面条是一整根做成的，城里人迫不及待一吸溜烫得直冒眼泪。这时，乡下人就朗朗开口道：一根面条，门口弯进，鼻头弯上转一圈，月亮弯出。说得城里人哭笑不得，顿时也明白了自己小气耍滑头所带来的后果。显然，这对朋友互相之间没有体会到客人被主人悉心款待的暖心。做人要真诚实在，这是爸爸一辈子所信奉的，也是这么教育子女的。

这顿大餐吃到 2 点左右，吃完饺饼筒的亲戚朋友村民们都陆续散走，女儿和洋爸也要赶飞机回京了。一大帮人一起送到九龙桥头，而我还是决定再待几天，陪陪孤单落寞的妈妈。

尽管来吃饺饼筒的人络绎不绝，确实不少，但因准备的量实在有点多，最后剩下的饺饼筒还有上百斤。嫂子就安排在山上干活的、来帮忙的，都送饺饼筒还礼，干活尽心卖力的，还加了一瓶油和一节糢糍。一人兼数职的，我们就来来回回送上好几次。就这样，我们从天亮走到了天黑。当一切的习俗程序走完时，天空中飘着毛毛细雨，一如我们对爸爸的思念……

随记于 2015 年 2 月 1 日

葬　礼

随着年岁的增长，数年来，时不时地会参加长辈离世时按农村当地风俗习惯举行的葬礼，每一次都对那繁琐的程序和排场深为感慨。其花费少则三四万，多则十来万，那是常事！要是一个家庭本不太富裕，一场丧事就会让这家人雪上加霜，他们需要承受多大的经济负担！这一风俗似乎愈演愈烈，渐渐地比结婚办酒席还要热闹、场面还要宏大。不少年轻人结婚仅邀请同族人和亲戚朋友一起祝贺，而逝者下葬那天的中饭，则必须邀请全村人，酒菜比前者还要客气，这真是名副其实的"死客气"！

另外，从人去世那天起，村里来帮忙的所有人都在逝者家里一日三餐吃饭，每顿饭至少会有五六十人，加上前来问候的亲戚朋友同学们，人数就更多了。客人一到，先是泡茶，再吃肉丸扁食点心，然后是一桌一桌的正餐——中饭和晚饭。

准确地说，整个葬礼就像一场大型会议的筹备会，名义上是为逝者举办的，但似乎又与他无关，他只是静静地躺在堂前的硬木板床上鲜花丛中，看着人们为他夜以继日地忙碌着。

当然，感受最深的是爸爸去世时的场景，因自己不再是旁观的局外人，而是其中忙碌得昼夜不能合眼的一员。当我一路心急如焚匆匆忙忙坐两个小时飞机再坐三个多小时汽车赶到家门口时，院子里已摆放了六张方桌，天空中撑起一块大大的蛇皮布，从新屋的二楼直挂至围墙，这样即便下雨，也不碍事。这一场景在三年前同村的叔去世时就曾见过。堂前里，已坐满了许多满身穿白衣服的与我同辈的亲戚们。

此时，村里已成立了一个筹办小组（有些比较有组织的村会成立一个固定的治丧委员会，我们村的规模比较小，总共才一百二十多户，每次都是临时组织的）：让同族里颇为能干的五十多岁的立亮任总管，当年读书时数学常被老师夸赞的正明当财务主管，前面那家平时做饭时经常香气扑鼻飘到院子里的林萍做大厨，表哥明强负责山上的一切事宜，表弟坚强负责联系殡仪馆火化一事，写得一手漂亮毛笔字的村长负责写花圈的挽联。另外，还有专门负责各种经的勤标叔，如起身用的灯笼经、八佛，买山用的土地经，烧坟矿用的九龙经等；买鞭炮放鞭炮的立周，为摄影师骑电瓶车的学再老师（曾经是我的小学老师），买早点馒头、肉包、洋糕卷的希山、早上煮稀饭的玲爱等。每一位主管手下配有数人帮忙，如表哥负责的山上挖土竖坟墓一事，就有11位力气好的精壮男士帮忙，如小于叔、学介叔、三兵、新州哥、新锐哥等；大厨手下则有20来位能干的妈妈们打帮手，如雪莲姐、莲飞、惠肖、惠惠、君明等，她们负责买菜、洗菜、切菜、洗碗、烧火、端菜等，各负其责、互相配合。事实上，几乎全村的人都来帮忙，手头上暂时无活要做的，就放下扑克牌、麻将桌，围在一起打牌、搓麻将，为整个场地增添一份热闹！

逝者的家人只管掏钱给总管，需要什么东西或作出什么决定时，总管就跟逝者的家人联系，妈妈只是在有人需要米筛、米箪、畚斗时，就去楼上的角落里翻找出由她那一流的篾匠爸爸亲手编制而珍藏多年的老古董们。而我只负责与爸爸有关的事儿，如去镇上开具去殡仪馆火化用的证明（主管的工作人员要什么，我就给他什么，如拍坟碑的照片，冲洗出来作为证据等），爸爸的棺木、坟地等，顺带招待一下一波又一波前来问候的同事朋友同学们。至于饭菜是否客气、买什么样的烟、喝哪种酒，我从不过问也不在意。出乎意料的是，初中老师和高中老师以及镇上的领导也送来他们的宽慰之语，有些朋友甚至从昆明、京城、山东、杭州等地特意赶回来送别，如张国方夫妇俩、杨潍铭、王国升、庞伟正、王定兵和陈鉴等，还有当年我在台州师专当英语老师时教过的学生贾香芸，也闻讯前来问候。聊起二十多年前做大学老师时的种种趣事，恍如梦幻！那时的爸爸是何等的康健勤劳，每天天蒙蒙亮就起床干农活直至夜色朦胧，天天如此，年年不变，双抢时还要借着明亮的月光收割早稻。每年暑假，我都放弃看风景的机会回家做他的得力帮手，割稻、拔秧、种田……等到夜深人静只剩下亲人陪伴在堂前时，我就坐在爸爸身边为他念小书中的祈祷文和阿弥陀佛。

当然，更多的同学朋友在信息或微信中表达了他们的关心与问候。如海波说：美君，我父亲去世的时候，我正在英国读书，没能回家。听到消息，大哭了一场，当时只有一个念头："我没爸爸了！"你比我孝顺，也比我有福，就凭这两点，足可宽慰。还望节哀顺变。叶菁则发来长长的一段话：节哀顺变说起来容易做起来难，但知道你信一点佛教就不是特别担心你。如果可能的话，给你爸爸念点经——最好有时间就念，每天都念。这两位老朋友的问候和劝慰确实说到了点子上。

有意思的是，数位高中同学吃了林萍大厨烧的乡下农家土菜后，齐声夸赞比饭店里做得好吃，还特意点要哥哥种的长在屋边的绿油油的青菜。名声一传，问候后留下吃饭的同学就越来越多，高三（4）班的几乎全来了，也有其他班的不少同学和初中同学，有些甚至来了两三回，特让人感动。同学们结伴而来，成队而去，在迎来送往中，让人深感同窗情谊的同时，似乎又少了点什么。直至一位在椒江工作的同学赶来后，她先到堂前点香跪拜，再坐下与我聊起当年她自己的母亲去世，自己因工作原因没能送终留下的那份遗憾时，我终于明白，将心比心，要是自己去父母去世的同学家问候时该如何劝慰！

就这样，从爸爸去世那天下午开始，一直热闹了6天。爸爸安葬那天中饭，共15道菜，如莲子、海参、山黄鸡、甲鱼、八宝饭、鸭、牛肉、肚片、红烧肉、鱼、虾、笋尖和菜汤，外加四盘凉菜、瓜子花生、水果等，宴请了26桌客人，就放在几年前刚建了三层楼的新强、新刚和子松三兄弟家门前的院子和堂前里。加上每人一节长命糬糬和一瓶金龙鱼油作为礼品，里道地的宝仙大阿姆跟妈说："真是从没有过的客气！下一个怎么接得下？！"最后以望山日那天中饭做全村人的饺饼筒结束，亲戚们也再次返回共享老家最为敬客的饺饼筒大餐。

事实上，在这场忙忙碌碌的"筹备会"中，似乎人人都笑脸如花——即便自己心中感觉爸爸的匆匆去世，正如龙应台在《目送》中所说的，"像海上突来闪电把夜空劈成两半，天空为之一破，让你看见了这一生从未见过的最深邃的裂缝、最神秘的破碎、最难解的灭绝"，也无法在忙碌热闹喜庆的气氛中，找到合适的时间和角落以自己的方式来纪念爸爸。

你想不明白的是：几千年沿袭下来的风俗，就是让逝者的家人无法静静地悲伤哀悼么？

随记于 2015 年 2 月 11 日

思　念

　　尽管按老家农村的风俗习惯，已八十多岁的爸爸寿终正寝后，要将葬礼办成喜事。从头至尾，家里都是人山人海、热热闹闹的，第二晚还特意花大钱，请嵊县来的唱戏班一曲一曲地唱越剧，让全村的村民和亲戚朋友们围坐在自家的院子里看戏。当时，我的感觉是爸爸妈妈一辈子喜欢越剧，爸爸走了，让他再看看戏也是不错的安排。

　　在小溪边天天忙碌着，又受着葬礼要办成喜事的气氛影响，同时还要招待特意赶来问候的同学朋友们，陪着他们有说有笑聊天奉茶，自己再也没有时间安安静静地想念爸爸了。可是等到爸爸入土为安后，我当天下午就累得蒙头大睡了好几个小时，以恢复数个晚上熬夜的疲累。安葬后的第二天，当村里的妈妈们忙着准备望山日饺饼筒的配料时，我再无精力来应酬大家的笑脸，只想一个人找个安静的地方，让自己可以静静地想想爸爸，没有了爸爸，心缺一角的生活该如何重新起航？

　　常言道：父爱如山，高大、深沉、稳重，没有什么刻意的雕饰与甜蜜的语言，一生少言寡语只知日夜操劳忙于生计的爸爸更是如此。让我惊讶的是，我从小就真真切切地感受到爸爸那如山一样厚实的爱，且深信不疑：从他上山砍柴时摘回的野草莓中，从他赶集市买回的杨梅里，从他一次次递给我零花钱时的笑脸上……

　　也许是爸爸一生待我太好了，也知道我爱看风景，在最后一次送别他时还让我意外看到了老家华顶山上一树树美轮美奂的雾凇！

　　那天上午，本想离开家中人声嘈杂、众人忙碌准备饺饼筒大餐的环境，找个安静的地方待上几个小时。出乎意料的是，溪和惠珍得知华顶山上可以看雾凇时，马上就开车带我们前往。这雾凇的形成要看时机，必须是头天下过雨或雾气大湿气重，深夜又骤冷，水才会在树枝草叶上形成一层层晶莹剔透洁白亮丽的结晶！才能让人体验到"忽如一夜春风来，千树万树梨花开"的神奇！因此，多年来，我们从没遇上过。平生第一次看到冬天里那一朵朵奇异的花朵，玲珑剔透，好像正散发出阵阵清香，无论是高树还是矮草，都能依照原有的模样凝结出千姿百态的花儿，装扮出一个冰清玉洁的世界。有人这样描写雾凇："苍翠傲岸的青松，亭亭如盖的树冠上一簇簇银华盛开，成了'玉菊怒放'的雪松。远远望去，一排排树冠凝霜挂雪，戴玉披银，如烟似雾，像朵朵白云，又似排排雪浪，直接蓝天，让人在恍惚间分不清天地的界限。"穿行在山顶雾凇的森林中，仿佛走进了一个如梦似幻、如诗如画的仙境。我在惊诧之余，遂编了一首《卜算子》自乐：

　　片片玲珑样，丛丛如花俏。许是天公弄纤手，百花千般巧。一树迎风展，众草披雪笑。道是自然显神威，雾凇尽妖娆。

　　欣赏着眼前的美景，好想如从前一样带爸爸一起来看看这世间的奇观。

　　爸爸还能走路时，每次回小溪边，我都会抽出时间带爸妈和家人一起去看风景。国清寺、百丈坑、龙穿峡、寒山湖等一个个有点名气的风景点，我都曾带着他们转个遍。不会坐车的妈妈，我还特意安排大侄儿浩峰开电瓶车送她到风景点。只是爸爸一出门，就想着回家，惦记他的猪没人喂；天黑了，鸡进不了鸡窝；再晚了，自己回不了家门……其实，我们出门前，妈妈已安排好了一切，可爸爸的着急心情从没停歇过。曾想着除了让他们品尝一下县城有名饭店的大餐外，也想让他们住住如温泉山庄之类的高级宾馆，但最终也没敢冒险留爸妈在外住宿一夜，这也成了其中的一大遗憾。

　　而今，当我一个人时，无论正在做什么，只要一想起爸爸，刹那间，泪水就模糊了视线：看书时，爸爸的身影就从书页穿过；切菜时，爸爸好

爸爸的在天之灵，要是能听到女儿每天每晚的无数次祈祷祝福，那就在她的梦中露个脸儿说句话，好吗？

像就躺在厨房隔壁的床上等着吃我做的美味饭菜；想写点与他有关的文字，却又无从下笔，可他又无时无刻不在我的脑海里浮现着转悠着，但又从不在我的睡梦里出现。这到底是怎么一回事？在我的记忆中，他活着时的最后情境是他乖乖地听我的话，我帮他擦洗干净后，他两手拉住高低床的铁栏杆，站着让我轻轻松松地为他换上干净的衣服。我服侍他重新躺下，盖好被子，说："爸爸，你好好吃饭，我先去北京赚钱，等我下次回来看您哦。"他爽快地答："好的。"告别后，我赶紧开车去街头，再到下畈村接上涵洁的朋友，继续开车去前大路，接上刚刚举办过婚礼的涵洁和她的丈夫施杰，一路奔赴杭州。就这样，我离开了爸爸，从此再也没有看到那双灵动晶亮的眼睛！

随记于 2015 年 2 月 5 日

爸爸走后，月亮澄明的晚上，我喜欢抬头看看空中圆月，想着在云彩斑斓的地方，是否就是天堂？爸爸是否就在哪儿开心地生活？

梦

爸爸突然离开已十多天了，我日日夜夜一得空就为他念阿弥陀佛，告诉他两件事：一是眼前出现各种光时，要迎着最强的光上；二是自己要一心一意念阿弥陀佛。也不知他听到没有？

自从二十多天前，为他换洗衣服与他告别回京后，再也没见过爸爸，特别期待能在梦中与他见上一面，看看他现在的生活过得好不好？是否还有什么心愿未了？但让人奇怪的是，这么多天来，他似乎从没在梦中真真切切地出现过，隐约中只是有一次看到他与小孙子景波一起站在堂前，却什么话也没说，也没见他做什么。幸好，这几天，妈妈倒时不时地梦见爸爸，说不是在家里就是在田里一起干活。

妈妈说："送去火化时的头天晚上，我和他一起站在灶台前，你爸说：我们去睡觉吧。我就抬脚从堂前的门走出来，你爸顺手就把门关上，他自己就从另一道门出去了，算是与我告别了。"妈妈说完，她的眼圈就红了。第二个晚上，妈妈梦见的场景为：天气有点热，爸爸先睡了。他睡了一会儿说太热了，就起来，拿着一把扇子，"一忽一忽"地使劲扇着，我站在旁边，跟着一块儿凉快。还有一次，妈妈与爸爸一起去翻番薯藤，还挑了猪栏肥料去施肥。

说起来，爸爸一生勤快务农，从不偷懒。在他身体允许时从没停止干农活，多年来，他总是大清早5点多就起床，先去自己种的田地转上一圈，每天从不间断。因了他的勤快用心，无论水稻、麦子，还是桔子、番薯，一切庄稼总是全村长得最好的。最后几年里，因体力不支，他已基本不下地干农活了，但常念叨的还是哪儿的地要翻土了，哪儿的稻子要收割了，哪儿的菜要施肥了。做农民一辈子，老了惦记的还是自己的那一亩三分田。

多年来，哥哥弟弟两家人都在外经商做生意，爸爸一个人种着全家人的田地，加上他特别在意庄稼是否长得又大又好，就只能从年头忙到年尾，尤其是夏天农忙"双抢"时。好在爸爸特别讲究秧苗的优质，即便立秋后种下去的晚稻，没过几天就长得比周边的水稻都好。他做农民的最大心得是：要想水稻长得好，首先是秧苗要好，也就是俗话说的：底子好最重要。事实上一个人要忙四亩左右的田，加上差不多量的山地自留地溪滩地，爸爸起早贪黑实在是太辛苦，我们做子女的曾多次劝他把田承包给他人种，每次他都说："田包了，别人不好好侍弄，土质就会越来越差，以后就没法种了。"因他心疼自己的田，到最后也没承包掉。就这样，他一直勤勉栽种到自己拿不动锄头为止。

无论是上大学还是在台州师专当英语老师，每年暑假，我都会回家帮着爸妈割稻种田。从开始种田角到种大田中心的第一行，我种田的速度一年比一年快，爸爸的速度却一年比一年慢。年岁不饶人，在爸爸身上体现得特别明显。我一直以为走路飞快、那么勤快的爸爸，最后应该是在某一天劳作后，突然发现生什么病很快就离世而不会躺在床上，却没想到最后他还是因摔倒，脊椎叠了一节而在床上躺了五十多天，好在他并没有完全躺着不能动。

爸爸躺在床上休养的这段日子，由哥哥和弟弟每人轮流半个月照顾。其间，我只是在元旦时回去几天。那时，恰好是姐姐的女儿涵洁举办婚礼，爸爸虽然参加不了婚宴，但听着小时候曾在外婆家生活过好几年的外孙女成家了，也开心无比。原想着等到春节时，我可以请探亲假回小溪边再照顾他一段时间，没料到已熬过冬至的他，还是没能扛过自己农历腊月十五的生日就匆匆走了。特意为他请的探亲假永远也用不上了。出乎意料的是，没见上最后一面的爸爸走了，竟然连梦里见上一面都那么难！

爸爸的在天之灵，要是能听到女儿每天每晚的无数次祈祷祝福，那就在她的梦中露个脸儿说句话，好吗？

随记于 2015 年 2 月 7 日

后 记

《小溪边》这本小书，从起心动念到最后成书，可以说整整经历了十多年。一直以为身为老农民，身体向来无恙的父母会永远在小溪边等着我，时不时出国回来或逢年过节时回去看看他们，陪伴他们几天，然后带上他们辛勤劳作而得的糯米、大豆、红豆、生姜、豆腐皮等，匆匆离开，他们会一直送我到路口，再目送着接我出远门的车消失在后山头的拐弯处。原来，这只是自己的一厢情愿而已！

2009 年，新中国成立 60 周年大庆时，本想着让弟媳妇带爸爸到我家来多待一段时间，一方面可以让他远离那天天忙不完农活的小溪边，享享清福；另一方面也可借机带他四处看看鲜花锦簇的首都。尽管在此前，他曾来过京城两回，但每次待的时间都只有一个星期左右。出乎意料的是，他竟然会在国庆节期间意外迷路！这一事件震撼了我，从此就开始有意收集有关爸爸的种种故事和信息，但直到 6 年后，他真的离开我们时，我还是感觉对他了解不够。或许真正认识一个人，即便是自己最亲的父母，也并非易事！

此书中记录的绝大多数细节都是当时回小溪边时的所见所闻所感，是随手记录下来的，剩下的是自己记忆中最为深刻的生活痕迹，加上家人及亲戚朋友村民们的一些回忆。因整理编辑时结构上的需要而添加了一些内容或对原来的文字略作修改。书中所配的照片也基本上是我随时拍下的，因我常吹自己是业余的"摄影师"。

自从 1998 年初在伦敦买了自己的第一架佳能相机后，就一直随身携带——无论我走到哪里。因小文章写于不同时期，些许内容稍有重复，为保持当年的原貌，也刻意未作删改，只是在文章末尾标明撰写的时间。多年来之所以执意要写完这本书，或许是自己虽早已习惯了钢筋水泥高楼大厦间的坚硬与冷酷，但仍时常牵挂想念着自己从小长大的小溪边——那里的山山水水与长辈们那一张张朴实憨厚、饱经风霜的笑脸！

这些小文章，反映的是留在小溪边村民记忆中的一些生活场景和劳动场面，以表达我对故乡的怀念。而这一切似乎正在渐渐消失或已经消失，如溪滩地、祠堂、一个个古香古色的道地、镶嵌着细石子的主路与弄堂等，还有母亲的父亲于民国三十年时购买的祖传老屋，也于今年7月份在无风无雨中突然坍塌了。这可是祖孙三代人日夜生活、留下无数温馨记忆的地方。父亲曾修缮过好多回，但最后因大家都搬住新屋没再维修，那老屋的木柱子遭白蚁蛀蚀而倒塌了。事实上，小书里配插照片中的不少长辈，近几年也已断断续续离世，村子里的道地也已消失大半。老房子的陆续倒塌在老家的农村是普遍现象，出游至青山绿水的娄金岗、小溪坑时，那古老村落里同时代修建样式相同的房子也已瓦砾遍地，也许这是社会发展的必然结果？听说如今政府拨巨额资金以修复街头古镇当年的风貌，但要是当年刚建新大街撤离老街时就着手维修保护，且不说花费可以节省多少，那不可再生的古建筑又能完整地保留下多少？！这些古村落将来又要重走老路？抑或是在新农村建设中，一切都将消失殆尽？

小书中记录的桩桩小事，可能会让人感觉好像只是一些无聊的事情，一些无关紧要的话题。但对小溪边的村民来说，那就是他们数十年来，甚至是几辈人的生活场景与存在方式，同时也是我童年快乐时光的美好记忆。我曾跟朋友说："我花了那么多心思和时间码下这些文字，可能只有村里的老农民看着会觉得有点意思，可他们却偏偏又不识字，也不看书。"可我还是执意做完了这件事，记录下我儿时，村民们的那些生活劳作细节，以及父母辈当年的生活方式，以此感恩父母当年为养育子女多年来的辛勤劳作与悉心栽培，也期望为那种自耕自足的山村生活留下一点点文字和图片上的痕迹，以免随着长辈们的陆续离世而带进泥土……同时，从这些日常生活琐事的叙述中也可折射出在改革开放大潮的冲击下，一个小山村的变迁、古老风俗的重现，以及农民世代相习的生活方式的延续。这些故事，通过土地、庄稼、风景和故事中的人物，将象征着属于真正江南小山村的乡土气息与文化生动地传承下去。

在小溪边生活，每日与农田、花鸟和高山为伴，天气晴朗时，站在九龙桥上（这也是爸妈在炎热的夏季晚上常去纳凉的地方），看后上顶上白云舒卷、自由飘逸，就让人对未来的美好充满信心，同时也感慨自己此生的福分非浅：小时候深得村子里长辈们的关爱呵护，长大后无论在哪儿学习或工作，每一阶段又都遇到不少好老师和可交心的朋友、同事。多年来我一直与他们保持着密切联系，除了读博士期间的导师何家弘教授、陈建福教授外，还有中学时代的老师如余云叶老师、许尚枢老师、陈建平老师、蔡继顺老师和柳金康老师等，他们的言传身教让我明白人生中该坚守什么、放弃什么，让我更加豁达透彻地看待生活、工作与生命……加上家庭和睦安乐、先生宽容体贴、女儿聪慧独立……总感觉冥冥之中好像有人在帮着自己，让我这一路走得如此顺畅且常能心想事成……感谢每一位曾提携过、帮助过、爱护过、关照过我的师长、领导、同事、同学和朋友！想着一路上曾有你们陪伴或继续有你们陪伴，温暖无限！

这本小书能如愿在父亲去世三周年时面世，要特别感谢师兄刘品新教授的热心举荐和师妹刘晶编辑的知遇之情。在我简要叙述此书的写作意图和主要内容后，她就欣然策划选题、费心书名、辛勤编辑，并一再强调打拼数年后的自己有足够的空间来做自己喜欢的书，愿意慷慨促成小书早日与读者见面，以实现我多年来的一份心愿。她说："在你说到父母亲、老农民时，我的心头一震！"向来相信缘分的我，此次亦然！

也许是自己从小在农村长大的缘故，即便后来的学习工作一直在熙熙攘攘、车水马龙的大都市里，骨子里，我还是喜欢"暖暖远人村，依依墟里烟。狗吠深巷中，鸡鸣桑树颠"那种充满生活情趣、人的气息的环境。在我忙着商谈出版此书之际，爸妈的大孙子季浩峰喜得一儿子季思博，小名叫小团，他长着圆圆、清亮的大眼睛，白白胖胖笑盈盈的，人见人爱，算是家族的一大喜事，也驱散了些许数年来长辈们陆续离世的哀伤！

孔子说：五十而知天命。到了该知天命的自己，依旧相信"命里有的总会有，命里无的莫强求"。希望在未来的日子里能有机会尝试走一段命里该走的路，期待在生活中发现旅行，在旅途中遇见生活，让生活与旅行随时并行，让自己的心和人一直在路上，以收获斑斓的风景，以丰富并不长的人生。

2017 年 12 月 15 日于远洋山水